新译·新注·新评
哈姆雷特

北塔/译、注、评

团结出版社

图书在版编目（ＣＩＰ）数据

新译·新注·新评哈姆雷特 / 北塔译、注、评 . --
北京 : 团结出版社 , 2023.3
　　ISBN 978-7-5126-9735-5

　　Ⅰ . ①新… Ⅱ . ①北… Ⅲ . ①《哈姆雷特》- 文学研
究 Ⅳ . ① I561.073

中国版本图书馆 CIP 数据核字 (2022) 第 191040 号

出　　版：团结出版社
　　　　　（北京市东城区东皇城根南街 84 号　邮编：100006）
电　　话：（010）65228880　65244790（出版社）
　　　　　（010）65238766　85113874　65133603（发行部）
　　　　　（010）65133603（邮购）
网　　址：http://www.tjpress.com
E-mail：zb65244790@vip.163.com
　　　　　tjcbsfxb@163.com（发行部邮购）
经　　销：全国新华书店
印　　装：三河市东方印刷有限公司

开　　本：170mm×240mm　　16 开
印　　张：20.25
字　　数：220 千字
版　　次：2023 年 3 月　第 1 版
印　　次：2023 年 3 月　第 1 次印刷

书　　号：978-7-5126-9735-5
定　　价：58.00 元

　　译文根据的原文版本是牛津大学
1914 年版《威廉·莎士比亚全集》，并参
照华盛顿福尔杰图书馆 1957 年版。

译者致读者书

北 塔

我在我的译本的初版序言中曾说,《哈姆雷特》是莎士比亚的,也是英国的,更是全世界的文学巅峰。

我们阅读、理解、解释、翻译这部杰作,犹如登山队员攀登珠穆朗玛峰,这样的攀登行为可以分类、分段。

我想拿我自己对它的接受史作为一个供读者参考的例子。

由于年代比较久远,许多普通读者可能会对莎翁的剧作有点望而生畏,以为那只是专业读者,比如古典文学研究者才能读懂的;其实,它们是可以雅俗共赏的。在16世纪晚期和17世纪早期的英国伦敦,一多半人是文盲,所谓引车卖浆者流——没有上过学和没有什么钱的人,但现实并没有阻碍他们观赏莎翁戏剧。当时的剧院售卖站票,几个便士就行。也即是说,普通百姓也能在劳作一天之后,去剧场消遣。这跟传统社会里中国民众离开田间地头,就到打谷场上去观赏草台班子表演的《情探》《西厢记》《杜十娘》《双推磨》和《天仙配》等戏曲,是类似的道理。这就是戏剧包括莎翁剧作的普适性、大众性和娱乐性。

中学程度的读者能大致读懂莎剧。我初读《哈姆雷特》就是在中学时代。

我们苏州市盛泽中学的炳麟图书馆文科书籍颇为壮观，早在 20 世纪 80 年代中期就购藏有一些莎翁剧作的单行本，我几乎全部借来读了，有《仲夏夜之梦》《李尔王》《温莎的风流娘儿们》《罗密欧与朱丽叶》《威尼斯商人》《驯悍记》和《冬天的故事》等。我读的都是汉译本，而且是普及性的译本，如朱生豪的和曹未风的，或者说是裸译本，即很少有研究性的前言后语和注释文字。如果说莎剧是治疗我们的人生、调理我们的心态的良药，那么查尔斯·兰姆和玛丽·兰姆兄妹俩精心改写的《莎士比亚戏剧故事集》就是药引子。我在初读莎剧时，读了这部导引之书，觉得非常有用。同时，我还听了几部根据莎剧改编的译制片电影，尤其是《哈姆雷特》，听了好几遍。

现在的中学生朋友读我这个译本时，我建议以读汉语译文和文本本身为主，起初不必去管注解等研究性的文字，直接从对文本的亲近中去品味修辞的魅力、故事的生动和人物的丰满。对故事情节尤其感兴趣的年轻朋友，可以先去读《莎士比亚戏剧故事集》，了解个梗概，有助于对剧本叙事结构的总体把握。20世纪 80 年代是广播的年代，听的年代，当时哪怕是电影这一视觉艺术，普通中国人也鲜有机会去看，只能抱着半导体收音机听。中国社会早已从音像时代发展到了影像时代，大家很容易在网上下载电影观赏。因此，我建议中学生朋友在阅读本书的过程中，之前或之后也可以去看看电影版，尤其是奥立佛·斯通主演、孙道临配音的那一版。

上大学期间，我攻读英美文学专业，老师要求我们读英文原著，于是，我开始读英文版《哈姆雷特》。说老实话，当时的阅读法是囫囵吞枣，并不能完全读懂，有些地方一知半解，有些地方则"难字过"。正是因为难，所以我会找汉语译本对照着读，果然有助于我对原著深入细致的理解。

因此，我们这个译本附了英文原文的二维码，可以扫码阅读本书相应的英文版《哈姆雷特》。有些朋友，如果以前读过译文，那么在读本书时，最好直接先读原文，遇到不懂的时候，再读译文。当然，如果以前没有读过译文，则也可以先读一遍译文，再读原文。然后，再对照着读原文和译文。这样的收获是最大的。有条件的朋友，可以看看英文版《哈姆雷特》的电影或戏剧录像，当然，如果去剧场看，则更佳，能同时饱眼福和耳福。

我读研究生期间，开始以学术的心态和要求研读莎剧。所谓学术性阅读，首先是带着问题的阅读，有的问题是莎学界本来就存在的，有的问题是自己在阅读时发现的。《哈姆雷特》剧本中有许多"谜"或者问题。例如，哈姆雷特的年龄问题，哈姆雷特是否真的疯了，他为何一再推迟复仇，他是否真的爱奥菲丽娅以及奥菲丽娅是否真爱他等。其次是（力图）解决问题的阅读。为了寻找答案，我读了历代学者研究莎翁的成果，比较不同译本的差异优劣。我读的原文，也不再是裸本，而是带有研究性文字的注释本。因为我想要比较彻底地了解原著，以期从原文中汲取更大的语言能量和思想力量。

因此，我们推出这个相对细致的版本，包括大量研究性文字，有对原文的注解，也有对译本的注解。我还写了前言、后记。这些文字基本上解决，或者说至少回答了剧本中的诸多"谜"与问题。愿你们更加喜欢这些文字，因为它们都是透彻赏析剧本的钥匙。

总之，我相信，本书的丰富性足以满足不同文化需求的读者。

CONTENTS
目录

第四幕

第五幕

剧中人物[1]

哈姆雷特　　　　　　丹麦前王之子、现王之侄[2]

---

[1] 此处不同版本中的原文有不同的具体说法，但有两个关键字，即"剧"和"人"，而且以"人"为中枢；如"List of Roles"，"The Persons of the Play"，"List of Characters"以及拉丁文的"Dramatis Personae"（含义是 Characters of the Drama）。

[2] 关于"Hamlet"这个名字的来源有两个说法。第一个是古北欧语（old Norse）中的"Amlool"，含义是"傻子"或"装傻者"。剧中的哈姆雷特王子当然不是傻子，不过，他有装傻的行为。第二个是莎士比亚唯一的儿子哈姆奈特（Hamnet，或译为"哈姆尼特"），排行第二，此外莎士比亚还有两个女儿，大女儿叫 Susanna（苏珊娜），小女儿叫 Judith（朱迪丝）。哈姆奈特 11 岁时就夭折了，他父亲故意把他的名字留在了这部不朽的文学作品里。

田汉在 1922 年出版的译本名为《哈孟雷特》。1938 年，上海启明书局印行了散文家周平译的《哈梦雷特》。"孟"和"梦"的发音相同，原文中是没有这样的音的。

孙大雨明知词尾的"t"应该轻读，却译成《罕秣莱德》，"德"字平白无故地从音到义都被加重了多倍。朱生豪的译本最初译名是《汉姆莱脱》，"脱"字也有这个问题。许多人认为，现在都认可的通用译名，即《哈姆雷特》，起始于梁实秋的译本《丹麦王子哈姆雷特之悲剧》（1936 年上海商务印书馆初版）。但其实，早在 1930 年，这个译名就出现在茅盾编撰的《西洋文学通论》一书，这部书影响颇广。可能是因为茅盾自己没有翻译过《哈姆雷特》，所以大家尽管拿他书中的译名作为通用名称，却没有把这份首功算到他头上。

跟"莎士比亚"一样，"哈姆雷特"也已经成为汉语中的专有名词，具有权威性。但是，直到 21 世纪，还有人对这个译名有疑义，表示不服。如，黄国彬一方面说，"哈姆雷特"这个名字的发音让他联想起"蛤蟆""哈巴狗"和"嬷母"等丑陋的人和物，有失王子的尊严；因此，他曾"希望为丹麦王子主持公道，还他一点尊严"，想抱打不平地译为"汉穆雷特"；但他"几经周折，还是在'哈姆雷特'的'权威'下退缩、屈服。笔者可没有黄先生那样的"神思"、那样奇葩的联想，我之所以采用或者说沿用"哈姆雷特"这个译名，完全是因为从小熟悉这个译名，自然而然地就接受了。

克罗迭斯	丹麦现任国王 ①
泼娄聂斯	御前大臣 ②
霍雷修	哈姆雷特之友
雷俄提斯	泼娄聂斯之子

沃尔提曼德

考尼列斯

罗森克冉茨 ③	朝臣

---

① 这位国王，从他的名字（Claudius）上看，其原型是罗马帝国皇帝提比略·克劳狄乌斯·恺撒·奥古斯都·日耳曼尼库斯（Tiberius Claudius Caesar Augustus Germanicus，公元前 10 年 8 月 1 日 – 公元 54 年 10 月 13 日）。他是罗马帝国第一个世袭王朝朱里亚·克劳狄王朝（公元前 27 年 1 月 16 日 – 公元 68 年 6 月 9 日）5 位皇帝中的第 4 位。他自己和他前后的两位都是暴君。他前面的是热爱诗歌的卡利古拉（Caligula），他后面的是钟情艺术的尼禄（Nero）。他的身世与剧中丹麦国王克罗迭斯并不相同，相反，跟被克罗迭斯谋杀的老国王的遭遇倒有点类似，据说他是被他的第 5 任妻子即皇后小阿格里皮娜毒杀的。那皇后毒杀自己的夫"君"，处心积虑帮助她的儿子即"嗜血的尼禄"谋得皇位之后，反而被尼禄所杀。

从这里可以看出，莎士比亚因为小时候在老家上过文法学校（grammar school），而当时的文法学校属于"贵族学校"，教授古典学问，包括古希腊罗马的语言和文化；所以，他是相当熟悉罗马帝国的历史和文献的，他有能力取舍古罗马的历史故事加以合理利用。

Claudius 这个名字，按照拉丁语的发音，一般而且应该翻译成"克劳狄乌斯"（有关历史学书中都是这么翻译的）；但是按照英语的发音，则应该音译为"克罗狄俄斯"（黄国彬的译名为"克罗狄奥斯"，庶几近之）。但是，在汉语中，4 个字的组合是一个音步所能包容的最大量；如果译文是 5 个字，那么势必要分为两个音步，而原文是一个音步——包括两个音节；因此，我译成了 4 个字的克罗迭斯。其中，原文后面一个音节中含有一个双元音，"迭"字中也有双元音，时间长度上两者就差不多。卞之琳译为"克罗迪斯"，由于"迪"字只含有急促的单元音，所以吞掉了一个元音。

② 泼娄聂斯名为"御前大臣"（Lord Chamberlain，有的版本写作 counselor to the king），实为宫廷弄臣；据说，在有些时候，演这位大臣的演员同时会饰演掘墓人，而掘墓人在剧中被称为"小丑"。

③ Rosencrantz 的本义是"玫瑰冠冕"。

吉尔登斯登 ①

奥斯里克

一名绅士

马塞勒斯和贝纳多　　军官 ②

弗兰西斯科　　　　　士兵

雷纳尔多　　　　　　泼娄聂斯之仆

福丁布拉斯　　　　　挪威前国王之子、现国王之侄 ③

---

①Guildenstern 的本义是"金星"。

② 在大多数版本中，他们都被称为"哨兵"。那么，他们到底是军官还是士兵？笔者以为，他们都是军官。在第五幕中哈姆雷特对他们说："你们既然都是朋友、学者和军人"。他们是学者型军人，而且能被拥有太子地位的王子称为朋友，应该不会是普通士兵。的确，在一般军营里，放哨的都是普通士兵，但马塞勒斯是在宫禁之地，守卫的是王亲国戚，军官也就充任哨兵了，或者说哨兵也高人一等。

黄国彬译称为"国王侍卫"。如果狭义地理解，"国王侍卫"类似于清朝的"御前侍卫"。这"御前侍卫"是直接服侍国王的，而且都是级别相当高的军官。其中级别最低的蓝翎侍卫是正六品（相当于现在的师级）。马塞勒斯他们并不是国王的贴身保镖，而且他们的军阶恐怕还达不到这么高的程度。如果这么理解，黄这么翻译显然不妥。如果广义地理解呢，保家卫国尤其是守卫王宫的所有军官和士兵都可以称作"国王侍卫"，所谓"普天之下莫非王臣"，黄的译文也可以接受。

③ 福丁布拉斯这个挪威小王子角色的设置非常有意思。他和哈姆雷特在家国中的地位一样，都失去了父王，处于叔父的统治之下。

但两人处境不同，哈姆雷特的叔父是通过弑兄娶嫂而登上王位的，叔父是他的敌人；他一心想的是如何除掉叔父，报杀父之仇，并抢回王位。福丁布拉斯因为年龄太小，所以他的父王临终时把他托付给他的叔叔，他的叔叔相当于周公之摄政。他们叔侄俩的关系是相互融洽、配合的。他叔叔在国内替他掌控着大权，他呢，像玩似的，南征北战。

两人的心境也不同。福丁布拉斯没有压力，他年轻、坚定、乐观、进取、果断，有时微微有点鲁莽。哈姆雷特面临着残酷的斗争环境甚至你死我活的压力，如果他稍有闪失，那么，非但父仇难报，恐怕连身家性命都难保。所以，他处处谨小慎微，犹豫不决，导致他优柔寡断、忧郁寡欢的性格。

演员若干

两个小丑兼掘墓人

一挪威部队首领

两位英国使臣 ①

格楚德　　　　　丹麦王后、哈姆雷特之母

奥菲丽娅 ②　　　泼娄聂斯之女、哈姆雷特的情人

哈姆雷特父亲的阴魂

　　　　　　　　贵族、贵妇、牧师、官员、士兵、水手、信使、仆役各
　　　　　　　　若干

地点：艾尔西诺城堡 ③

───────────

　　或许哈姆雷特认识到，国家是次要的，治国的人是重要的。假如他叔父像福丁布拉斯的叔父一样是一位仁人明君，那么，他没有必要念念不忘急着要子承父位成为丹麦国王。退一步说，他自己暂时不当国王，让叔父摄政几年，又有何妨？其实，内心深处，他何尝不想跟福丁布拉斯一样去轻轻松松地建功立业呢？他把福丁布拉斯当作另一个自己，在遭遇巨大变故前的自己或者说理想中的自己。从这个角度上说，他最后在临终，把丹麦王位拱手推送给福丁布拉斯，是顺理成章、合情合理的。

① 原文为"Ambassadors"，黄国彬译为"大使数人"，有两个问题。1."数人"一般指三个人或以上，而剧中只有两位 Ambassadors。2.两人的身份可以说是"来使"或"使臣"，不宜称为"大使"。一般而言，一个国家派驻到另一个国家去当大使的，只有一位，不会同时有两个乃至两个以上的情况。Ambassador 除了"大使"的含义，还有"使节"的含义，此处取后者更妥。

② 名字来自希腊语，发音类似于 Apheleia，含义是"简单、朴素"，正符合这位少女的性格。

③ 莎翁笔下的艾尔西诺城堡（Elsinore）的原型是位于丹麦首都哥本哈根北部赫尔辛格地区的克隆堡（Kronborg Castle）。城堡真名"克隆"的含义是"王冠"（Kron 相当于英语中的"crown"），这座富丽堂皇的建筑堪称文艺复兴时期欧洲建筑中的"王冠"。笔者曾两度前往造访，有一次还曾在城堡里欣赏到了《哈姆雷特》剧作的片断表演。导游说那个城堡叫作哈姆雷特城堡，还说莎士比亚曾经莅临。城堡的墙壁上有莎士比亚的浅浮雕像。事实上，莎士比亚不仅没有到过丹麦，甚至一辈子都没有离开过英国。因此，我们说，写世界未必需要先行周游世界，正如写历史不必穿越历史。

第一幕

第一场

艾尔西诺：城堡前的平台

[弗兰西斯科在站岗，贝纳多上台向他走去。]①

贝纳多：	什么人？
弗兰西斯科：	喂，你先回答我。② 站住，口令。③
贝纳多：	吾王万岁！④
弗兰西斯科：	是贝纳多吗？
贝纳多：	是我。

---

① 在不同版本中，此处的演出说明词大致分为 3 类：两人都在台上，两人都从台下往台上走，一人在台上、另一人从台下往台上走。卞之琳和朱生豪都用了第一类，因此卞译为两人直接"相遇"，朱译为贝纳多"迎面"走向弗兰西斯科。笔者以为，最合理的应该是第 3 类，因为剧中明确说两人是在换岗，一上一下可以展现换岗的过程。

② 两人互相之间应该是相当熟悉的，至少能辨别对方的声音。之所以有这样陌生的问话，可能是由于他们在此之前见过鬼魂，因而一直惊魂未定，那么这一声可以认定是惊恐的本能反应。

③ 原文为"unfold yourself"，本义是"（脱掉衣服）展露你自己"。哨兵在看不见对方的情况下喊话时，往往只问口令不问人。因此，这个短语可引申为"说出你的口令"。另外，哨兵喊话，尤其是在情急之下，按照他们的习惯，往往异常简短；所以卞之琳直接译为"口令"，笔者以为是最佳的，也跟贝纳多用口令语来回答榫接吻合。朱生豪翻译为"那边是谁？"梁实秋的翻译几乎跟朱的一样——"那是谁啊？"都侧重的是人（名号或身份），不是口令。此处翻译之所以不能侧重于人，还有一个原因，那就是后面贝纳多没有答以自己的名号或身份，而是答以口令。

④ 这是口令用语。讽刺的是：剧中丹麦两任国王，无论是被杀的还是杀人的，都没得善终。

弗兰西斯科:	您来得挺准时嘛。
贝纳多:	现在钟敲十二点了。回去睡觉吧,弗兰西斯科。
弗兰西斯科:	非常感谢您来换岗。真冷啊。我心里真难受。
贝纳多:	您这班岗安然无事吧?
弗兰西斯科:	连耗子都不见有活动。
贝纳多:	那好,晚安。
	如果您碰到霍雷修和马塞勒斯
	我守夜的搭档,就叫他们赶紧来。

[霍雷修和马塞勒斯上。]

弗兰西斯科:	我听见他们了。站住! 什么人? ①
霍雷修:	就这地界的,朋友②。

———————————

① 原文为 "Stand! Who's there?"原义是"站住! 谁在那里?"在中文里,部队哨兵不会那么问"谁在那里?"一般会以最简单的用语问"谁?"或"什么人?"弗兰西斯科先说"我听见他们了。""他们"当指前面贝纳多所说的"霍雷修和马塞勒斯",弗兰西斯科应该是心知肚明的。那么,他为何还要喝问"站住! 什么人?"笔者以为,因为那是他作为一个哨兵习惯而且必须做出的喊话,类似于常人的"口头禅",并不一定具有现实针对性。

② 原文是 "Friends to this ground"。主要有三种不同的译法。

一是以译出语为旨归,力图忠实原文的字面含义,但不太符合中文里哨兵喊话的习惯用语。如,梁实秋译为"本国的友人",把"ground"理解成了"国家"。黄国彬译为"这土地的朋友",把"ground"理解成了"土地"。笔者以为,"国家"和"土地"都范围广于"ground",霍雷修不是国家统治者,恐怕还缺乏这么说的资格;另外,"本国的友人"云云,言外之意似乎说他是外国人,不妥。霍雷修嘴里的"ground"指的是城堡或城堡的某个区域,也即他们执勤的范围;因此,如果一定要翻译,译成"本地"或"这个地界"是比较合宜的。

二是以译入语为标准,试图让中文读者听起来没有"异感",如朱生豪译为"都是自己人",卞之琳的译法也差不多——"自己人";两人表面上似乎既没有翻译出"ground",也没有完全翻译出"friends"。但是他们的译法的确更符合中文里部队哨兵喊话的习惯用语。

三是努力融合以上两种译文之优点的译法,不过,到底以哪一种为主? 不同的译者还是有不同的具体做法。如,孙大雨以第二种为主,加上第一种的优点;他译为"宗邦自己人"。"宗邦"

马塞勒斯：	丹麦王的忠臣。
弗兰西斯科：	愿上帝赐你们晚安。^①
马塞勒斯：	哦，再见了，诚实的卫士。
	谁替您的班？
弗兰西斯科：	是贝纳多接了我的岗。
	愿上帝赐你们晚安。

〔下。〕

马塞勒斯：	您好，贝纳多！
贝纳多：	口令！谁？是霍雷修吗？
霍雷修：	是他的一块肉而已。^②

有地域的指涉，不过，现在很少有中国人在口头上说这个词，更别说是哨兵了。况且，"宗邦"也有"社稷"的含义。

笔者原先也倾向于以第二种为主，加上第一种的优点；后来决定以第一种为主，加上第二种的优点。最主要的原因倒不在于想让中国读者了解英国哨兵不同于中国哨兵的喊话习语，而是基于笔者对霍雷修这个人的性格特征和说话习惯的把握。毫无疑问，他是整部剧中哈姆雷特最铁的朋友，豁达豪爽又真挚细腻，不管在何种情况下，都保持乐观与轻松的心态。哈姆雷特喜欢讽刺挖苦，他则喜欢微讽谐谑。比如，在这句话的后面，当贝纳多严厉地问："口令！谁？是霍雷修吗？"他却自嘲似地答道"一块肉而已"。因此，此处我们不妨也认为，他不是那么严肃地遵照哨兵条例上的用语喊话。他没有以口令答口令，而是以一种比较另类的话语方式想诉弗兰西斯科："咱们是同一个辖区的兄弟，不要太认真其事啦。"

笔者之所以在"朋友"前加了个逗号，是因为霍雷修称自己是对方的朋友，也就意味着对方也是他的朋友。他人缘极好，"朋友"一词可能常常挂在他嘴边。

① 原文是 "Give you good night"，没有主语。有学者以为，这主语是上帝（God），他对人类的恩德当然是赐予的。弗兰西斯科之所以把上帝请出来，是因为在鬼魂出现过而且随时可能再出现的现场，除非有上帝恩赐，谁能享受夜晚的安宁啊？！

② "A piece of him" 直译为"他的一部分"。有人解释说这部分指的是"手"，即霍雷修伸出手，去握贝纳多的手；由于天黑得伸手不见五指，双方恍若只感觉到对方的手的存在，也就是说整个人似乎只剩下手了。

贝纳多：　　　　　欢迎，霍雷修。欢迎，马塞勒斯，好样的。[①]

马塞勒斯：　　　　什么！那东西今晚又出现了吗？

贝纳多：　　　　　我什么也没瞧见。

马塞勒斯：　　　　霍雷修说这只是咱们的幻觉，

　　　　　　　　　他不信咱们看见过两次的那般

　　　　　　　　　情景；所以我请他过来，今晚

　　　　　　　　　跟咱们一起守夜。如果幽灵

　　　　　　　　　再度出现，霍雷修就可以证明

　　　　　　　　　咱们眼见不虚，还可跟它谈谈。

霍雷修：　　　　　去，去，它不会出现的。

贝纳多：　　　　　先坐一会儿吧。

　　　　　　　　　我们要再度攻击您的耳朵；它们

　　这是霍雷修的幽默说法，却给翻译造成了难题，因为汉语里没有类似的表达法。梁实秋的翻译是"有点儿像他"，卞之琳只去掉梁译中的"儿"字，译为"有点像他"。朱生豪译为"这儿有一个他"，把原文的"部分"变成"囫囵"了。黄国彬直译为"是他的一点点"。梁还专门做了注解，说应该把这个短语"当作一句平常的俏皮话解"。这个说法是对的。但笔者以为，三个人的翻译都不够"俏皮"。

　　正苦思不得其"词"之间，笔者突然想到林纾把查尔斯·狄更斯的小说《大卫·科波菲尔》的名字翻译成怪怪的《块肉余生记》，"块肉"者"人体之一部分"也。林纾之用这个词，颇能传达狄更斯之"幽默"意味。他可能是受启发于中国民间的一个普通说法"孩子是母亲身上掉下来的一块肉"。中文读书界对这个译名可是耳熟能详啊，笔者遂拿来移译。况且，"霍雷修"和"一块肉"不仅都是三个字，而且其中两个字还正好押尾韵，似乎他在叫自己的名字，但又模糊其音，仿佛他是在自嘲，从而表现幽默效果。

① 原文是"Good Marcellus"，英国人在表示对某人的欣赏或喜欢时，喜欢在对方的名字前直接加个"好"字。我们中国人却没有这样的习惯说法，因此，卞之琳和朱生豪都翻译成"好马塞勒斯"，读起来好生别扭。梁实秋应该感觉到了这种别扭，所以干脆就没有把"好"字译出来；黄国彬明知其不行，所以用"也"字代替"好"。但这两个字含义上完全无关。笔者灵活处理了一下。

像顽固的城堡，不信我们的报告。①

前两个晚上我们都见它来着。

霍雷修：　　　那好，咱们就坐一会儿吧。贝纳多，您给我说说。

贝纳多：　　　昨儿晚上，正当那边的那颗星

---

① 这三行的原文是：

And let us once again assail your ears

That are so fortified against our story,

What we two nights have seen.

实际上是一个复杂长句，有六点值得注意。1. 贝纳多见霍雷修喜欢开玩笑，所以也玩起了语言戏法。2. 贝纳多是军人，所以哪怕玩戏法，他用的也是军事语言，尤其是"assail"（攻击）和"fortified"（筑就防御工事的）两个词，必须译出来。3. 当时最坚固庞大的防御工事是城堡，因此，我们不妨想象这里内含着"城堡"意象（他们都是城堡的守卫者嘛），暗含着隐喻这一修辞策略。4. 其中，"assail"（攻击）和"fortified"（加强防御）是两个非常强有力的词，犹如"矛"与"盾"，一攻一守，激战正酣。此处莎翁暗地里把耳朵比喻成了"城堡"。5. "again"，"assail"和"against"押了"内韵"和"头韵"。6. 这些军事意象和密集韵律的应用使得这两行听起来铿锵有力。

译文应该相应地表现出其中的意象和音韵。

梁实秋用了意译法，译为："你不信我们接连两夜看见的故事，让我们再说一遍给你听罢。"译文寡淡无味，几乎没有意象和修辞；况且，还有一个小瑕疵，"故事"成了"看见"的宾语，是不妥的；"看见"后面应该加上"鬼魂"。"接连两夜看见"内含比较丰富的押韵，其他部分在音韵上比较散碎和乏味。

朱生豪也用了意译法，译为"虽然你一定不肯相信我们的故事，我们还是要把我们这两夜来所看见的情形再向你絮叨一遍"。原文的上述这6个特点都没有被译出来，也几乎没有意象和修辞。"一定不肯相信我们"内含比较丰富的押韵，其他部分在音韵上也比较疲弱。

卞之琳译为"我们的故事你听来只当是耳边风；/我们再讲讲两夜里看见的光景，/偏叫你听进去。"也没有译出军事意象，音韵上也乏善可陈，很难让人有押韵的感觉。

孙大雨译为"等我们再一回/送进您的耳朵里去，它们好比是/壁垒森严的城堡，拒绝听这故事，/我们已一连两个夜晚见到过"。除了"assail"（攻击）这个军事术语没有翻译出来，译文在其他方面都相当完备，也有三个相邻的字押了韵（"们""森"和"城"）。

笔者吸取孙大雨的高明译法，稍有变化，不仅译出了军事术语和军事意象，还注意用了比较丰富多样的音韵，如押声母的有"度"和"朵"，"像"与"信"等，押韵母的有"们"和"城"，"堡"和"报"以及"前""晚"和"见"等。

离开北极星西行、一路照亮

那一角此刻正在燃烧的天空；

正好钟敲一点，马塞勒斯和我——

[鬼魂上。]

马塞勒斯：	嘘！别说了！瞧，它又来了！
贝纳多：	跟死去的国王一模一样。
马塞勒斯：	您是读书人，霍雷修，您跟它说说。[①]
贝纳多：	难道他不像已故国王吗？您看哪，霍雷修。
霍雷修：	像极了。这使我感到既害怕又惊疑。
贝纳多：	它想让咱们去跟它说话。[②]
马塞勒斯：	问问它，霍雷修。
霍雷修：	你是何方妖孽，要篡夺这夜晚
	时光？篡夺九泉之下的丹麦王[③]
	出征时候的英武模样。我要以

---

① 中世纪以来的驱邪法事上法师都得用拉丁文，大概拉丁文是地狱里的普通话，妖魔鬼怪都讲拉丁语，所以能听懂法师的律令；而在人间，懂拉丁语的都是学者（如牧师），而不是普通百姓；这是宗教垄断的一种体现。莎士比亚时代的所谓读书人，比如像他自己那样，只有上了文法学校和大学，才可能精通拉丁文。

② 莎士比亚时代的人普遍信神信鬼，而且认为鬼魂见到人，不能先开口，一定要等人来问它话，它才能开口回答。贝纳多或许认为：鬼魂已经不再是"人"，但还有人性；所以既用人称代词（he），又用非人称代词（it）。

③ "buried Denmark"本义是"已被埋葬的丹麦"。莎士比亚常用国名代称国王，用地名代称诸侯，如此处称"丹麦王"为"丹麦"。这是"借代"修辞手法，英语叫作"synecdoche"。中国古代也有类似的用法，但一般会在地名前加上姓氏，如柳柳州、韦苏州、韩荆州等。译文用汉语习惯，在国名或地名后加上王号或爵号。

	上天的名义，命令你开口说话！
马塞勒斯：	您冒犯了它。
贝纳多：	看，它昂首阔步地走了。
霍雷修：	别走！说话啊，说话！我命令你说话！

[鬼魂下。]

马塞勒斯：	它走了，不愿搭理咱们。
贝纳多：	现在怎么办呢，霍雷修！您在发抖，脸色都白了。这回
	您不认为是幻象了吧？您对此有何想法？
霍雷修：	上帝在上，要不是我亲眼所见，
	要不是我那敏感的双眼看到了
	实物，我不会相信这是真的。
马塞勒斯：	它不像先王吗？
霍雷修：	正如您像您自己。①
	他曾经就是披戴这一身盔甲
	去跟野心勃勃的挪威王鏖战，
	在冰天雪地里重创乘着雪橇的②
	波兰人，在跟敌酋谈判的时候，③

———————

① 此行三音步，原文如此。
② "Sledded" 的含义是 "乘着雪橇（sled）"。卞之琳译为 "雪车队"，"雪车" 是什么样的车呢？所指不明，恐怕要被误认为是机械化部队；故不妥。
③ 原文为 "in an angry parle"，原义为 "在一次愤怒的谈判中"。"愤怒" 当然指的是人的心情，而且指的应该就是老国王的。译文之所以加了 "敌酋"，是为了相对明确谈判的对象（counterpart），正如老哈姆雷特鏖战的对象是挪威王；所谓 "兵对兵，将对将" 也。

他也曾这样愤怒地紧皱着眉头。

真怪啊！

马塞勒斯： 前两次也这样，就在这致命的时辰，我们

眼睁睁看着他走开，腰板挺直，像个军人。

霍雷修： 我不知道具体该怎么想、怎么做

但是我有一个大致的想法，

这预示着我们国家要有怪事爆发。

马塞勒斯： 好啦，坐下吧。请您告诉我：我们

何以要进行这样严密而仔细的

瞭望，全国的臣民要夜夜劳作？

为什么要这样日日铸造铜炮，

还要到外国市场上去购买武器；

为何要大规模征召造船的工匠，

让他们闷头工作，周日都不休息。

这样夜以继日、忙忙碌碌地

苦干，为的是什么？谁能告诉我？

霍雷修： 我能告诉您。

至少小道消息说，正如你们

所知，勇猛的先王老哈姆雷特①

——刚才还向我们显露他的形象，

① 此处原文只有"Hamlet"（哈姆雷特），指老国王（父子同名，欧美很普遍的叫法）。为了不引起读者误解，笔者译为"老哈姆雷特"或"先王"。"福丁布拉斯"在本书中亦分"老"和"小"，以示区别。

我们这边人人都很敬重他——

他曾受到好胜又骄傲的挪威王

老福丁布拉斯的挑战；他与之决斗

——打败了那个挪威王；此前他们

曾订立正式的协议，得到两国间

原有战争法的批准。根据协议，

谁要是输了，就要被对方没收

他所掌控的所有领土，还有他的

生命。先王也爽快地划出相当

数量的土地作为赌注。根据

那份契约以及双方所商定的有关

条文的规定，如果挪威王胜利，

他可以要回他那块祖传的土地。①

但他输给了先王。而现在，先生，

小福丁布拉斯年轻气盛，修养

不够，像一把又烫又满的热水壶②，

---

① 在欧洲，王土并非国土，不像中国奴隶社会那样"普天之下莫非王土"，国王或王室的土地只是国土的一部分，是有限的，可以世袭。

② 原文"unimproved mettle hot and full"中"unimproved"指小福丁布拉斯虽然貌似长大成人，但身心俱未完全成熟。

梁实秋译为"血气方刚"。卞之琳和黄国彬也用了这个成语，分别译成"血气方刚，不知天高地厚"和"血气方刚，未经过锤炼"。两人均未译出"hot"与"full"。"mettle"可以译为"气"或"血气"；但"血气方刚"形容年轻人精力正旺盛，无论是"hot"还是"full"，均与"刚"不符。朱生豪把整个这部分简译成"一副烈火也似的性格"，没有译出"unimproved"（未成），也没有译出"full"（满）。孙大雨的译文与朱译类似，把"hot and full"译为"年少气盛火性烈"，只译出"hot"（可作"烈"解），而未译出"full"（满）。"火"算是个比喻，但正如"火"在

在挪威边境各地，如鲨吞群鱼①，

召集了一批无地的无赖②。他们

只为了混口饭吃，甘愿为他效力；

"锅"（mettle）下，这个比喻也是等而下之。

笔者译为"小福丁布拉斯年轻气盛，修养不够"。"年轻"主要关乎"身"，"修养"则关乎"心"。小福丁布拉斯的气质（mettle）又热又满（hot and full），自然而然让人联想到水烧开了的壶（kettle，恰好与mettle谐音）。所以译文添了"壶"这个意象，化抽象为具象，强化了文字的形象性和比喻的贴切性。

① 原文"shark'd up"用了"鲨鱼"（shark）意象。"shark"作使动词用时，指的是鲨鱼的捕鱼动作：先"兴风作浪"，把上下左右的其他鱼虾都随着浪掀起来，然后自己张着嘴，让其中的一些从高处落入其口。那些鱼呢，一开始还以为它是在跟它们玩游戏呢，就这样被一股脑儿吞噬了。因此，在英语中，"鲨鱼"兼有"骗子"之意，"shark"作动词用时，指的是欺骗。此处应该是双关语，指小福丁布拉斯像鲨鱼一样，威逼并诱骗那些无赖跟随他四处征战。

梁实秋和孙大雨都译为"啸聚"，朱生豪译为"召集"；卞之琳译为"招聚"，好像是综合前两者的译法；四人均未译出"鲨鱼"意象，也就无从寻索其双关之意。黄国彬译为"鸠集"，含义是恰切的，以"鸠"代"鲨"，也不失为一种保留意象的可取译法。但去掉鲨鱼意象，终究可惜，而且"鸠集"也没有"欺骗"的含义，甚至连那个含义的线索都没有。

汉语中有"鲸吞"一词，笔者遂化用之而得"鲨吞"。留着"鲨"字，不仅留下了"鲨鱼"这个意象，而且可以让有心的读者去揣摩这个词在英国文化语境中的双关含义：小福丁布拉斯之招集无赖，如鲨吞群鱼，连哄带骗。

② 此处不同版本有两种不同写法："lawless resolutes"和"landless resolutes"，前者"lawless"指"无法无天"，是个贬义词；后者"landless"指"没有土地"是个中性词。梁实秋只取前者，译为"亡命之徒"（指冒险犯法，不顾性命的人）；孙大雨也取前者，译为"刁悍的亡命之徒"（"刁悍"与"亡命"涉嫌语义反复）；卞之琳结合两者，译为"没有土地的亡命徒"。笔者倾向于后者，因为这个短语的前后说的都是"土地"和"土地"上的产出即"粮食"（food），说大家争的就是这些。

最关键是如何理解并翻译"Resolutes"。到目前为止，几乎所有的译者都把它理解成了贬义词，而且是很重的贬义。这个词的词根是"solute"，来源于古希伯来文，含义是：火刀上的舞者。这是对"勇士"的称呼，在月亮神祭祀典礼上，他们要在烧红的刀上跳舞。"Resolutes"也有这样的含义，可能会指"匹夫之勇""蛮勇"，即便有点贬义，也类似于揶揄。因此，我们不应该把它单独对应于"亡命徒"。

笔者以为，还是朱生豪用的"无赖"一词比较适用。"无赖"者"无所依赖"也，而在农业社会，人最大的依赖就是"土地"；"无赖"又可能会"好勇斗狠"，与"Resolutes"语义相通。整个儿这个短语可译作"无地的无赖"。

任何营生中都存在着一只肚子。①

正如各种迹象所表明：挪威

王子的大业不在别处，就是针对

我们国家，他无非是想要强词

夺理，用铁腕从我们手里夺回

我刚才所说的由他父亲所败掉的

那些土地；窃以为，这就是我们

大搞战备的主要动机，是你我

在这里瞭望的因由，也是全国

这样忙忙碌碌②的主要因头。

贝纳多：　　　我想除此也没有别的缘由。

我现在可以理清头绪了，这个

鬼魂全副武装来到我们的眼皮

底下，是要向我们做出警示；

它之所以那么像先王，是因为

过去和现在它都是战争的主角。

霍雷修：　　　一粒尘埃可搅扰心灵的眼睛。③

---

① 原文"For food and diet to some enterprise/ That hath a stomach in't."有学者解释说，这句话语涉双关。1. 中国俗语曰"人为财死，鸟为食亡"，这是互文，其实人往往也是"为食亡"，为食而亡命。许多人是为了填饱肚子而成为亡命之徒，乃至参加暴动。2. 任何所谓事业（enterprise）都像一个肚子（stomach），比如战争，比如建设，比如开个工厂，而人呢，就像是被吞咽并消化的食物一样，作为一种能量去填去补去牺牲。这是莎翁人道主义思想的生动体现。
② "romage"是"rummage"的古代拼法，原义是"翻箱倒柜地搜查"，此处含义应与前面的"haste"（匆忙）相近，指翻箱倒柜时所显现的忙碌样子。
③《圣经·马太福音》第7章第4节："为什么只看见你兄弟眼中的一粒尘埃，却不想想自己眼中

在无上繁荣的罗马共和国时期，①

就在强大无比的恺撒倒下之前，②

坟墓都空了，僵尸披着裹尸布，

在罗马街头尖叫着、喋喋不休，③

正如群星组成了火链，鲜血

变成了露珠，光天化日下祸不

单行。海神的帝国依赖于月亮的④

引力之流，而今那颗潮湿的星辰⑤

因为被吞食⑥而染病，就像是到了

末日⑦。甚至诸如此类凶恶的前兆，

有一根梁木呢？"

① "palmy"的本义是"多棕榈的"。棕榈树（叶）在欧美人的心目中是荣耀、胜利、优越的象征。译文用形容树木的"繁荣"一词（作双关语）。

② 恺撒（公元前102？– 前44）是罗马共和国的军事家、政治家、史学家、演说家兼诗人，被政敌普鲁图斯（公元前85– 前42）等人所暗杀。

③ 这两行来自普鲁塔克的《希腊罗马名人并传》(Parallel Lives of the Noble Greeks and Romans) 的英文选译本《科里奥兰纳斯、恺撒、布鲁特斯和安东尼合传》(Life of Coriolanus - Life of Julius Caesar - Life of Brutus - Life of Antonius)，译者是托马斯·诺斯爵士 (Sir Thomas North)。莎士比亚非常熟悉《名人传》，取材良多。

④ "Neptune（内蒲墩）"是罗马神话中的海神。大海的潮汐受月亮控制。

⑤ 中世纪欧洲人相信，天体如人体一样有一种体液，并能像射光一样，把这种体液射到地面。大海的潮汐受月亮影响，这是科学知识；但诗人在此基础上展开想象：一方面，月亮的体液抛洒到海面，成为引力之流（"influence"的词根"flu"的含义就是"流"）；另一方面由月亮引起的潮汐似乎上升到空中打湿了月亮。另外，中世纪科学家把万物分成四类：干、湿、热、冷，而月亮属于湿类。因此，月亮被称为"湿星"（the moist star）。

　　"湿星"一词常用于广东方言，但在普通话里似乎还没有成为一个词语。因此，梁实秋、朱生豪和卞之琳都直接把"the moist star"这个短语翻译成了"月亮"。孙大雨则译成"水上的冰轮"，莫名其妙。黄国彬译为"潮湿的星子"，最良善。笔者取此意。

⑥ 《哈姆雷特》约作于1599年至1602年间。据考证，最靠近这个时间的发生在英格兰上空的月食（Lunar eclipse）是1598年2月11日和8月6日这两次。莎士比亚可能亲眼所见。

⑦ 此处关于月食和末日的关系，来自《圣经·马太福音》第24章："那些日子的灾难一过去；日

如同那些始终赶在命运女神

之前显露的预兆，还有那预兆的

预兆，都已经来到；皇天和后土

一起在昭示我们的国家和人民。

[鬼魂又上。]

慢着，轻点声！瞧！看啊！那儿！

它又出现了。尽管它可能会害我 ①

然而我还是要画着十字截住它。②

站住，鬼影 ③！如果你不是哑巴，

会发出声音，那么请跟我说话。

头就变黑了，月亮也不放光，众星要从天上坠落，天势都要震动。"在这样的状况下，人类最需要基督，于是有所谓的基督的"再度降临"。

① 原文"though it blast me"中"blast"的原义为"损害"。朱生豪直截了当地译为"害"，梁实秋译为"魔住"，把整句话译为"尽管那鬼魂会魔住我"。有些译者却离开这个正确方向的解释，纷纷"着魔"地把它释译为与"着魔"相近的词语，如孙大雨译为"中魔"，卞之琳译为"着邪"，黄国彬译为"信邪"。这三个人的译法的语法主语由"鬼魂"不得不变成了"我"，否则"我"会成为"施害者"，而不是被害者。但是，经过这么一转换，鬼魂的"施害者"形象被淡化到几乎没有了，仿佛"中魔"的是"我"自己。

② 原文"cross"有双关二义：1.（斜刺里横着过去）拦截。2.画十字。按照基督教的说法，人，不管以何种方式，在路上遇到鬼，很可能被其伤害；所以需要画十字以避邪。

"cross"是基督教文化的标志性形象或动作，非常有助于读者了解莎士比亚的基督教思想；因此，不能不译出来。但是，梁实秋译为"照直地走过去"，朱生豪译为"挡住"，卞之琳译为"拦住"，孙大雨译为"面对"；他们都没有译出来这个词的双关含义。笔者力图兼顾两种解释。

③ "鬼影"的原文是"illusion"（原义为"幻象"）。有学者认为，霍雷修之所以用这个词，而不用"ghost"（鬼魂），是因为当时他还没有完全相信那是鬼魂。因此，在这里，我们还不能像朱生豪那样直接翻译成"鬼魂"。卞之琳译为"影子"，如影随形，似乎太实。梁实秋译为"虚幻的东西"，孙大雨译为"幻象"，黄国彬译为"幻影"；又嫌太虚（有点像是我们主观臆造出来的）。"鬼影"应该算是一个虚实兼顾的意象。

如果有什么好事可能会使你

得到安宁、使我赢得令名，那就

请说吧。如果你预先知道祖国的

命运，也许你的先知可以消灾

免祸。哦，快说啊！或者，如果

你生前曾经把敲诈勒索来的财宝

埋藏在大地的怀抱 ①（人们传说，

你们这样的幽灵往往会为了

财宝而在大地上到处乱走）。

[公鸡啼叫。]

请你说出来！站住，说话啊！——拦住它，

马塞勒斯！

马塞勒斯： 要不要我用长矛 ② 教训它？

---

① 原文"in the womb of earth"的原义为"在大地的子宫里"。中国人可能普遍忌讳说"子宫"这一女性生育器官，译者要么避而不译，要么用另一个词来替换。梁实秋和朱生豪都译为"在地下"，黄国彬译为"在泥土中"。三人的译文中都没有"子宫"，甚至没有替代物。卞之琳译为"地下哪一个角落里"，用"角落"替代"子宫"，孙大雨译为"地下哪一处洞窟里"，用"洞窟"代替"子宫"。

笔者之所以把"子宫"稍稍转换性地译为"怀抱"，首先是因为"怀抱"既没有"子宫"那么扎眼，同时又保留了身体性意象。其次是因为它与"财宝"押韵。此处三行的原文为：

  Or if thou hast uphoarded in thy life

  Extorted treasure in the womb of earth,

  For which, they say, you spirits oft walk in death

  其中既有押行尾韵的（如 Earth 和 death），也有押行内韵的（如 uphoarded 和 Extorted 等），因此，译文必须要有明显的押韵，以达成某种程度的与原文对等的效果。

②Partisan（也写作"Partizan"）是欧洲中世纪的一种武器，柄长，有一两个突出的横向锋刃，

霍雷修:	如果它不停住的话，就教训它。
贝纳多:	它在这儿!
霍雷修:	在这儿!
马塞勒斯:	它走了!

[鬼魂下。]

我们对它扬威耀武 ① 不顶事,

您看它多么威武，像空气,

简直是刀枪不入。我们这几下

徒劳的比划会被恶意嘲骂。

贝纳多:	它正要说话呢，雄鸡就叫了。
霍雷修:	它像一个罪犯听到了可怕的

传唤而惊跳起来。我曾经听说

雄鸡是早晨的号角，用它那高亢

而尖利的嗓音唤醒白昼的神袛。

一听到它的警告，那在外放纵的

类似于长矛。几乎所有人都把它译为"戟"。但是，作为中国古代十八般兵刃之一，戟融合了枪、矛和戈的形状与功能，在戟杆一端装有金属枪尖，一侧则有月牙形利刃通过两枚小枝与枪尖相连，可刺可砍。两者明显不同。

卞之琳意识到了这种差异，译成了"长钺"。但是，作为十八般兵刃中的另一种，钺通常由青铜或铁制成，形状像板斧而较大。本来，钺是刑具（用于斩首或者斩腰），而不是兵器，后来则主要用作礼器。可见，钺比戟更加不像 Partisan。笔者只好译为更加普泛的"长矛"。

① 原文"the show of violence"的含义是"给它点颜色瞧瞧""让它看看我们的厉害"，而不是真的动刀动枪或诉诸暴力。梁实秋和朱生豪都直接译作"暴力"，卞之琳也差不多，译作"粗暴"。孙大雨准确地译为"表示粗暴"。

有罪的精灵，不管是在海上

还是在火里，不管是在地上

还是在空中，都赶回自己的禁地①；

眼前这真相就证明我所言不虚。

马塞勒斯：　　　一听到公鸡啼叫，它就消失了。

有人说，每回在我们庆贺救世主

诞辰的日子里，就在节日来临

之前，那司晨的家禽会彻夜长鸣；

于是，他们说，没有一个精灵

胆敢在外面游行。夜夜康宁，

没有一颗星把厄运喷向人间，

没有一个仙女诱惑人，也没有

巫婆把人魔住，到处是神恩。

霍雷修：　　　　我也听说过类似的情况，并且

半信半疑；但是，您瞧，清晨

披挂着黄褐色的斗篷踏着东方

高山上的露珠走来了。我们可以

收工了；我建议，咱们去把今夜

看到的情况告诉年轻的哈姆雷特

殿下；我敢拿生命打赌，这幽灵

---

① 每一种精灵都有相对固定的活动场所（海上或地上或天上），尤其在白天，不能逾越。在黑夜，如同放风，它们可以串串门，比如海上的可以到地上，地上的可以到天上。早上一听到鸡鸣，它们就得回到自己的场所，仿佛从自由状态回到囚禁状态。

　　　　　　　　　　对我们虽然沉默，但会对王子

　　　　　　　　　　开口。我们对他的友爱①和职责

　　　　　　　　　　都要求我们禀告他，你们同意吗？

马塞勒斯：　　　　　上帝保佑，就这么办。我知道今天

　　　　　　　　　　早上我们去哪儿找他最方便。

　　　　　　　　　　　　　　　　　　　　　　　　　［同下。］

---

① 原文"loves"为复数。在现代汉语中，"love"这样的抽象名词一般是没有复数形式的；但在伊丽莎白一世时代，抽象名词的复数形式是被允许的，表示其属性不止为一个主体所有。此处之"爱"乃多个男人对哈姆雷特的"爱"。

　　另，霍雷修此处说，他们几个对哈姆雷特的关心既出于友爱，也出于职责（"责"字正好跟上一行末尾的"特"押韵）。在第一幕第二场的最后，他们当着哈姆雷特的面，为了表示对王子的尊敬，强调的是职责。但哈姆雷特更看重的是他们的友情，所以他似乎是纠正他们说："我要的是你们的友爱。"原文"友爱"一词用的也是复数。

　　梁实秋译为"交情"，没有交代复数。朱生豪译为"我们的交情"，译出了"我们"，但"交情"与"爱"还是有程度上的区别。卞之琳和孙大雨分别译为"情谊"和"情意"，也没有表现出充分的"爱"；而且没有加上"我们"。黄国彬译出了"爱"，但只这一个字，又有点"暧昧"，而且也没有加上"我们"。

　　笔者翻译成"友爱"，更准确；前面加上"我们"来界定，更全面展现这个词的内涵。

第二场
城堡中的朝堂

［国王、王后、哈姆雷特、泼娄聂斯、雷俄提斯、沃尔提曼德、考尼列斯、群臣及侍从等上。］

国王：　　　　　　亲爱的王兄哈姆雷特猝然驾崩，

　　　　　　　　寡人① 记忆犹新，心里依然

---

① 古今中外的所谓最高统治者都很"自雄"，觉得自己最有资格代表全国人民，所以故意把"我"和"我们"混着用。本书中克罗迭斯自称时，习惯用第一人称复数"我们"（we）来代替第一人称单数"我（I）"。这是既谦虚又傲慢的措辞，谦虚是虚，傲慢是实。普通人说"我们"是真正的谦虚，说"我"则会被怀疑有"个人主义"的骄傲心理。

克罗迭斯国王在此段讲话的开头第一句里，称先王老哈姆雷特为"Hamlet our dear brother"。朱生豪几乎直译为"我们亲爱的兄长哈姆雷特王"。原文中有"dear"一词，充分反讽了克罗迭斯的惺惺作态，正是他谋害了他亲爱的王兄。但问题是：整个朝堂（舞台）之上，只有他一个人是哈姆雷特王的弟弟，照常理他应该用"我的"，而不是"我们的"。朱生豪译成"我们"，显得关系别扭、悖逆常理。

卞之琳的译文是"至亲的先兄哈姆雷特"，孙大雨的译文是"亲爱的王兄"，他俩都没有译出这个形容词所有格，似乎有意回避这里的矛盾。梁实秋译为"我的亲兄哈姆雷特"，似乎直接用译文纠正了原文的矛盾，但也牺牲掉了原文的微讽。黄国彬译为"朕的亲爱兄长"。"朕"没有单复数之间的微妙转换关系，也揭示不出最高统治者的虚伪嘴脸。

为了表现国王假谦虚真傲慢的话语姿态，笔者动用了古汉语中的措辞"寡人"。寡人，即为寡德之人，是中国古代君主、诸侯对自己的谦称，实际上是自大心理在作怪——不让任何人跟他平起平坐、分庭抗礼。"寡人"这个称呼自秦始皇起专用作皇帝一个人的自称；以"称孤道寡"来反衬皇帝自己的天下唯我独尊。笔者以为，"孤"或"寡人"是与克罗迭斯口中"we"和"our"

承受着这剧痛深悲，整个王国

都已经收蹙成一道愁眉 ①；不过，

寡人的理智一直在和本性搏斗。

一方面寡人用最最明智的哀戚

追念他，另一方面念着众位爱卿。

这个国家几乎处于战争状态。

的内涵最贴适的译文。由于"孤"是东周以前也就是从夏朝到西周的王的自称，有点太孤傲和古奥，况且，"孤"是单音节，听起来不如"寡人"更接近原文"our"的双元音效果。因此，在本书中，克罗迭斯用第一人称复数自称时，全都译为"寡人"，用第一人称单数自称时，则译为中国古代君主对自己的另一个比较普通的称呼"朕"。

无论是在中国还是在英国，莎剧都是古剧，《哈姆雷特》所写的是更古老的丹麦"王事"。尽管本人强调，在绝大多数情况下用现代汉语翻译，但在某些特殊的语境中，会借用一些古汉语表达法；当然，前提是：这些表达法能为现代中国观众所听懂。我相信，在古装剧满天飞的荧屏前长大的中国人是能懂的。

① 这一句的原文是"……our whole kingdom/To be contracted in one brow of woe"。在英语中，"brow"用作单数时指的是"额"，指"眉"时都要用复数（因为一般人有一个额头、两道眉毛）。此处"one brow"的原义当然是"一个额头"。我国吴方言里有"眉头"一词，其实意兼"眉""额"。但是，在中文里，没有"愁额"这个词，而"愁眉"是一个很有历史、被普遍认可且颇有美感的词。因此，卞之琳、孙大雨和黄国彬三个诗体译本在此处都译成了"愁眉"。

朱生豪和梁实秋的两个散文译本则都采取了意译法，把这个意象译掉了。朱把这句译为"全国臣民亦有同悲"，梁译为"我们全国都应当表示一致的哀悼"。他们不仅没有译出"one brow of woe"这个名词词组，而且没有译出"contracted"这个相关的谓语动词。"contract"的本义是"收缩"，跟"额头"组合可成"蹙额"，跟"眉毛"组合可成"皱眉"。

卞之琳用"反义译法"把"contracted"这个词译为"不展"，孙大雨和黄国彬都译为"深锁"。这整句话的字面含义是"整个王国都被收缩在了一个发愁的眉头里"。其间隐含着拟人、比喻和夸张等手法。但卞之琳和黄国彬没有全面把握整句话的语法结构和修辞策略。卞译为"应该让全国上下愁眉不展"，黄译为"举国上下，也应该愁眉紧锁"。孙大雨把握到了这些特点，也试图在汉语中表现出来。他的译文是："全王国上下如一人，/ 深锁着愁眉，蹙一片广大的哀荣。"汉语程度高的读者一见"蹙"字，就会想到"额"字；这表明孙想要表现"one brow"的原义。

本书译文也用了中国读者钟爱的"愁眉"一词，但动词用的不是"皱"或"收缩"，而是"收蹙"，也是为了保留对"额"的联想。"整个王国 / 都已经收蹙成一道愁眉"这一句的翻译，无论在句式上还是在修辞上都跟原文保持最大限度一致，也比其他译文更加凝练一些。另外，"愁眉"也与前面的"深悲"押韵。

寡人旧日的姐嫂、今天的王后，

本是王权的继承人①；而今我们

结为连理，但在这大喜的日子

我们也克制着快乐，只用一只

眼睛欢笑，因为另一只在流泪；

葬礼的欢乐和着婚礼的哀伤；

欢乐与哀伤占着同样的分量。

寡人并没有关闭众位爱卿

进献明智谏言的大门②。对于

这桩婚事，你们都畅所欲言；

寡人感谢你们的善意成全。

众位爱卿请听好，你们知道：

---

① 原文为"sister"，含义是"姐妹"，而不是"sister-in-law"（嫂子）。此处用了暗讽手法。如果克罗迭斯只是以叔子身份娶寡嫂，史多前例尚可原谅；但兄弟姐妹之间的通婚则属于"乱伦"。克罗迭斯如此说，显得有点肆无忌惮。如果只翻译成嫂子之类的词（如朱生豪和卞之琳均译为"长嫂"、梁实秋和黄国彬都译为"嫂子"、孙大雨译为有点奇怪的"嫂氏"），表现不出这种暗讽意味；如果译"姐妹"呢，则又不符合两人之间的实际关系。因此，笔者译为"姐嫂"。

克罗迭斯之所以说王后本是王权的继承人，是强词夺理地想要剥夺王子的继承权。他的逻辑是这样的：既然王后是继承人，那么他通过与王后联姻，给人造成王后会把继承权让渡与他的错觉，也就取得了控制王权的正当性。而假如他按照事实，说王子本是王权的继承人，而王子没有道理不亲政，即不可能把继承权让渡与他，那么他当这个国王就缺乏合法性。这是他所避忌的，所以要通过利用王后的所谓继承权先声夺"权"。不过，他也知道，对于这桩婚事，社会上肯定议论纷纷；所以紧接着他说大臣们都曾畅所欲言，实际上是感谢他们表态支持并提供辩护意见。

② 原文为"nor have we herein barr'd/Your better wisdoms"。其中有两点值得注意。

1. "wisdom"是抽象名词，本来不应该有复数形式；此处之所以用复数形式，是因为指的不是一个人的智慧，而是所有廷臣的智慧。之所以说他们的智慧"比较好"，是因为国王认为他们的社会地位和心智水平比百姓高，但不能高于他们的"陛下"。

2. "barr'd"是"bar"的过去分词。"bar"最初是名词，含义是"门栓"；后来做动词，含义是"阻挡"。为了表现莎翁作品丰富的意象性。本书译文恢复了其名词意象——指代门的门闩。

年轻的福丁布拉斯以为：最近

寡人亲爱的王兄驾崩，我们的

国力有所减弱，他以为我们的

国家脱了节、散了架①，他就可以

妄想着乘虚而入。他不失时机地

用国书来烦扰寡人，要求寡人

把他老子输掉的那部分土地

交还给他。根据所有合法的

协议，那些土地割让给了寡人那

英勇无比的王兄。不讲他也罢。

[沃尔提曼德和考尼列斯上。]

现在来讲讲寡人自己和本次

廷议。事情如下：寡人已经给

小福丁布拉斯的叔父即挪威国王

修了封国书，要他制止他侄子

---

① 原文为"Our State to be disjoint and out of frame"，含有木匠用语。

　　梁实秋和朱生豪都译为"瓦解"，孙大雨译为"散乱不成形"；三家都没有译出这个行业术语（"瓦"倒是泥水匠的术语，但现在城市里的高层建筑基本上不用"瓦"，"瓦解"这个词则早已经被抽象化，已经很难让人联想起"瓦"这种具体的建筑材料）。卞之琳译为"脱了节、脱了榫"，只译出了一半，"节"和"榫"都是部位，都不是对"frame"的译文，即"frame"一词没有被译出。黄国彬译为"脱了榫，破了框"，与卞的类似，不过，补了卞的不足，"破了框"才是对"out of frame"的翻译。现在的家具都是机械化大生产的产物，已经没有"榫"了，恐怕很少有木匠会打造"榫"，年轻人就无从理解"脱了榫"所指何意。况且"frame"也并不对应汉语中的专门术语"榫"（tenon）。因此，我们在翻译时应该避用此字。

进一步的胆大妄为；由于体弱

多病、缠绵病榻，他可能不知道

侄子的图谋。挪威小王子他所

征集的军费、军人和军需全都

来自臣民[①]。寡人特派遣你们，

考尼列斯，沃尔提曼德，两位

爱卿，把这封问候信送去给挪威

国王。我没有给你们更多的权力

去跟他谈判，只允许你们在这些

---

① 原文为 "the levies,/The lists and full proportions, are all made/Out of his subject"。
从语境来看，整个这句话和其中的用词应该都跟军事甚至打仗有关。"list" 的古义相当于
"enlist"，指 "征兵"。"levies" 既可指 "征税"，也可指 "征兵"。为了表示不重复，此处应
理解为 "征税"，而且这应该指的是专门用于军事的赋税，所以，笔者译为 "军费"。难懂的是
"proportions" 一词。有的学者解释为 "forces"（兵力），有的解释为 "resources"（物力），有
的解释为 "兵力" 兼 "supplies"（物力）。笔者倾向于 "物力"，即 "军需"，即打仗所需要的物
资摊派给每家每户的份额（proportions）。如是，三者分别指 "钱" "人" 与 "物"，全面构成了
打仗所需要的条件。

三个词都以 "s" 结尾，可看作押尾韵（包括眼韵）。译文应有所对应性表现。以往译文有不
足之处。

梁实秋译为 "所征税饷所募兵丁"，只译了前两个词的含义 "税饷" 和 "兵丁"，没有译
"full proportions"。音韵上也乏善可陈。

朱生豪译为 "征募壮丁，训练士卒，积极进行各种准备……" 译文看似比原文长不少，但仔
细辨析，我发现，他没有明确译出 "levies" 和 "full proportions"，尽管这两者都可归入 "各
种准备"。其实，"征募壮丁，训练士卒" 也属于 "准备"，所以 "准备" 一词太泛泛，其实不能算
是准确充分的翻译。

孙大雨译为 "招兵募众，聚草征粮"，只译了后两个词的含义 "兵" 和 "粮"，没有译
"levies"。音韵上也乏善可陈。

卞之琳译为 "招兵买马"，光凭一匹 "马" 不足以驮载 "levies" 和 "full proportions" 这
两个词的含义，更谈不上音韵的出彩。

黄国彬译为 "赋税、壮丁、军需"，三个词的含义都翻译出来了，但音韵上也没有讲究。

笔者译为 "军费、军人和军需"，不仅突出其军事术语性质，而且全都打 "军" 字头。

具体条文所规定的范围内行事。

[递交国书。]

再见，加紧去完成你们的任务。

考与沃：　我们将在此事和所有的事情上恪尽职守。

国王：　　我从心底里深信你们。再见吧。

[考尼列斯和沃尔提曼德下。]

呃，雷俄提斯，你有什么事体？

你说要向寡人提个要求。什么要求？

只要你向本王提的是

合理的要求，你就不会白提。

雷俄提斯，你有什么企求，即使

你不说出来，朕也会赐你，难道

不是这样么？本王跟令尊的关系

如首脑之于心腹①一样契合

——————————

① 这三行的原文为：

　　The head is not more native to the heart

　　The hand more instrumental to the mouth，

　　Than is the throne of Denmark to thy father.

此处以脑与心的关系和手与口的关系比喻君臣关系；这符合欧洲传统观念：国为体，君为首和手，臣为心和嘴。后面第三场雷俄提斯对奥菲丽娅提到哈姆雷特时说，"这整个国家就像是一个／身体，他是那首脑"。这话似乎是说：首脑要听从于心脏，双手要服务于嘴巴；克罗迭斯故意在年轻人面前显得自己谦虚而又大度。其实当然只是客套话而已，实际上正好相反。

前两行是非常工整的对句（couplet），简直可以跟中国古诗文中的对偶句（antithesis）媲美。原文三行均押头韵，内部还有不少头韵现象（如"head"与"heart"，"than""throne"与"thy"），另外还有像"more""the"和"to"等重复出现的词产生复沓的类似于内韵的效果，都如双手之于嘴巴一样管用。[①]

你想要什么，雷俄提斯？

雷俄提斯： 尊敬的陛下，请您开恩，允许我回到法国去。

我欣然回英国，只是为了在您的

造成音韵上整饬与规律的美感。

卞之琳译为：

丹麦王座对于你的父亲

就像头对于心一样的休戚相关，

就像手对于嘴一样的乐于效劳。

他译出了工整的对句，后两行开头重复用"就像"，是押了头韵，"头"和"手"之间是天成的押韵，押声母现象则相当密集，如"像""心""休"和"相"等，造就了这两行之间整齐的对应关系。"对于"和"一样的"等词语的重复加强了这两行诗的旋律感和音韵性。卞的这个译文也有点问题。如，没有译出克罗迭斯对于亲信朝臣假惺惺示好的心态。另外，"丹麦王座"是对"the throne of Denmark"的直译，虽然汉语观众也知道这指的是国王；但作为国王，在汉语里是不会这么称呼自己的，尤其是"委座""局座"和"师座"等尊称都是说话者用于称呼对方，而不会这样称呼自己。

黄国彬译为：

脑袋跟心脏的关系虽然密切，

手虽然是口的工具，可是

都比不上丹麦王之于令尊。

这个译文最大的失败是没有译出头韵和对句，连对偶性质的短语都没有，从而失去了工整的视觉和听觉效果。其他音韵方面也没有上佳的表现。另外，也没有译出国王对于奴才泼娄聂斯父子故意照顾笼络的作态。

笔者不仅翻译出对句，也译出了头韵，如"首"与"双"与"手"还重复行首的"如"字。汉语的优势不在押声母（大部分情况下相当于押头韵），而在押韵母（大部分情况下相当于押脚韵）。所以笔者采取"以己之长攻彼之短"的原则，以"押韵母"之译文弥补或者替补"押头韵"之原文。此处，押内韵的有"如"与"腹"，"令"与"心"，"本"与"跟"与"尊"（近似韵）等，还算丰富。至于复沓之音亦不少，如"之于"和"一样"。笔者就希望译文在音韵之美感上亦能与原文媲美，甚至是有过之而无不及。

另外，"首脑"和"心腹"都是双关语，既指身体部位，也指身份特征；克罗迭斯作为一国之君，当然是"首脑"——比"头（儿）"更正式的称呼；泼娄聂斯作为国王的宠臣，说是国王的心，在中国人听起来，有点肉麻，无论从含义还是语感，"心腹"都比"心"更加合适或者说确切。

① 此行四个音步，原文如此。"雷俄提斯"应念得慢一些，分成两个音步。英国浪漫派诗人、评论家科勒律治认为，克罗迭斯之所以如此器重雷俄提斯这个年轻人，是因为雷俄提斯的父亲是泼娄聂斯。老哈姆雷特死后，按理由其子哈姆雷特继承王位，而不应该是其弟克罗迭斯。其间泼娄聂斯肯定费了不少的周折，出了很大的力，做了强词夺理的辩护，可以说是有功于克罗迭斯。

克罗迭斯狡猾之极，居然讨好王后说她是"王权的继承人"，而不是哈姆雷特；而他跟王后一结婚，王后就似乎把国家作为嫁妆给了他似的；按照这样的逻辑，他这个窃国大盗就顺理成了合法继承人。

	加冕典礼上表示我的忠心；现在，
	坦白说，我已完成效忠的义务，①
	我的心和头脑重新专注于法国
	那边的学业。伏请您恩准放行。
国王：	你已经得到令尊的许可了吗？泼娄聂斯，你说说？
泼娄聂斯：	陛下，他在我这儿软磨硬泡，
	费尽口舌，最终我勉强许可，
	同意了他苦苦的请求，我也
	郑重恳请陛下允许他回去。
国王：	好好利用你美好的青春时光。
	雷俄提斯，时间是你的，但愿
	你能够珍惜光阴，好自为之！
	来，哈姆雷特，朕的侄儿朕的儿——②

---

① 正如哈姆雷特后面所嘲讽的"葬礼上冷却的烤肉正好端上婚礼的筵席"。丹麦当时接连办了一白一红两件大事。白的是老国王的葬礼，红的是新国王的婚礼（兼加冕典礼）。许多在国外的人士纷纷赶回来参加。但他们的心态或者说他们心态的侧重点不同。

雷俄提斯侧重的是加冕典礼（兼婚礼），因为他的父亲是新国王的心腹宠臣，他觉得自己也被此恩泽延及，最重要的是他要向新国王表忠心，以期将来被重用。

霍雷修侧重的是葬礼。他跟哈姆雷特说："殿下，我是来参加您父王的葬礼的。"

事实上，那时候丹麦朝廷或者说政坛分成了两大对立的阵营：国王派与王子派。国王篡权成功，是当权派，在现实权力上处于优势地位，但在道义上则处于劣势；雷俄提斯属于国王派。王子本来应该继承王位，却被叔父夺权，在现实权力上处于劣势地位，但在道义上则处于优势；霍雷修属于王子派。

② 原文为"But now, my cousin Hamlet, and my son,—"。这是整部剧中克罗迭斯首度跟刚刚从国外赶回来奔丧的哈姆雷特说话，极为热情，他直接称呼哈姆雷特为"my son"（我的儿子），颇有意欲取代哈姆雷特父亲角色的企图；笔者以为译文用"儿"字比"子"字更能表现这种过分的亲热。哈姆雷特对此极为反感，所以接茬说"我在父王的太阳底下已待得太久"。

哈姆雷特［旁白］：	比侄子要亲近，离儿子还差得远！ ①
国王：	那些阴云怎么还挂在你脸上？
哈姆雷特：	没有吧，陛下；我在父王的太阳底下已待得太久。②

———————————

① 原文 "A little more than kin, and less than kind!" 妙不可言、妙不可译，因为前后半句都有一个 "than"，而 "more" 与 "less" 又是反义词，"kin" 与 "kind" 则相互谐音，另外，"kind" 是双关语，它兼有 "同类" 和 "良善的" 两个含义。

哈姆雷特之所以说自己之于叔父 "比侄子要亲近"，是因为这位叔父娶了他的母亲，成了他的继父，按照常理继父比亲父更亲一些。他之所以说 "离儿子还差得远"，是因为他内心反感自己的母亲嫁给叔父，反感自己的这种继子地位；况且，继子跟儿子本身就有相当大的距离。最重要的是："差得远" 暗示着哈姆雷特对叔父的鄙夷态度，这个说法不仅用来形容他俩似亲实疏的关系，而且是在暗讽叔父这个人。哈姆雷特的言下之意是：你不是好人，我跟你不同道。

梁实秋意译为 "比侄子是亲些，可是还算不得儿子"。没有诗才的翻译多么索然无味，原文在音韵上的夺目光彩几乎荡然无存。

朱生豪译为 "超乎寻常的亲族，漠不相干的路人"，营造了一个比较工整的对句，但基本上没有翻译出原文在语义和语音方面的微妙之处。

卞之琳译为 "亲上加亲，越亲越不相亲"，从揭示两者之间的关系角度来说，翻译得堪称绝妙。但遗憾的是没有翻译出 "kind" 的双关语义，从而没有翻译出哈姆雷特对叔父的嫌恶态度。

孙大雨译为 "比亲戚过了头，要说亲人还不够"。用 "亲戚" 和 "亲人" 分别翻译 "kin" 和 "kind"，也是妙极。"过了头" 似乎是为了与 "还不够" 凑韵，本身在句子里用得有点不当（我们一般会说做事情过了头），即放在 "比亲戚" 之后不太符合一般语言逻辑。

所有这几位翻译家都没有感到且译出 "kind" 的双关语含义。"差" 是 "好"（kind）的反义词，笔者用这个字翻译 "less than kind"，庶几乎能担负起 "kind" 这个双关语的含义。

② 原文为 "I am too much i' the sun"，有二解。

1. 这句话的字面含义是 "我已在太阳底下待得太久"。哈姆雷特认为，他之前已做了很多年的太子；父王死后，本来丹麦王位应该由他这个儿子继承；现在他被叔父篡权，虽然贵为太子即王位的第一继承人，但毕竟是在比较差的现实处境里。

2. 这句话的隐含义是 "我已做了太久的儿子" 或 "儿子我已经做得够够的了"，或 "我不想再做儿子"（"I am too much i' the son"）；因为 "sun（太阳）" 与 "son（儿子）" 同音。哈姆雷特的含义是：叔父不仅篡夺了他的王权，还要认他做儿子，继续让他做太子即王位的第一继承人。他可能要继续做几十年的太子，让他无法忍受。

译文应该表现出 "显" 与 "隐" 这两重含义。

大部分译者只译出表面含义。如，梁实秋译为 "我受的阳光太多了"。朱生豪译为 "我已经在太阳里晒得太久了"。孙大雨译为 "骄阳如汤泼面，油灌耳"。"汤泼面，油灌耳" 云云，是译者对原文 "添油加汤"，虽然是形象生动地表现了太阳之 "骄"，但如此衍译并不可取。

也有译者力图表现双关。如卞之琳译为 "太阳大，受不了这个热劲'儿'"。黄国彬译为 "金

王后：	哈姆雷特好孩子，抛开你那
	阴郁的脸色，让你的眼神看起来
	像是丹麦王的朋友。不要老是
	耷拉着眼帘，在黄土中寻找你那
	高贵的父王。你要知道，生死
	是常事，一切活着的都要死掉，
	那是凡人走向永恒的自然之道。
哈姆雷特：	哎，母亲，这是平常事。
王后：	既然如此，
	为什么对于你好像极为特殊？
哈姆雷特：	好像吗，母后？不，它本来就特殊。
	我不懂什么"好像"。好母亲，我这
	墨一样漆黑的袍子、按照礼俗
	穿戴的这身肃穆而更黑的丧服、

乌儿太强烈，吃不消"。两人都在"儿"字上下功夫。卞用了北京话中儿化音的"儿"，效果恐怕太弱，几乎无法让观众感知到"儿子"的存在。黄用"金乌儿"谐音"金吾儿"，效果比卞译好一些。但是，有三个问题：一是中文听众可能因为过于关注"金乌"这个对太阳的古称，而来不及感知"吾儿"的存在。二是哪怕听众明显感知到了"吾儿"的存在，那也应该出自国王之口，而不是由哈姆雷特说出来，岂有儿子自称为"吾儿"的？！三是假设听众明显感知到了"吾儿"的存在，但这个词与后面"太强烈，吃不消"怎么着也无法搭配！

因此，为了翻译出"i' the sun"的双关含义，我们得另辟蹊径。

笔者不再在"儿"字上徒劳无功，而是换一个视角，在"父"字上找法子。"我在父王的太阳底下已待得太久"这个译法有三点需要说明或拿来辩护。一是在古今中外的文化语境里，把国王或父亲尤其是把作为国王的父亲与太阳并列，或者把国王兼父亲比喻为太阳，是司空见惯的修辞，因而说"父王的太阳"，不会让人觉得不自然。二是说父王底下，自然会让人联想起儿子，因而没有脱离"i' the sun"的双关含义。三是用两个"下"和两个"太"来替代性表现"sun（太阳）"与"son（儿子）"同音的音韵效果。

勉强发出来的阴风一样的叹息，
哦，还有这眼中丰沛的河流、
脸上沮丧的神情，再加上所有
悲痛的表情、情态和神态都不能
表达我真心的痛楚。这一切确实
都是"好像"，因为它们全都是
世人可以表演的行为，都只是
装饰悲哀的衣裳；而我内心
真正的隐痛根本就无法表现——

国王：　向你的先父奉献哀戚的孝道，
这表明你天性善良、大可称道；
但是，你应该知晓，你的父亲
失去过他的父亲；他失去的父亲
也失去过自己的父亲。礼制要求
未亡人在一段时间内克尽孝道，
端出哀愁。但如果一味沉溺于
长期的哀悼，就成了有违天理的
愚顽行为，不够男子汉气概；
那样的行为表现出一种最最
不敬服上苍的意志、一颗不够
坚强的心灵和一个不善忍耐的
头脑以及愚蠢而缺乏教养的
理性。因为我们的所知必须
而且本来就跟最普通的常理

没什么区别。我们为何非得要

在内心深处愚昧地反对常理？

喂！那是对上苍的冒犯，也是

对死者和天理的冒犯；在情理上

是最最荒谬的，因为情理告诉

我们，父辈的死亡，从第一具

父亲的尸体直到今天刚刚

去世的那位，都是平常的事儿。

情理一直在提醒我们："这是

不可避免的。"寡人请求你抛开

徒劳的悲哀，把寡人看成你的

父亲；让全世界的人们都明白

你是寡人这王位的第一继承人。①

我要赐予你莫大的宠爱，绝对

不下于最慈爱的父亲对于儿子的

---

① 当时丹麦王位继承是世袭制还是推选制，学术界还没有公论；如果是世袭制，那么哈姆雷特当然是王位的继承人；如果是推选制，则未必，但王室成员可能有优先推选权，尤其是现任国王具有优先推选权；所以，如果不是克罗迭斯半路杀将出来，篡权夺位；那么由于哈姆雷特是太子，而且众望所归，他应能"胜"任。现任国王具有优先推选权，这一点不仅在此处可以看出，而且在剧末也有明证，即哈姆雷特临死时（本来克罗迭斯已死，国王宝座非他莫属）推选挪威小王子福丁布拉斯继任为丹麦王。

国王之所以跟哈姆雷特说"你是寡人这王位的第一继承人"，意在告诉后者不要试图现在马上从他手中夺回王位。此处"寡人"这个限定语必须翻译出来，否则，就很有可能被人理解为哈姆雷特是"这王位的第一继承人"，而不是王后，更不是克罗迭斯；那么克罗迭斯的王位就失去了合法性。总之，他先要巩固住自己的统治权，然后才会慷慨地给王子这一口头许诺。

慷慨。你想返回威登堡大学，①

这想法跟寡人的愿望背道而驰。

寡人恳请你留在这儿，让寡人

时常看见你，感到愉快和安慰。

寡人的首席朝臣、侄儿、寡人的儿。②

---

① 莎士比亚让哈姆雷特上威登堡大学，这一点体现了莎翁的人文主义进步思想；因为这所始建于 1502 年的学府是当时欧洲先进思潮的发源地，它曾因宗教改革家马丁·路德在那里与人争辩而名噪一时。

② 原文为 "Our chiefest courtier, cousin, and our son." 这里国王对哈姆雷特的称呼跟前面他第一次跟哈姆雷特说话时的称呼何其相似："But now, my cousin Hamlet, and my son，—"。但细心的读者可以发现，前后两处克罗迪斯对自己的所有格称谓出现了比较大的变化。前面用的是比较亲切的 "my"（朕的），后面变成了非常官方、煞有介事的 "our"（寡人的）。

期间的情形大概是这样的：本来应该由哈姆雷特继承他父亲的王位，克罗迪斯毕竟是暗杀王兄后非法篡位，所以对侄子哈姆雷特心有忌惮或愧疚。一开始见面说话，他尽力讨好哈姆雷特，所以在称呼上竭力套近乎，口口声声希望哈姆雷特把他看作父亲，企图让他俩之间的叔侄关系一下子转变为父子关系，这样哈姆雷特似乎以后就不会厌恶他、仇恨他甚至要杀他报仇了。

但是，哈姆雷特压根儿不理他这一套，丝毫不领他的情。当然，这时候，哈姆雷特还不知道克罗迪斯是自己的杀父仇人。因此，两人表面上也还是比较客气，并没有撕破脸。所以，克罗迪斯依然继力图拉拢哈姆雷特，还痴心想要哈姆雷特承认他俩的父子（至少是继父继子）关系。但他尝到哈姆雷特的冷漠之后，示好的态度显然已经变得不那么亲热了；这从他转而用 "寡人的" 这个冠冕堂皇、居高临下的称呼就可以看出来。

莎士比亚作为最伟大的戏剧家，于文字精细处之卓越讲究，于此可见一斑。

这样的精细和卓越着实难以翻译。梁实秋分别译为 "我的侄子哈姆雷特也是我的儿子" 和 "做我主要朝臣，亲侄儿，亲儿子"。前一句好像国王不是直接在对哈姆雷特热情地说话（没有直呼 "哈姆雷特"），而是跟第 3 个人在冷静地介绍哈姆雷特，与原文中国王用热乎的词跟哈姆雷特套近乎的劲儿不匹配；后一句呢，国王自己已经降温降调，但两个 "亲" 字（原文中没有）却反而显得他热情依旧。最大的问题是：前后两句国王的自我称谓都是 "我"，见不出区别，也就无法表现莎翁高超的戏剧手法。

朱生豪分别译为 "我的侄儿哈姆莱特，我的孩子——" 和 "做我们最密近的国亲和王子"。前一句的问题跟梁实秋的差不多，也没有直呼哈姆雷特的名字，把原文的 "儿子" 改成 "孩子"，在语气和情调上差得太远，无法表现出国王的热情；要知道，"侄子" 也可以是 "孩子"，甚至无亲无故的年轻人也可以被长辈叫作 "孩子"。后面一句的翻译也有问题。"chiefest" 没有 "最密近的" 含义，"courtier"，"cousin" 和 "son" 这三个词里也找不到 "国亲和王子"。另外，朱完

王后：	哈姆雷特，别让为娘的恳求无效，
	我求你留在我身边，别去威登堡。
哈姆雷特：	我会尽力听从您的，母后。
国王：	好，这才是可爱而中听的回答。
	在丹麦你可以像本王一样地自由
	自在。来吧，王后。哈姆雷特这一

全用现代汉语中的第一人称代词"我"与"我们"来翻译原文中的"my"和"our"，不能说不对，但不传神，不能传达莎翁良苦用心的笔法。

卞之琳分别译为"得，哈姆雷特，我的侄儿，我的儿——"和"当我的第一名重臣，不愧为王上的爱侄，王上的宠儿"。前一句是所有人的译文中相对而言最妙的。不过"得"字用得不太合乎原文语境。如果原文这句话的开头是"now"，而不是"But now"，那么，用"得"字也是不错的选择；但是，国王先是在跟雷俄提斯，此时，他看到哈姆雷特进来，突然中断与雷俄提斯的谈话，转而跟哈姆雷特打招呼、套近乎，"得"一般用于两人话谈得差不多了，其中一个急于要来个总结的时候或者准备要离开的时候。而此处，国王跟哈姆雷特说话是刚刚开始。卞的第二句译得差强人意，国王怎么可能自称"王上"？还说了两遍？最严重的也是前后两句译文中国王用的第一人称代词都是"我"，没有雕出莎翁细致之文心。

孙大雨译为"但现在，我侄儿哈姆雷特，我的儿——"和"当我们的重臣，侄儿，当今的世子"跟朱译一样，孙也把两处第一人称代词直译为"我"和"我们"，也没有译出对哈姆雷特直呼其名；"世子"这个译名也跟原文不符。正如太子是国王继承人的正式封号，世子是亲王法定继承人的正式封号。克罗迭斯是丹麦的最高统治者，不是诸侯，无论是作为他的侄子还是儿子，哈姆雷特都是太子，而不是世子。

黄国彬译为"好啦，朕的亲人哈姆雷特，吾儿"和"当朕的首要大臣，贵胄、皇儿"。这个译法有几个问题。首先，两处都用了"朕"，没有区别。其次，"亲人"和"贵胄"都可能是但不等于"侄子"，无法与"儿子"构成既很近又不同的亲疏关系。如果这样译，那么，哈姆雷特之前的回答"比侄子要亲近，离儿子还差得远！"就缺乏针对性，显得没有着落。其次，黄多处把丹麦朝廷当作帝国，称国王为皇帝；这既不符合丹麦政体的实质，而且全书在这个称谓上也颇为不一致。

笔者想要补充的是，在"Our chiefest courtier, cousin, and our son."这一行中，具有丰富的"韵"味。首先，两个"Our"复沓，其次，"courtier"和"cousin"押头韵，还有"ou"这个字母组合重复出现四次，虽然四处发音并不全都相同；但至少是押了眼韵或近韵。朱生豪和黄国彬基本上没有把握到这一点。

梁实秋译文中"我的侄子"和"我的儿子"相互间富有"韵"事。韵味最足的还是卞之琳的译文，笔者从善而略加改善。

文雅而自愿的和解表示犹如

你的微笑，是多么贴心啊；为着

这份荣耀，本王今天为健康

举杯痛饮时，要让大炮将本王的

欢欣告诉云霄，天空将散播

这兴奋，回应地上的雷声。奏乐。

[管乐齐奏。除哈姆雷特外，众人下。]

哈姆雷特：　　　　　　哦，但愿这无比壮实的肉体 ①

　　　　　　　　　　融化、消解了，变成一颗露珠！

　　　　　　　　　　但愿上帝不曾订立过禁止

　　　　　　　　　　自杀 ② 的圣规！哦，上帝！上帝啊！

　　　　　　　　　　人世间的林林总总在我看来

　　　　　　　　　　似乎都是那么样地疲惫、倦怠、

　　　　　　　　　　无聊而无用！呀，呀，呸！

　　　　　　　　　　这是一座连野草都不长的花园，

　　　　　　　　　　等着我们来播种；占据着它的

　　　　　　　　　　只有天性恶劣而恶臭的杂物。

_____

① "solid（坚固的）"一词在有的版本里写作"sallied"。有学者认为是"sullied（被玷污了的）"的另一种写法。所谓"被玷污了的肉体"既指哈姆雷特自身（比如按照基督教的说法：人生来就有原罪），也可暗指他母后的不贞，还可象征时世的肮脏。

② 原文为"against self-slaughter"。基督教反对杀人，自己也是人，所以也反对自杀，见《圣经·出埃及记》第20章第13节"摩西十诫"之第6诫："汝不可杀人"（"Thou shall not kill"）；因此，最后一幕中有关于自杀的奥菲丽娅的葬礼仪式的争论。

居然会弄成这地步！仅仅死了

两个月：不，还没那么长，还不到

两个月。多么优秀的君王，跟这位

相比，简直是太阳神之于羊妖；①

父王他是那么样挚爱我的母亲，

以至于不允许太过鲁莽的天风

来造访她的脸庞②。天啊，地啊！

---

① "Hyperion（海披里翁）"，即宇宙初始时候泰坦神族（Titans）中的太阳神海里奥斯（Helios，也有人说是海里奥斯之父），相当于奥林普斯神族（Olympus）中的太阳神阿波罗（Apollo），代表光明、智慧、男性的健美。在希腊神话里，萨第尔（Satyr）是羊妖，即长着羊头、羊角、羊耳、羊腿和羊尾的男人。萨第尔是酒神狄俄尼索斯（Dionysus）的玩伴，长相丑陋而性行淫荡。

关于此处的专有名词，多数译者采取意译法，如梁实秋译为"恰似太阳神和怪物之比"，朱生豪译为"简直是天神和丑怪"，孙大雨译为"犹如太阳神比妖仙"。

也有人采取直译法，如卞之琳译为"海庇亮比萨徒"。

还有人试图综合两者，如黄国彬译为"就像太阳神海丕灵之于山羊怪"。

笔者以为，意译法优于直译法。因为中国读者不熟悉这些专有名词，需要借助于注解乃至查阅资料卡才能理解。而莎翁的戏剧是舞台剧，不是案头剧，观众在剧场中观看演出的时候，怎么可能带着书或其他资料呢？更不容他们花时间去查阅。译文应该给观众尽可能提供当场理解的方便，意译就有这个好处。能综合当然更好，但还要看篇幅是否允许，因为原文是有每行五音步的限制的，理论上讲我们可以从上一行或下一行借取一两个音步，但还是要看具体情况而定。比如，笔者的译文就因为篇幅限制而实在无法把专有名词直译出来。

② 原文为"so loving to my mother/That he might not beteem the winds of heaven/Visit her face too roughly"。其中"beteem"的含义是"allow"（允许）。这里有极为生动的拟人手法，风不是"吹拂"（blow）她的脸，而是"访问"（Visit），后者比前者拟人程度高得多；风的这个动作可能是"粗鲁的"。笔者此处采取移位法把原文的副词短语"too roughly"转译为形容词短语"太过粗暴的"。老国王就好像真的是用他的大手挡住了那吹向王后的大风；风越粗暴，他用来阻止的力量和意志就越强，他对王后的爱也就越深。因此，"允许""访问"和"粗暴"是这一句中的关键词，一个都不能漏译。

卞之琳译为"对我的母亲又这样恩爱，简直不允许天风/吹痛了她的脸庞"。漏译了"粗暴"，"造访"被置换成了"吹痛"，拟人程度降低不少。

黄国彬译为"他深爱娘亲，就算是天风，/吹拂娘亲的脸颊，也不能太粗鲁"。"造访"被置换成了常用于风的"吹拂"，拟人程度比卞译降低得还多。另外，没有译出使动句法，使得老国

我必须记着这一切吗？嗨，她以前

常常吊着父王的脖子，就像是

他给她吃了什么美味，促使她

增进了食欲，越吃越想吃；可是，

不到一个月——哎，让我别再想

这些吧！脆弱啊，你的名字是女人！——

短短一个月以前，她还像那个

丧失亲人后哀戚终身的底比斯

王后，泪人儿似的，守着我那[①]

可怜的父王的遗体；那时她穿的

鞋子还一点没旧——为什么她就，

她为什么就（哦，上帝啊！一头

没有理性的畜生都会哀悼得

更加长久些）嫁给了我的叔叔——

父王的弟弟可一点不像父王，

正如我一点都不像盖世英雄

赫拉克勒斯；她那痛哭的眼睛里[②]

还留着红肿，红肿上还留着最最

对王后的爱没有通过风表现出来。

① 底比斯（Thebes）王后尼俄柏（Niobe）生有12个子女，便夸口说她比宙斯的情妇蕾托更善于生儿育女，因为蕾托只给宙斯生了一儿即阿波罗和一女即月亮女神阿特米斯。蕾托命令阿波罗和阿特米斯杀死了尼俄柏的所有孩子，尼俄柏整日以泪洗面，以至死去。宙斯把她变成了一块泪石。

② 原文"Hercules"，即希腊神话中半人半神的英雄赫拉克勒斯（Heracles），外号"大力神"者。

虚伪的泪水里的盐渍；她就改了嫁。

哦，多么缺德，那么快，那么乖，

她就溜上了那张乱伦的床榻！ ①

这不是什么好事，也不会有什么

好果子。可是，碎了吧我的心，

而我呢，还必须管住我的舌头！

[霍雷修、马塞勒斯及贝纳多上。]

霍雷修：	向您致敬，殿下！
哈姆雷特：	很高兴看到你安然无恙，霍雷修——我忘了自己也不会忘了你啊。
霍雷修：	我也是，殿下，我永远是您卑微的奴仆。
哈姆雷特：	老同学，你是我的好朋友——我要给你换个称呼。什么事让你离开了威登堡，霍雷修？这位是马塞勒斯吧？
马塞勒斯：	是的，殿下好！
哈姆雷特：	很高兴看到你——[对贝纳多]晚上好，先生——可是，到底是什么事让你们离开威登堡的？
霍雷修：	是故意逃学，好殿下。

―――――――――

① 按照英国古代的法律和教义，寡妇与小叔子之间的结合是乱伦行为。此处原文中"speed"（快速）、"post"（快速行动）和"dexterity"（敏捷）都有"快"的含义；哈姆雷特连用这三个词，表明他认为王后似乎迫不及待地主动要嫁给自己的小叔子。这令哈姆雷特对自己的母亲极为不满，所以他用"most wicked"（"最最不道德"）来形容这桩"闪婚"。

"乖"字在普通话里念 [guai]，与紧前面的"快"[kuai] 谐音。在我国吴方言中，这两个字分别念作 [gua] 和 [kua]，与"榻"[ta] 押韵。

哈姆雷特： 哪怕是你的仇敌，我也不希望

他这样说你；你可别用这种话

来强暴我的耳朵，迫使它们

相信你对自己的嘲骂。我知道

你不是喜欢逃学的懒汉。但是，

你来艾尔西诺干吗？趁你没离开，

我要教训教训你，让你喝个痛快。

霍雷修： 殿下，我是来参加您父王的葬礼的。

哈姆雷特： 请你不要取笑我，老同学，我想

你是来观摩我母后的婚礼的吧。

霍雷修： 也真是，殿下，这婚礼紧接着就来了。

哈姆雷特： 节约，节约嘛，霍雷修！葬礼上冷却的

烤肉正好端上婚礼的筵席。

我宁愿在天上遇到我最痛恨的

死敌，也不愿看到这样的一日。

霍雷修！父王，我似乎看到了父王。

霍雷修： 啊，哪儿啊，殿下？

哈姆雷特： 在我的心眼里，霍雷修。

霍雷修： 我曾谒见过他。他真是英武的君王。

哈姆雷特： 他是一代伟人啊，总而言之，

我再也不会见着他那样的人物。

霍雷修： 殿下，昨儿晚上我看见他来着。

哈姆雷特： 看见？谁？

霍雷修： 殿下，您的父王。

哈姆雷特：	我的父王？
霍雷修：	在我将这桩怪事告诉您之前，
	您得先调整一下惊异的心态，
	您听仔细了。这两位绅士可做证。
哈姆雷特：	看在上帝爱我的分儿上，说来让我听听！
霍雷修：	这两位绅士［贝纳多和马塞勒斯］
	连着俩晚上值班守夜。在午夜
	无边的死寂里，他们遇到了
	一个鬼魂，他可真像您的父王，
	从头到脚，全副武装，出现
	在他们面前，迈着庄严的步伐，
	缓缓地、稳稳地走过他们身边。
	他三次走过他们面前，相隔
	不过他的权杖①那么长的距离。

---

① "truncheon" 在现代英语中，主要的含义是"警棍"。

有人把它直译为"棍"。如卞之琳译为"统帅棍"。不过，这个翻译不合适。因为：1. 汉语中没有这个词。2. 在警察手里可称"棍"，在统帅（国王）手里这么称呼显得缺乏威严和尊重——尽管有时我们情绪一来会骂某个国王为"恶棍"。黄国彬也把它译为"一棍"，牺牲掉了原文的特指含义，容易让人（尤其是那些认识这个英文词的人）联想起"警棍"乃至"恶棍"，更加不妥。

警察何以举起棍子打人？是因为他有执法权啊，此棍正是象征着这个权力。因此，这个词也可以被翻译为"权棍"，有着跟"权杖"类似的内涵。况且，此处说的是握在国王手中的棍子，更是权杖无疑了。因此，朱、孙、梁三人都译成了"杖"字，不过各有不同组合。朱的用词是"鞭杖"。笔者以为不妥。因为，1. 在汉语里，鞭和杖是两样完全不同的东西。没有一样东西既是鞭子又是权杖的，没有像权杖一样的鞭子，连像鞭子一样的权杖也没有。2. "鞭杖"是中国古代的刑罚名称之一，即以鞭、杖责罚人；但国王手中的权杖显然没有这样的功能。

梁实秋只译为"一杖"，到底是什么样的杖？"拐杖"吗？这会让读者像"丈二和尚"一样"摸不着头脑"。

他们惊恐万分，连眼都不敢抬；

他们几乎被那恐怖的一幕

摄去了魂魄，成了一摊肉冻，

目瞪口呆地站立着，不敢跟他

说话。他们把这可怕的秘密

透露给了我。于是在第三个晚上，

我跟他们一起守夜；就在那儿，

那幽灵又来了，时间和样子都跟

他们所说的一模一样；这证明

他们的每一句话都是真确无误。

我觉得那鬼魂像极了您的父王：

正如我这两只手之彼此相像。

哈姆雷特：　可它在哪儿呢？

马塞勒斯：　殿下，就在我们守夜的平台上。

哈姆雷特：　你没跟它说话吗？

霍雷修：　殿下，我跟它说话了；但是它没有

搭理我。不过有一回它似乎抬起了

脑袋，动了动嘴巴，好像要开口

说话；可就在那时司晨的公鸡

高声叫了起来；一听到这叫声，

它就急急退缩了，消失了影踪。①

———————

只有孙大雨的译法可取，即"权杖"。

① 在这段哈姆雷特与霍雷修关于鬼魂的对话中，他们交叉使用表示"物"的第三人称代词"it"

哈姆雷特:	这委实奇怪。
霍雷修:	正如我真实地活着，尊敬的殿下，
	这事儿千真万确；我们觉得，
	让您知道这事儿是我们的职责。
哈姆雷特:	是啊，是啊，先生们，可这事儿让我感到烦恼。
	今晚你们要守夜吗？
马与贝:	要的，殿下。
哈姆雷特:	你们说它全副武装？
马与贝:	全副武装，殿下。
哈姆雷特:	从头到脚？

（它）和表示"人"的第三人称单数"he"来指代鬼魂，这表明他们一会儿倾向于相信那是老国王的阴魂，从而表示对那鬼魂的尊重。另外，他们可能认为鬼魂既然是人变的，就具有人性，所以用"他"，而不是"它"。但是，他们一会儿又认为，那可能不是老国王的阴魂，而且哪怕是，也已经失去了人性，故而要用"it"（它）指称"鬼魂"。

大概在莎士比亚那个时代的人眼里，鬼魂是介于"人"和"物"之间的一种存在，既有人性又有物性。

霍雷修对鬼魂的称谓虽然中间有变化和反复，但基本上前面用的是"he"和"his"，后面用的是"it"和"its"。

朱生豪和孙大雨的译文完全遵从原文的用法。笔者也随原文之变化而变化。

梁实秋前面的一段译文似乎故意在回避直接用人称代词翻译"he"，即译文中没有出现"他"，而且，把其中的"apparition"翻译成了"鬼物"，也就是说在原文把"鬼"当作"人"来称呼时，梁实秋把他称作"物"了。相反，在后面一段，他用了代词，但是用"他"翻译"it"。在原文把"鬼"称作"物"时他反而当作"人"来翻译了。这种翻译真叫"颠三倒四""颠倒人物"！

在卞之琳的译文里，在第一段中，先是特别强调"鬼魂"的人性，说他是一个像老国王一样的"人影"；不过，就在这第一段译文中，"他"和"它"就已经同时出现了，仿佛"鬼魂"提前被"物"化了。卞之琳译文的第二段则用的都是"它"。

黄国彬译文的第二段用的也都是"它"。不过，在其第一段中，则兼有梁实秋和卞之琳的问题。首先，他也似乎回避直接用人称代词翻译"he"，译文中没有出现"他"，代替"他"的首先是"一个人"，其次是"那个人"，再次是"那个东西"，也是提前把"人"变成了"东西"（物）。

马与贝：	从头到脚，殿下。
哈姆雷特：	那么你们没看见他的脸吗？
霍雷修：	哦，看见了的，殿下！他把头盔的面罩掀了起来。[①]
哈姆雷特：	怎么样，是皱着眉头的样子吗？
霍雷修：	那表情与其说是愤怒还不如说是哀伤。
哈姆雷特：	脸色苍白还是红润？
霍雷修：	唉，一片苍白。
哈姆雷特：	两眼盯着您看？
霍雷修：	目不转睛。
哈姆雷特：	真希望当时我也在那儿。
霍雷修：	它会使您大吃一惊的。
哈姆雷特：	很可能，很可能。它待得长么？
霍雷修：	有我们以适中的速度数一百下那么长。
马与贝：	还要长些，还要长些。
霍雷修：	我看见它的那次，就那么长。
哈姆雷特：	他的胡须是灰白的——不是吗？
霍雷修：	是的，正如我在他生前看到的，乌黑里夹着银白。
哈姆雷特：	今晚我也要去守夜。也许它会再度出来。
霍雷修：	我敢保证它会出来的。
哈姆雷特：	如果它假托我那高贵的父王的
	样子；那么，哪怕地狱张开口

———————

① 面罩（beaver）是头盔罩住面部的那一部分，可以往上掀，也可以往下拉。

命令我保持沉默，我也要去跟它

说话。我恳请诸位：如果你们

至今还隐藏着这个秘密，那么

就让它一直保持在你们的沉默里；

无论今晚会发生什么别的事，

你们心里明白就行，万不可

声张出去。你们的厚爱，我定会

酬谢。好了，再见吧。今晚

十一点和十二点之间，我会准点

赶到平台那边，跟你们见面。

众人：　　　　　　　我们愿为殿下恪尽职责。

哈姆雷特：　　　　　我要的是你们的友爱，正如我所奉献给你们的。再见。

　　　　　　　　　　　　　　　　　　　　　　　　［除了哈姆雷特，众人下。］

父王的阴魂——还全副武装？情况

不妙啊。我怀疑这里有邪恶的诡计：

但愿夜晚能早点来临！在夜晚

到来前，你保持安静吧，我的灵魂。

邪恶的行径将败露在世人眼前，

尽管全世界都想把它们遮掩。

　　　　　　　　　　　　　　　　　　　　　　　　　　　［哈姆雷特下。］

第三场

泼娄聂斯府中一室

[雷俄提斯和奥菲丽娅上。]

雷俄提斯：　　　　我的行李都已装上船。再见，

妹妹。当和风捎来恩惠

船只乐于助人，别贪睡，

要写信告诉我你的消息。①

奥菲丽娅：　　　　你怀疑我吗？

雷俄提斯：　　　　至于哈姆雷特，他那些轻浮的表白，

你只可看成造作的时尚、一时

冲动的玩意儿；青春时光品质

最佳的紫罗兰②转瞬即凋，不会

---

① 原文这几行是四音步，而不是五音步；译文随之。莎剧用的主要是五音步诗体，但有时也用四
音步或三音步。就《哈姆雷特》而言，很多段落的最后一行往往用的是三音步。为了显得更加齐
整，笔者有时会把三音步或四音步扩展为五音步。中国诗歌文本是句子中心主义的，为了句子的
漂亮铿锵，作者会煞费苦心在句子内部把词语做闪转腾挪的调整。英文诗歌是段落中心主义的，
在保持段落完整的前提下，句子之间可以调换伸缩。在翻译时，这么做尤其重要。
② 在西方文化语境中，"紫罗兰"象征纯洁的爱和红颜薄命。

持久——虽然甜蜜但不会持久；

只有一分一秒的香气和美色

供我们玩赏。不会比这更长。

奥菲丽娅： 不会比这更长吗？

雷俄提斯： 别以为它会更长些。因为我们

像新月一样在不断生长，不只

会增强筋力、增高个子；而且

随着身体这庙堂的长大，头脑①

和灵魂中的奉献精神也会增长、

扩大。也许现在他是爱你的，

现在还没有欺骗的污泥弄脏

他美好的意愿；但是你得有所

戒惧，要掂量一下他的分量。

他的意愿不是他自己的，他自己

得服从他的出身。他不能像常人

---

① "this temple（这庙堂）"指的是人的身体，典出《圣经·哥林多前书》（Corinthians）第 3 章第 16 节和 17 节："岂不知你们是神的殿，神的灵住在你们里头吗？（Know ye not that ye are the temple of God, and that the Spirit of God dwelleth in you？）""若有人毁坏神的殿，神必要毁坏那人。因为神的殿是圣的，这殿就是你们（If any man defile the temple of God, him shall God destroy ; for the temple of God is holy, which temple ye are.）"又第 6 章第 19 节曰："你们的身子就是圣灵的庙堂（your body is the temple of the Holy Ghost）"因此，如果"庙堂"这个意象没有被翻译出来，那么此处乃至莎翁的基督教思想也就丧失了一条供读者考察的线索。

梁实秋只译了它的象征义"躯体"。朱生豪也一样，译为"身体"。卞之琳用替换法译为"架子"，虽然保留了意象性，但丧失了意象的神圣性。孙大雨直译为"神殿"，对于没有"肉体神圣"意识又不了解《圣经》典故的中国人来说，未免突兀。黄国彬把本义和象征义都译了出来，即"躯体这神殿"。

一样地有自己的选择，因为他的
选择决定着整个国家的安全
和兴旺。这整个国家就像是一个
身体，他是那首脑；因此，他的
选择必须受制于国民的意见
和影响。所以，如果他说他爱你，
而这话框住了你的理智，以至于
使你相信了，以为以他那样
特殊的身份和地位，他会说到
做到。但是大权在握的丹麦王
不会允许他有出格的举动。所以，
如果你张开过于轻信的耳朵
去倾听他的恋歌，丢掉了你的
魂魄，或者在他失控的强求之下，
打开了你那贞洁的宝藏；那么，
你要衡量一下你的名誉可能会
遭受的损失。要戒惧，奥菲丽娅，
要戒惧，我亲爱的妹妹。你要
让自己留守在感情的后方，躲开
欲望的危险的箭矢。一向谨慎的
女郎如果向月亮袒露了自己的
美貌，那已是足够的放荡不羁。
美德自身也逃不过毁谤的打击。
春天的嫩苗往往还没有绽放

　　　　　　　　　　　它们的蓓蕾，就被蛀虫咬噬。

　　　　　　　　　　　清晨时分，那露水无比清新，

　　　　　　　　　　　种种传染病却正在向它逼近。

　　　　　　　　　　　尽管旁边没有外力，青春

　　　　　　　　　　　也会违逆自己良善的品性。

奥菲丽娅：　　　　　我会保管好你这番绝妙的教训，

　　　　　　　　　　　让它守卫我的心。不过，好哥哥，

　　　　　　　　　　　你可别像某些有失体面的牧师，

　　　　　　　　　　　给我指点那通向天堂的陡峭的

　　　　　　　　　　　荆棘之路，自己却像个流里

　　　　　　　　　　　流气的浪子，不计后果，嬉游于

　　　　　　　　　　　樱草花之路 ①，忘了自己的忠言。

---

① "the primrose path of dalliance"（直译为 "嬉戏的樱草花之路"）与 "the steep and thorny way to heaven（直译为 "通往天堂的陡峭的荆棘之路"）相对，即两相对应的是 "樱草花之路" 和 "荆棘之路"。关键是 "thorny" 这个词在变成形容词之后，其词根 "thorn"（荆棘）的意象性可能会被严重削弱，译文需要恢复。

　　据《圣经》，耶稣受难时，头上被人戴了用荆棘编成的帽子，称为 "荆棘冠"。因此，在基督教语境中 "荆棘" 象征着受难和痛苦。樱草花是报春花属多年生草本植物，所以有人也把它直接译成 "报春花"。但是，如果在莎剧中那样翻译的话，就会丧失其博物学内涵和特定的象征意义。它象征着年轻人沉溺于青春勃发之爱欲而不能自拔。在莎士比亚之前，英语中没有 "樱草花之路" 的说法，樱草花也没有这样的象征含义。莎翁之所以赋予这个词这样的含义，可能来源于一个古希腊的传说：有一个叫作巴拉利索斯的青年，他有一位美丽的未婚妻叫梅丽雪尔塔；他们每天都在盼望着结婚的日子，但是，后来女孩因病去世，他悲伤过度竟殉情了；神可怜他，便把他变成樱草花，开在女孩的墓旁。

　　梁实秋把 "樱草花之路" 和 "荆棘之路" 分别译为 "蔷薇之路" 和 "峻险荆棘的途径"，没有显现对举法，把 "荆棘" 与 "峻险" 并列，使之完全成了 "峻险" 一样的纯粹形容词，而不是 "荆棘之路" 中的 "荆棘"（在汉语中是名词，只是在形式上用作形容词，并没有丧失名词性），有点不妥。另外，他似乎故意对 "primrose" 一词望文生义，这个词似乎可以拆解为 "prime"（最好的）和 "rose"（蔷薇）两个词；于是，他直接讹译成了 "蔷薇"；殊不知，"primrose" 与 "rose" 除了是两种花之外，没有任何种属关系；况且，"蔷薇" 既没有樱草花那样的古希腊传说作为文化资源，也没有莎翁根据那个传说所赋予樱草花的象征含义。

　　朱生豪把 "樱草花之路" 意译为 "花街柳巷"。卞之琳虽然没有袭用这个译法，但专门做了一

雷俄提斯:	哦，你不用为我忧惧！

［泼娄聂斯上。］

我耽搁得太久了。可老爸又来了。

两度的祝福就是两倍的恩惠；

时运向着我的第二次辞别微笑。

泼娄聂斯:	你怎么还在这儿，雷俄提斯？上船吧，
	上船吧，你真不像话！海风已坐在
	帆蓬的肩头 ①，大家都在等你呢。

条注解，一方面为这个译法辩护说："'莲馨花道路'译成'花街柳巷'，含义是恰切的"。另一方面他又说明了自己弃而不用这个译法的理由："但莎士比亚在这里并非引用成语，在他用后，这句话才成了成语。"但他说的这个理由有点勉强：不管是之前还是之后，既然这句话在英语中成了成语，就可以用汉语中的"花街柳巷"去对应地翻译。

卞之琳自己译为"上天堂要走的长满荆棘的陡坡路"和"莲馨花道路"，给读者的感觉与"莲馨花道路"相对应的是"陡坡路"，而不是"荆棘路"。另外，更加严重的是："莲馨花"虽然是个好名字，好多人在用，但它不是一种正式的花卉名字，也不是樱草花的别名，更没有樱草花所具有的象征含义。

孙大雨此处的译文是卞之琳译文的稍作改动，不仅沿用"莲馨花"这个不明就里的花名，而且也没有注意到原文两个植物短语的对举。他主要是把"陡坡路"译成"陡峭路"，把这两个短语分别译成了"荆棘塞途的陡峭路"和"莲馨花之道"。

黄国彬袭用了朱生豪的"花街柳巷"，还把另一个短语拆译为"升天的道路陡峭，充满了荆棘"。这种译法丧失了所有三个特征：对举法、象征义和博物学知识。

本书译者之所以不同意用"花街柳巷"来翻译，是出于另一个更加内在的理由：诗歌翻译不仅要译出"含义"，还要译出"意象"，尤其是"樱草花"这样含义丰富的意象。如果用"花街柳巷"这个成语，哪怕再博学的读者也不可能把它跟那个古希腊传说勾连起来。这个译法丧失了原文的博物学知识，也丢掉了"樱草花之路"和"荆棘之路"对举的修辞手法。

① 原文是"The wind sits in the shoulder of your sail"，很明显，莎翁用了极为生动的拟人手法，而且是双重的：海风像人一样"坐"，而帆呢像人一样有肩膀。

两者都没有译出的。如：黄国彬译为"惠风已经在后面吹动船帆"，"吹"用于风，可能最初是有拟人手法的，但后来因为用得太多，这种手法渐渐淡失了，"吹"字似乎成了风本身的一个动作，而不是由人的动作借来的。

有的译者译出其中之一。如：朱生豪译为"风息在帆顶上"，"顶"不指向"肩膀"甚至不指

好了，让我的祝福伴随你。我还要

交代你几句，希望你铭记在心头，

好好看管你的心性。不要把舌头

交给念头 ①，也不要把手脚交给

任何越轨的想法。要待人和气，

但是千万别乱交朋友；已有的

朋友，交情经受过考验，你要

用钢圈把他们牢牢箍放在心间。

但是不要跟每一个初出茅庐的、

向"头顶"。

　　两者都译出的。如：卞之琳译为"风息在帆篷的肩头上"，孙大雨译为"风守在帆篷肩胛上"。但"息"字和"守"字没有原文"坐"字那么具体生动。这个"坐"字恐怕是莎翁的得意之笔。他的另一部戏剧《理查二世》第二幕第二场第一二三行有类似的表达法："The wind sits fair for news to go to Ireland."（惬意的风坐等着消息传向爱尔兰）。"坐"字不可随便改为"守"字。

　　还是较早的梁实秋的译文反而可以说几乎没有瑕疵——"风在船帆的肩头上坐着"。本书之译文在梁译的基础上稍作调整而成。

① 原文 "Give thy thoughts no tongue"，可能来自英国谚语："wise men have their mouth in their heart, fools their heart in their mouth"（智者嘴在心里，愚者心在嘴里）。应该注意的是：莎翁的这句话充分有效地戏仿了泼娄聂斯喜欢卖弄口舌的形象特征，既用了头韵（"thy"和"thoughts"），也用了眼韵（"thoughts"和"tongue"）。有的译文没有表现出这句话跟那句谚语的关系，从而丧失"舌头"这一生动而切实的意象；有的译文则表现出了那种关系，但因为没有译出丰富独特的音韵效果而减失了泼娄聂斯的形象特征。

　　前者如，朱生豪译为"不要想到什么就说什么"，卞之琳译为"你不要想到什么就说什么"，孙大雨译为"想到什么不要就说出来"，梁实秋译为"你有什么思想不要说出口"。这几个人的译文何其相似乃尔！都缺失了"舌头"的灵动。

　　黄国彬译为"思想别宣诸口舌"，顾及到了"舌头"意象，也译出了"头韵"（"想"和"宣"）。但是，"宣诸"云云太文绉绉了，而原文是最最普通的口语"Give"。

　　本书译文"不要把舌头交给念头"，一方面照顾到了生动的意象，另一方面用了比"头韵"和"眼韵"更加鲜明有力的韵脚（"要"与"交"）和复沓（"头"与"头"），使这句话更具有谚语干脆铿锵的音韵效果。

羽毛未丰的伙伴都纵情游玩；

以至于手掌都因为过多的握手^①

而不再敏感。小心，不要卷入

争吵；但一旦卷入，就要让对方

知道你的厉害。要竖起耳朵

倾听每个人说话，自己要尽量

少说；要听取大家的意见，也要

保留自己的判断；购买何等

贵重的衣服，要看钱包的分量，

但不要穿着奇装异服招摇过市；

要富丽，不要俗丽；因为穿戴

往往能够显示出一个人的品位。

上流社会地位高贵的法国人

最考究也最大方，他们在衣着

方面尤其如此。不要向别人

借钱，也不要借钱给别人；因为

借出去往往会既丢朋友又失财，

借进来则会挫钝节俭的刀口。

还有最最重要的：你要忠实于

自己，这一条必须遵守，正如

黑夜紧跟着白昼；对自己忠实，

---

① 法国人见面时特别喜欢握手。

	你就不会对别人作假弄虚。
	再见，我的祝福教你铭记我的话！
雷俄提斯：	父亲大人，不肖孩儿就此别过了。
泼娄聂斯：	连时间都在催请你。去吧，仆人们在等着你呢。
雷俄提斯：	再见，奥菲丽娅，好好记着我刚才跟你说的话。
奥菲丽娅：	它已被锁进我的记忆，你保管那钥匙。
雷俄提斯：	再见。

[雷俄提斯下。]

泼娄聂斯：	他刚才跟你说了什么，奥菲丽娅？
奥菲丽娅：	您别生气，是有关哈姆雷特殿下的事儿。
泼娄聂斯：	圣母在上，他想得还真周到！ ①
	有人告诉我哈姆雷特殿下最近
	常常把私下时间花费在你身上，
	而你也慷慨大方地接受他的
	约见。如果事情真的是这样——
	如同别人告诉我的，我得小心——
	我必须警告你，你自己还不太
	清楚地知道该如何做我的女儿，
	保你的名节。你们俩之间到底
	怎样了？老实告诉我事情的真相。

---

① "Mary"是一种誓词，是"by the Virgin Mary（圣处女玛利亚）"的缩略形式。圣处女指的就是圣母，因为她未婚而生"圣子"（上帝之子，即耶稣）。

奥菲丽娅：	父亲大人，他最近对我做了许多温柔的爱情的表白。
泼娄聂斯：	爱情？呸，你真是个黄毛丫头，
	在这危险的处境中，真是没头脑，
	你真的相信他那些个柔情蜜意吗？
奥菲丽娅：	我不知道，父亲大人，我应该做何打算。
泼娄聂斯：	圣母在上，让我来教你吧！你自己
	想想吧，真还是个孩子。你居然
	把这些钞票当成了真金纯银。
	你要自珍自重，高看自己一些，
	否则 [这字眼小马驹一样可怜，
	被我使唤了多遍，它可别断气啊]①

———————

① 泼娄聂斯自视才高八斗，喜欢卖弄知识、玩弄文字。他在这里5次用了"tender"一词的4个不同含义（前两次含义相同）：柔情、货币、看视以及奉送。原文第1、第2处为名词（"tenders of his affection"），第3处还是名词（"have ta' en these tenders for true pay"），第4处为动词（"Tender yourself more dearly"），第5处为动词（"tender me a fool"）；所以说他把这词使唤得快要"断气"了。

其中第5处还有三种不同的解释：1.把我当傻瓜耍；2.让我看出你是个傻瓜；3.给我送来一个傻瓜（指泼娄聂斯猜疑奥菲丽娅可能跟哈姆雷特偷吃禁果而使他俩的爱情结下果实）。也就是说，"fool"可以指向三个不同的"傻瓜"。不同的译者选取的是不同的"傻瓜"，前两个是"大傻瓜"（见梁实秋译文"你要在我眼前变成一个令人讪笑的大傻瓜"），后一个是"小傻瓜"（见卞之琳译文"当心你给我'捧'出来一个小傻瓜"）。朱生豪的译文貌似三瓜通吃，但实际上选取的是第一个。梁实秋和孙大雨选取的是第2个。卞之琳和黄国彬选取的是第3个。

汉语中很难找到一个贴切的字词兼具"tender"一词的4个含义，而且是不同的词性。中文译者们都明白莎翁充分利用这个词的歧义而展现了奇异的用法，也使出浑身解数，力图在译文中有所表现；但他们所采取的译法不一，效果也有差异。总体上来说，分两种译法：1.同字法（全部5处用同一个字词来翻译，显得完全一致，但牺牲掉不少语义和意象；如卞之琳用"捧"字）。2.谐音法（用不同的字词但相互谐音，力图在一定程度上显现一致性，语义和意象也有一定程度的保留或丧失；如孙大雨用"献出"和"显出"，仅仅是一个声调之差，是谐音法中一致性程度最高的译法）。

梁实秋把第 1 处、第 2 处和第 3 处都用了"表示"一词（不都是用来翻译"tender"）："他最近
屡次向我表示爱情""你相信他对你所谓的表示吗？""你把不能兑现的表示当做了现金"，把第
4、5 处则分别译为"自重"和"变成"。前三处读起来有一种一致性，这一点与原文高度相符。
但问题是，原文中的双关含义"柔情"没有被译出来。第 3 处的货币意象也被译丢了。第 4 处和
第 5 处不仅相互没有音韵上的关联，而且与前三处的"表示"也几乎没有联系。前面的译法似乎
是前三处为了显现原文的一致性而丧失了语义，后两处为了语义而丧失了一致性。

朱生豪译文的前两处承袭的是梁的译法："屡次向我表示他的爱情""你相信他的表示吗？"他
把第 3、4、5 处则分别译为"假钞""抬高"和"出丑"，相互押了韵，是对梁译的改善。他没有
译出第 1 处和第 2 处的"柔情"。"假钞"则是意译，原词可真可假。另外，"出丑"一词看似比
较暧昧，避开了关于原文的三种解释必取其一的难点；但是，仔细推敲，"你会叫我大大地出丑"，
说的还是"你把我当傻瓜"，含义是"你的丑闻会连累我让我出丑"，即与第一种解释相同。

卞之琳的 5 处翻译都用了同一个字"捧"，即"他近来一再对我捧出过真心""你相信他捧出
来了""随它'捧'出来什么，都当是真东西！""你该把自己的身价'捧'得高一点""当心你给
我'捧'出来一个小傻瓜"。应该说这本是理想化的妙招。但问题是：这样的译法牺牲掉了原文的
一些特征甚至词义，比如词性的变化（全都成了动词），比如特定的意象（货币）。第 1 处和第 2
处的原意（柔情）被译掉了，第 2 处的语义还不明确（他捧出来什么呢？）。

孙大雨把前三处都翻译成了"献出"："好多次对我献出了他的爱情来""你相信他的献出
吗""你竟把这些献出当真正的付款"；后两处则译成了"显出"："显出你自己多值些钱吧""你
显出自己是傻瓜"。这两个词谐音，也是比较高明的译法。但这个译文也牺牲掉了原文中的一些元
素，比如"柔情"语义，比如"货币"意象（似乎是一种补救措施，他在"真正的付款"后面加
了一句"它们可不是纹银"；"纹银"固然是货币意象，但与"真正的付款"有语义重复之嫌，显
得啰唆）。另外，"多值些钱吧"的措辞有失庸俗，不像首席大臣高雅斯文的口吻。

黄国彬也用谐音法，把 5 处分别译为"绸缪""筹码""筹码""筹码"和"筹备"，以一个
"chou"音统领，显现出相当高的一致性，可谓费尽心机、用尽资源。不过，原文 5 处的含义并
不与这 5 处译文完全对应。比如，"绸缪"并不等于"温柔"。"绸缪"的含义是"紧密缠缚"，类
似于如漆似胶，强调感情的"强度"，而非"柔度"。哈姆雷特和奥菲丽娅之间的情事恐怕还没有
发展到"绸缪"的程度。第 2 处原文固然可以理解为双关语：兼指"柔情"和"筹码"，但恐怕还
是"柔情"的成分更重一些，不能抽掉过渡的台阶，一下子直接译为"筹码"。第 3 处译为"筹
码"是绝妙好辞，非常贴切，因为筹码是发放出来的，但不是真钞，而是一种替代性货币，但从
意象上说确实具有货币性。为了加强货币意象，作者又在后面加了一句"其实是伪币"，其实没有
必要。第 4 处译为"你本身的筹码可高哇"，把"Tender"（看待）在此处的本义给译丢了。第 5
处译文"筹备"也与"tender"此处的原义不符，黄国彬有故意用"筹"字来显示一致性的嫌疑。
这个"chou"音真是被他使唤得"发愁"啊。

本书译者用的是谐音译法。五处译文分别为"温柔""柔情""钞票""高看"和"抱送"基本
上都"押韵"（"ou"和"ao"之间押的是近韵），算是相互之间保持了一定程度的一致性；而且
词性也一如原文。

<table>
<tr><td></td><td>你就会给我抱送来一个傻外孙。</td></tr>
<tr><td>奥菲丽娅：</td><td>父亲大人，他可是以一种可敬的方式向我求爱的。</td></tr>
<tr><td>泼娄聂斯：</td><td>唉，你可以称之为可敬的方式。去他的吧，去他的！</td></tr>
<tr><td>奥菲丽娅：</td><td>父亲大人，他还动用了几乎所有

神圣的盟誓，来加强他的甜言蜜语。</td></tr>
<tr><td>泼娄聂斯：</td><td>嗨，这是些捕捉笨山鹬的网兜 ①。</td></tr>
</table>

———————

　　其中"tender"作"货币"解，可真可假，可合法（legal tender）也可不合法（illegal tender）。如果按"真钞"解，那么，泼娄聂斯认为，哈姆雷特对奥菲丽娅的感情是真的，只不过，还不够；自己的女儿作为千金小姐，应该待价而沽，甚至要提高自己的身价，让哈姆雷特付出更多。如果按"假钞"解，那么，泼娄聂斯认为，哈姆雷特对奥菲丽娅的感情是假的，柔情蜜意其实是虚情假意；因此，他把"tender"跟"true pay"（真钞）对立起来。从上下文来看，两者皆解释得通。本书译者在对原文理解上倾向于后者，但为了保持诗歌修辞上的故意模糊效果或者歧义性，在汉语措辞上还是把"tender"译为比较中性的"钞票"，而不是学朱生豪直接用贬义的"假钞"。

① 原文为"springes to catch woodcocks"中"woodcock"指的是"山鹬"（学名：Scolopax rusticola），体长约 35 厘米，是一种涉禽，体型肥胖，腿短，嘴长且直，是世界上飞得最慢的鸟，而且胆子特别小。所以山鹬象征迟钝、胆怯、头脑简单，被认为是最容易捕捉的鸟类。捕捉它们的网兜可能非常简陋。泼娄聂斯认为，奥菲丽娅如同山鹬，单纯、胆怯、缺乏经验，哈姆雷特不用太费劲，就能把她迷惑、俘虏。

　　在本剧第五幕第二场中，雷俄提斯被哈姆雷特用他自己有毒有尖的利剑刺中之后，把自己比作山鹬，对人说："嗨，就像一只山鹬，我这是 / 钻进了自己的罗网，奥斯里克。/ 杀害我的是我自己的诡计。"

　　在莎翁别的作品中，山鹬的名字还被提到过 7 次，一般都是和捕鸟的夹子或圈套连在一起。

　　莎翁是博物学爱好者，对很多动植物都有丰富深入的知识和生动独特的描绘，赋予它们深刻贴切的寓意。漏译乃至讹译都会丧失莎翁博物学方面的趣味和视野。因此，"山鹬"一名必须原样译出来，不能改换。参见北塔：《博物学视域中的莎士比亚戏剧及其汉语翻译之反思》。

　　梁实秋译为"木鸡"，"wood"的含义是"木头"，"cock"的含义是"公鸡"。可能在梁初译《哈姆雷特》的 20 世纪 30 年代，"woodcock"还没有中文名。

　　而到了 20 世纪 40 年代，朱生豪翻译的时候，"woodcock"显然已经有了合理的中文名，于是，他就径直翻译成了"山鹬"。然而如果只是这个光秃秃的名称，中文观众不容易明白其言下之意，于是，他在前面加了个修饰语"愚蠢的"。不过，笔者以为，"愚蠢"这个词用在小鸟身上，有点过重。

　　卞之琳把"愚蠢的"改为程度轻得多的"傻"字，从而消除了那种歧视小鸟的嫌疑。他把这

我可得知道：当着热血燃烧，

灵魂会肆无忌惮地把誓言借给

舌头。这些情感的火焰，女儿唉，

发出的光总是多于热；甚至在信誓

旦旦时，那光和热也都会消失。

这是造作出来的，你不该把它

看成真火。从此时此刻开始，

你一个女孩子少到外边去抛头

露面。把你的谈判条件定得

更高些，而不是主动要求去会谈。

至于哈姆雷特殿下，不要更多地

相信他；他还年轻，活动的范围

要比你的大。简而言之，奥菲丽娅，

你别相信他的盟誓；因为盟誓

都是些旧衣贩子，他们不会

贩卖颜色鲜艳的圣衣，而只会

句话译为"捕捉傻鹁鸪的天罗地网"。但问题有：1. 把"山鹬"改译为"鹁鸪"，遮蔽了莎翁的博物学视野；2. "山鹬"身体短粗，飞行缓慢，所以是笨鸟，一般只有被捕猎的份儿；而鹁鸪即斑鸠是身体细长、飞行迅速的猎禽，给人的印象完全相反，一点都不傻；3. 如果真的是笨鸟，傻呆在那里，何必动用"天罗地网"去捕捉，有小孩子自己制作的网兜足矣。

黄国彬把"山鹬"改译为"鹌鹑"。与"山鹬"爱静喜躲的习性不同，鹌鹑爱跳跃、奔跑、短飞、打斗、鸣叫，它反应灵敏，环境略有改变或轻微惊动时，常群起骚动，格斗时往往伤亡众多。另外，尽管"鹌鹑"现如今常常扮演着美食的角色，但在中国文化语境中，因为它与"安全"谐音，而象征着"平安"。这跟自顾不暇、被捕受难的"山鹬"形象也相差不小。

孙大雨译为"傻山鹬"，可以说是一种准确而简洁的译法。

推销旧衣。为了能更好地诱骗
世人，老鸨们吆喝得像是虔诚的
圣人。总之，我要明白告诉你：
从今往后，我不希望你滥用片刻
闲暇，去跟哈姆雷特殿下说话。
留点儿神吧，记着这告诫，去吧。

奥菲丽娅：　　　　　　我会听从您的教诲的，父亲大人。

[众人下。]

第四场
平台

［哈姆雷特、霍雷修及马塞勒斯上。］

哈姆雷特:	风刁钻地咬人 ①，这天真冷啊。
霍雷修:	这风尖锐刺骨。
哈姆雷特:	现在几点了?
霍雷修:	我想还没到十二点吧。
马塞勒斯:	不，刚刚敲过十二点了。
霍雷修:	是吗? 我没听见: 那么现在已接近
	那鬼魂惯常出来游走的时间。

［城堡里喇叭齐奏，传来两声炮响。］

---

① 原文"The air bites shrewdly"是典型的拟人手法，仿佛风是有牙齿似的。其实直译就很精彩，尤其是"咬"字不能阙如。偏偏译者们似乎怕风长出牙齿，多采用意译，削弱了原文的魅力。朱生豪译为"风吹得人怪痛的"，还原到了"风吹"的习惯语思维，抹掉了拟人手法。

梁实秋译为"凉气刺人"。卞之琳译为"风，真是刺人得厉害"。孙大雨译为"这寒气刺得人好凶"。黄国彬译为"空气冷得砭肤"。"砭"是古代用来治病的石针，做动词用时，含义也是"刺"。因此，这四位翻译家都把"咬"译成了"刺"，把"齿"变成了"针"。他们用手中的译笔把风的牙齿全都拔掉了。

　　　　　　　　　　　这是什么意思，殿下？

哈姆雷特：　　　　　国王今晚无眠，兴致高着呢，

　　　　　　　　　　一个劲闹酒，大肆跳着里尔舞；[①]

　　　　　　　　　　每当他喝干一杯莱茵葡萄酒[②]，

　　　　　　　　　　定音鼓和喇叭就像驴叫似的哄乱

　　　　　　　　　　奏响，庆祝他的斗酒的胜利。

霍雷修：　　　　　　这是一种习俗吗？

哈姆雷特：　　　　　是的，是一种习俗。

　　　　　　　　　　尽管我在这儿土生土长，生下来

　　　　　　　　　　就熟悉这风气，但对于我的心智

　　　　　　　　　　来说，这样的习俗与其遵守它

　　　　　　　　　　还不如打破它来得更加荣耀。

　　　　　　　　　　这样头重脚轻的狂欢使我们

　　　　　　　　　　受到东西方各国的侮辱和指责；

　　　　　　　　　　他们骂我们酒鬼[③]、猪猡，来玷污

　　　　　　　　　　我们的名誉。尽管我们取得过

　　　　　　　　　　很高的成就，但是这风俗确实

　　　　　　　　　　减损了我们的丰功伟绩，危害了

---

① "upspring" 原意为"起跳"，是古代德国一种放浪的欢庆舞蹈；"reels（里尔舞）"是一种欢快的苏格兰民间舞蹈，后来也流行于爱尔兰，通常由两对或四对舞者共舞。丹麦人把两者融合在一起，可见他们玩得有多嗨！

② "Rhenish"，德国莱茵河地区出产的一种白葡萄酒，伊丽莎白时期曾大量出口到英国，但在当时葡萄酒还是一种奢侈品，并非人人都能享用，只有国王和贵族可以喝得到。在更早的丹麦，更是如此。

③ 据说，古代丹麦人，尤其是权贵们，遇事必办宴、逢宴必饮酒、饮酒必酩酊。

我们的品质精髓，常常地它使

一些从娘胎里就品性不端的人物

坏上加坏——其实他们也没什么罪，

那都是因为品性不能选择自己的

出身——而某种体液又过分发达，^①

常常攻破了理性的栅栏和堡垒，

或者是由于某种习惯使那些

原值得赞美的行为过度膨胀，

以至于我觉得，他们身上所带的

某种缺陷的印记乃是天命的

制服或运命的星辰^②。他们其他的

---

① 按照中世纪理论，人身上有四种体液（humours），即 blood（血液）、phlegm（唾沫）、choler（胆汁）和 melancholy（忧液），它们以及它们的不同组合分别决定不同的人的不同气质。文中"some complexion"就是指某种组合中这些体液的比例，为了简便起见，译文直接说"某种体液"。

② 原文为"Being nature's livery, or fortune's star"，意象简洁而玄秘，句式整洁而有力，语调铿锵，前后对称；但是，这两个暗喻实在太难理解。于是，注家和译者们曾费尽心机，各有各的理解和表达，而译者往往为了使得读者能比较容易地把握他们所理解的内容，一般都采取意译法，乃至蒙混法（模糊其意而译）。

朱生豪译为"不是他们自己的过失——或者生就一种令人侧目的怪癖"。这可能是朱生豪平生翻译中最大的败笔。首先，他没有译出原文警句般铿锵的调子和整饬的结构；其次，丧失了丰富的意象；再次，理解过度，以至于成了臆解，根本与原文对不起来。

"nature"指大自然、老天爷，类似于"命运"；"fortune"指"运命"。命运是前定的固定的，人不可能发挥所谓主观能动性去改变命运女神的决定，只能承受、依循；而运命像星辰一样，是转动的，可以转变的，所谓"时来运转"。中国有算命先生（fate-teller），西方有算运先生（fortune-teller），中、西方对人生路径和归宿的理解遂区以别焉（参见北塔：《论"命""运"》）。笔者以为，此处"nature"和"fortune"并举，"nature"本身有"命运""命定"和"前定"的内涵。

此处所谓"天造的制服"象征的是人生下来老天所给予他的宿命般的特定性。livery 这个词与 delivery 同源，含义是"配给""分发"，本意是主子给家里仆人配给的衣服，通常有统一的样式，所以一般翻译成"制服"。笔者以为，这是很恰切的翻译。"制服"一词的好处在于，它还可以是动词。"服"者"服从"也。仆人穿着主子配给他的衣服，心中就要想着如何为主子提供良好

品德纵然像上帝的恩惠一样

纯洁，像人类的禀赋一样无限；

也会在世人的责难中遭受那种

缺点的腐化：微量的邪恶会抹去

高贵的品质，弄得人名誉扫地。

[鬼魂上。]

霍雷修：　　　　　看，殿下，它来了！

哈姆雷特：　　　　愿天使和圣贤赐恩，保佑我们！

　　　　　　　　　不管是一个救死扶伤的精灵，

　　　　　　　　　还是一个该受天谴的恶鬼，

———————————

的服务，或者牢记自己的奴仆地位（servitude），老天爷之所以让人类有缺陷，是因为他要以此提醒我们：人是他的仆从。因此，莎翁在此把人的缺陷比喻成仆人的制服。"制"者"制约"也。主子管制仆人，我们人是老天爷的仆从，所以受制于他。总之，老天爷之所以能"制服"人类，就是因为人有缺陷。

　　算运的最主要方法之一是占星，因为星星，跟"运命"一样，都在运转，哪怕恒星也并不恒定。星座对于我们人生的影响跟命运不同。第一，这种影响可能具有偶然性，或者说，这种影响的到来和消失，似乎是没有预兆、突如其来的，比如"祸从天降"，而不是完全按照前定模式的；第二，随着星星本身的运行变化，这种影响也会时隐时现，好运与厄运可能交替出现，所谓"祸福相依"，所谓"六十年风水轮流转"，或者否极泰来，或者急转直下。这是运命不同于命运作用于我们的人生的方法和特点。

　　最接近于这个含义的译文是黄国彬的"受制于先天，受制于星子的运程"。不过，没有翻译出livery这个词。"运程"这个词也有点夹生、生硬、拗口，不如"运行"妥顺。

　　其他人的译文都偏离原文，而且离得比较远。比如，梁实秋译为"这缺憾也许是天生的或是命中注定的"。孙大雨译为"那缺陷，不出于天然，即肇自命运"。卞之琳译为"天然的符号或者是命运的标记"。"天生"（"天然"）和"命中注定"（"命运"）可以说几乎是同义反复，三人的翻译在这一点上相当一致，他们都没有把运命和星运译出来，相当于只译了一半。其根源在于，他们没有深入彻底了解此处"命"与"运"的差异。另外，卞之琳注意到了livery和star的重要性，但恐怕没有深究这两个词在此处的丰富含义；所以，他只是清淡地转换成了两个比较抽象的名词"符号"和"标记"，这两个词在汉语中也几乎没啥区别。

　　笔者以为，在译文中，此处"天命"与"运命"必须辨明，"制服"和"星辰"两个意象必须保留。

不管你带来的是天堂的瑞气
还是地狱的晦气，不管你的
意图是恶毒还是仁慈；既然
你以这样可疑的形态到来，
我就要问个明白。我要称你为
哈姆雷特，国王，父亲，丹麦的
明君。哦，回答我！别让我全然
无知，请您告诉我，为什么您的
尸骨在成为圣徒、入土之后，
挣破了寿衣？为什么我们明明
看见你被安葬了，而那坟墓
却张开沉重的大理石双腭，又把你
吐了出来？你这是什么意思？
你把自己的尸体再次全副武装，
回顾这隐约出没的月亮，使黑夜
变得如此恐怖，使我们这些
造化的玩物惊骇得浑身颤抖，
脑子里转动着我们自己都无法
理解的念头。说啊，为什么你要
这样？你要把我们引往哪儿？

说啊，快说，你要我们做什么？ ①

[鬼魂向哈姆雷特招手。]

霍雷修：　　　它向您招手，是要您跟它一起走，

　　　　　　似乎想要跟您一个人交流。

马塞勒斯：　　看哪，它用非常礼貌的举动，

　　　　　　向您招手，要您去一个更加

　　　　　　僻远的所在。千万不要跟着它！

霍雷修：　　　别去，死也别去！

哈姆雷特：　　那它就不会跟我说话了。所以我要跟它去。

霍雷修：　　　不要啊，殿下！

哈姆雷特：　　为什么，有什么可怕？在我看来，

　　　　　　生命的价值还不如一个针头；

　　　　　　至于我的灵魂，跟这鬼魂一样，

　　　　　　是不死的，它能拿我怎么样？

　　　　　　它又在向我招手了。我要跟它去。

霍雷修：　　　如果它引诱您走向潮水，殿下。

　　　　　　或者走向那可怕的悬崖的峰巅，

　　　　　　而那悬崖的底部直伸入大海；

　　　　　　就在那儿，如果它显出一副

　　　　　　狰狞的模样，它就会劫走您对

————————————

① 在整个这段文字里，哈姆雷特对着鬼魂说话，似乎认可那是他父亲的鬼魂；但他没有用敬词称呼对方，这表明他还没有完全确认。

理智的主权，把您拖进疯癫。①

好好想想。在悬崖顶部，看着

千仞下的大海，听着大海咆哮；

即使没有其他的缘故，我们

脑子里也会生发出绝望的怪想。②

哈姆雷特：　　　　它还在向我招手。

走吧，我会跟着你的。

马塞勒斯：　　　　别走啊，殿下。

哈姆雷特：　　　　放开你们的手！

霍雷修：　　　　　克制点吧，您别去。

哈姆雷特：　　　　我的命运在召唤，

我体内每根细小的血管都变得

如同尼米亚猛狮的肌腱般坚强。③

［鬼魂招手。］

它还在对我召唤。放开手，先生们——

苍天在上，谁要阻拦我，我就

要他变成鬼！听见没有，给我

---

① 从峰巅（summit）到疯癫（madness），中间只隔着四行诗。

② 指往下跳的"短见"。

③ "the Nemean lion（尼米亚地方的狮子）"是一头危害整个尼米亚山谷地区的猛狮。它最大的特点是一身厚皮、刀箭难入。其性格凶残贪暴，食人无数，后被大力神赫拉克勒斯扼死，皮子则成了他的斗篷。此为大力神所完成的"十二大苦差事"之首功。

走开！——你先走吧，我随后就来。

［鬼魂与哈姆雷特同下。］

霍雷修：	想象使他更加绝望。
马塞勒斯：	咱们得跟着他；这样听从他不合适啊。
霍雷修：	得跟紧点。这会导致什么样的结果呢？
马塞勒斯：	丹麦国里要坏事了。
霍雷修：	老天会指引咱们的。
马塞勒斯：	得了，咱们跟上去吧。

［两人同下。］

第五场

月台另一边

[鬼魂与哈姆雷特同上。]

哈姆雷特：	你要把我领到哪里去？说啊，我不想再往前走了。
鬼魂：	听着。
哈姆雷特：	我听着呢。
鬼魂：	我的时间快到了。我得把自己 重新投到惨痛的硫黄的烈焰里。①
哈姆雷特：	唉，可怜的阴魂！
鬼魂：	不要你可怜我，只要你认真地听，我会把事情一五一十 地说出来。
哈姆雷特：	说啊，我正要听呢。
鬼魂：	你听了以后，会去报仇吗？
哈姆雷特：	什么？

---

① 原文"sulphurous and tormenting flames"直译为"折磨人的硫黄的烈焰"，为了突出"硫黄的烈焰"这个意象，笔者对词序做了调整。按照基督教的说法，"硫黄的烈焰"乃炼狱之火，人必须经受"硫黄的烈焰"的折磨，烧掉生前所犯下的全部罪孽，才能得救，进入天堂。

鬼魂： 我是你父王的魂灵。被判定有一个

时期要在夜晚游走，白天被禁锢

在火焰里，忍受禁食的饥饿，直到 ①

生前所犯下的罪孽全都烧掉、

清除。如果我不是被禁止说出

地狱里的秘密，我可以讲述一个

故事。最轻微的话语都会把伤

你的灵魂、冻结你那年轻的血液，

使你的双眼像两颗流星惊愕地

瞪出眼眶；你那些纠结在一起的

卷发也将会根根散开，每一根

都将竖起来，像那被激怒的箭猪

身上的刚毛 ②；可这永劫的秘密

本来是不应该泄露给你这血肉的

凡耳的。听着，听着，哦，听！

如果你真的爱过你亲爱的父亲——

哈姆雷特： 哦，上帝啊！

鬼魂： 这是恶毒的、最违反天理的谋杀。你要报仇啊。

哈姆雷特： 谋杀？！

----

① 地狱里到底有没有食物？禁食是一种什么样的惩罚？尚无定论。

② 原文 "Like quills upon the fretful porpentine" 中 "porpentine" 一词应该是 "porcupine"（可能是莎翁的笔误），即箭猪。伊丽莎白时代的人们认为，箭猪是一种攻击性强的猛兽，发怒时会把身上的刚毛像箭一样射向敌人。

鬼魂：	最最恶毒的谋杀。谋杀是最最
	恶毒的。最好的谋杀也是最恶的；
	这桩是最恶、最怪、最违背天理。
哈姆雷特：	快让我知道，我要插上翅膀，
	快得像遐思、像求爱的渴望，
	飞身去报仇雪恨。
鬼魂：	我看出你准备好了；如果你不
	奋起去复仇，你可就比地狱里
	忘忧河岸边肥硕的忘忧草还要 ①
	迟钝，腐烂在安逸的生活环境里。
	现在，哈姆雷特，听着。他们公告说：
	我是在后花园睡觉时被一条毒蛇
	咬死的，所以全国的耳朵都被这
	伪造的死讯彻底欺蒙；可是，
	你要知道，高贵的青年，那条
	咬死你父王的毒蛇正戴着王冠呢。
哈姆雷特：	哦，我这先知的灵魂啊！是叔叔吗？
鬼魂：	是他，那头乱伦的、通奸的畜生，
	用他那巫师的才智、叛徒的才能——
	哦，邪恶的才智和才能还有

---

① "Lethe（离斯）"是希腊神话中冥河的名称，亡魂们只要一饮这河水，就会忘掉生前的一切，故又可译为"忘河"。

诱奸的才力！ ①——我那看起来最有

美德的王后的意志居然也被他

可耻的淫欲征服。哦，哈姆雷特，

那是怎样的堕落啊！我给她的爱

是多么神圣，配得上我在婚礼上

发给她的盟誓。她却下嫁给一个

恶棍，那恶棍的天赋才华比起

我的来，太贫乏！

尽管邪欲假扮成天使，向美德

求婚，但美德永远不会为之所动；

---

① 原文为"With witchcraft of his wit, with traitorous gifts/O wicked wit and gifts, that have the power/So to seduce!"很明显，莎翁在这里三处用了他最钟爱的修辞策略之一：矛盾修饰法（oxymoron）。"wit"（才智）和"gift"（才华）都是褒义词，但他把"wit"跟"witchcraft"（巫术）放在一起，用"traitorous"（叛逆的）和"wicked"（邪恶的）等贬义词来修饰它们。这是莎士比亚对人性的洞察的结果，坏人也有才智和才华，只不过，用错了地方；而用错了的才智和才华比庸才更可怕，造成的恶果更严重。另外，莎翁在这里好几处押了头韵，还用了复沓手法，以加强这种矛盾性。

翻译理应保留这些修辞策略。不过，并不是所有翻译家都能做到，以前几乎所有的译文都没能很好表现原文的音韵特点。

朱生豪译为"他有的是过人的诡诈，天赋的奸恶，凭着他的阴险的手段，诱惑了我的外表上似乎非常贞淑的王后"。译文中全是贬义词，彻底淹没了才智和才华，也就消灭了矛盾修饰法。

黄国彬也把褒义词译成了贬义词："用阴谋诡计的妖术、奸险的伎俩／赢取芳心，叫王后跟他干可耻的淫行。邪恶的阴谋诡计跟伎俩啊，／竟能勾引这貌似贞洁无比的王后！"

梁实秋、卞之琳和孙大雨都注意到了矛盾修饰法，译文各有千秋，但也各有瑕疵。

梁译为"他有的是蛊惑的机智和奸佞的才干——具有这样引诱力的机智才干真是好阴险哪！"三处矛盾法都译出来了。但是，"奸佞"一般指"奸邪谄媚"，跟"背叛"没什么必然关系。

卞译为"就凭他诡计多端，花样百出，／（邪恶的才智啊，这样子有本事诱骗人！）"前面一行看不出矛盾法，不过，后面一行有两处矛盾法，算是补救了三分之二。

孙大雨译为"就仗那诡计的迷功、叛逆的本领——啊，邪恶的聪明和才智，这么样会奸骗！"三处矛盾法都显示了。但"迷功"和"奸骗"这两个词略显生硬。

尽管性欲跟容光焕发的天使

联姻，在天国的床上心满意足，

却还要掠食

尘世的垃圾。可是，小点声！我

好像闻到了早晨的气息，让我

说得简短些。当我按着习惯，

在后花园午睡之时，你那叔叔

趁我没有防备时，偷偷地手拿

一个装着该死的毒药的小瓶子。

他把麻风病一样的毒汁灌入了

我的耳孔，那毒性跟人的血液

势不两立；它迅速发作，像水银，

流遍了身上所有的门洞和小径；

突然它凝固起来，像酸液滴入

牛奶，凝固了全身清纯的血液；

那毒液就这样凝固了我的血液，

于是，就在一眨眼的工夫，在我

光滑的全身，暴出了树皮一样的

癞疹；浑身都是可憎的、讨厌的

鳞片，我真像一个麻风病人啊。①

那就是我，在熟睡的时候，被一只

---

① "hebenon" 到底是一种什么样的毒药？学术界尚无公论。根据布林斯莱医师的研究，它是由紫杉提炼出来的，能使血液迅速凝结，并会使皮肤长出癞疹。

自己兄弟的手一下子夺去了生命、

王冠和王后；当我的罪孽像罂粟花

一样怒放时，我的生命之花被突然

掐断；临终时都没有领受圣餐，

没有忏悔，也没有涂抹圣油；①

还没等我算清账，就让我结了账，

把所有缺欠的款项都安到我头上。

哈姆雷特：　　哦，可怕！可怕啊！可怕极了！

鬼魂：　　　　如果你心中还有点人性，你就

不要隐忍，不要让丹麦王宫里的

眠榻成为淫乱和乱伦的该死的

温床。但是，无论你怎样追求

这复仇大业的目标，你都不要

---

① 原文是三个非常特殊的单词"Unhousel'd, disappointed, unanel'd"，读起来拗口，理解
起来奥难，难在这是莎翁故意模仿鬼魂的口吻，用词也显得古怪。

　　"Unhousel'd"的词根是"housel"（圣餐），往往是一小块代表耶稣肉身的面包，
"Unhousel'd"的含义是"没有吃圣餐"。这个词连莎翁也只在这里用过一次，更别说别人了。

　　"disappointed"的原意是"失望"。让鬼魂失望的是什么呢？基督徒死后的希望是进天堂，
但由于他们身犯原罪和其他的罪行而不能想进就进，必须要通过一些方式或仪式先消罪，"忏悔"
（confession）是一种比较简便有效的方式，可以使罪行得到上帝的赦免（absolution）。老哈姆
雷特因为被谋害前没有来得及忏悔，罪行没有得到赦免；所以要在炼狱里接受火刑的考验和净化，
而不能直接进天堂，所以失望。因此，有学者认为，这里"disappointed"可解为"忏悔"。此
处可以翻译成"没有抱希望"，但不如"没有忏悔"合适；因为其前后两个词都表示的是实际的动
作，而不是心理活动。这样用"disappointed"一词，在莎翁，也是只此一处。

　　"unanel'd"的词根是"anele"（临终涂圣油），一般指由牧师在垂死者的额头上涂抹香油。
"unanel'd"的含义是"没有在临终涂圣油"。"anele"一词从14世纪初开始在英语中被频频使
用；但"unanel'd"一词只有莎翁在此一用。

玷污你的心智，也不要让你的

心灵图谋去伤害你母后的皮毛。^①

让她去领受天罚吧。那些寄生

在她心里的荆棘会一再刺痛她。

现在，再见吧。萤火虫本就徒劳

无益的微光开始变得更加暗淡，

这表征黎明正在临近。再见，

再见，再见！你一定要记着我啊。

[鬼魂下。]

哈姆雷特：　　　　　哦，你们住在天上的所有神明！

哦，土地爷！还有什么？我还要

向地狱呼号吗？哦，呸！别乱啊，

别乱，我的心！还有你们，我的筋骨，

不要在瞬间颓老，要坚定地支撑

我啊。一定记着你？当然会记着——

你这可怜的阴魂，只要在这个

烦乱的脑瓜里，还有记忆的一席

之地。一定记着你？当然会记着。

我要从记忆的碑板上抹去所有

琐屑而愚蠢的记录，抹去典籍里

———————

① 可见老国王对王后的爱是多么无私、无条件，无论如何，王后在他尸骨未寒时，就匆匆改嫁小
叔子，的确太对不起他了。夫妻俩的爱的境界可谓万分悬殊。

所有的格言、观念和印象，那都是

年少的阅历留下的印记。只让

你的命令留在我头脑的书卷里，

不让它跟卑微的物事混杂在一起。

是的，我对天发誓！哦，最最

恶毒的婆娘！哦，恶棍，恶棍，

笑嘻嘻的该死的恶棍！我的记事本呢，

——合着我该把这话记下来：一个人

可能会嬉笑、笑嘻嘻，但是个恶棍；

至少在丹麦，肯定有这样的坏人。

[写]

叔叔，我已经把你记上。我还要再写上：

"再见，再见！一定记着我。"我已经发誓。

霍雷修 [内]：	殿下，殿下！
马塞勒斯 [内]：	哈姆雷特殿下！
霍雷修 [内]：	愿老天保佑他！
马塞勒斯 [内]：	但愿如此！
霍雷修 [内]：	喂，嚯，嚯，殿下！
哈姆雷特：	唏咯，嚯，嚯，伙计！来吧，小鸟，来吧。①

[霍雷修与马塞勒斯上。]

---

① 这是在模仿训鹰师使唤猎鹰的各种声音。

马塞勒斯：	怎么样，好殿下？
霍雷修：	怎么回事，殿下？
哈姆雷特：	哦，真奇怪！
霍雷修：	好殿下，告诉我们吧。
哈姆雷特：	不，你们会说出去的。
霍雷修：	我不会，殿下，我对天发誓！
马塞勒斯：	我也不会，殿下。
哈姆雷特：	那你们怎么说？谁心里曾经想到过这个？可你们能保密吗？
霍与马：	能，我们对天发誓，殿下。
哈姆雷特：	从没有一个恶棍为害全丹麦 而他是十足的无赖。①
霍雷修：	这一点可不需要鬼魂从坟墓里出来告诉我们，殿下。

---

① 原文为 "There's ne'er a villain dwelling in all Denmark,/But he's an arrant knave."
这两行是一个转折句，但并不是所有译者都翻译成这个句式。

梁实秋译为"全丹麦的坏人，没有一个不是奸恶的匪人"。含义是丹麦所有的坏人都是十恶不赦的大坏蛋。这显然有悖于常识，也与原文不符，而且简化了原文比较复杂的含义。

但不知为何，后面译家基本上都沿袭这个理解。如朱生豪译为"在全丹麦从来不曾有哪一个奸贼——不是一个十足的坏人"。卞之琳译为："丹麦全国没有哪一个恶汉 / 不是十足的坏蛋。"孙大雨译为："全丹麦从来没有哪一个坏蛋 / 不是个坏透的恶棍。"黄国彬译为："住在丹麦全国的所有坏蛋，/ 都是彻头彻尾的卑鄙小人。"

笔者以为原文的大意是：除了国王，没有一个恶棍是全国性的；因为他是统治全国的国王，所以只有他会祸国殃民。"dwelling in all Denmark"（住在丹麦全境）云云，类似于我们中国人常说的"普天之下，莫非王土"。这个"他"暗指国王。

第二行三音步，原文如此。"dwelling"与"Denmark"押头韵。笔者译文这两行押了尾韵——"麦"和"赖"。

哈姆雷特:	啊，对！你说得对！因此，我觉得，
	你们不要再追问更多的详情，咱们
	握握手，就此别过，是比较合适的；
	你们的事情和欲望会指引你们，
	因为每个人都有他的事情和欲望，
	事实如此；至于我自己这样的
	可怜人，你们瞧，我要去祈祷！
霍雷修:	这可都是些颠三倒四的疯话啊，殿下。
哈姆雷特:	如果这番话冒犯了你们，我表明
	真心的歉意；是的，真诚，真心。
霍雷修:	谈不上冒犯，殿下。
哈姆雷特:	不，让主管炼狱的圣·帕特里克做证，^①
	犯了，霍雷修，而且是犯了大罪。^②
	至于这一个幽灵，我告诉你们，
	它是个老实鬼^③。至于你们想知道
	我跟它之间的事情，你们还是

---

① "St. Patrick（圣·帕特里克）"是爱尔兰的守护神，传说他把爱尔兰的蛇王装入一只盒子，扔进海里，因此爱尔兰岛上没有蛇，圣·帕特里克也就成了驱蛇神；而哈姆雷特听说他的父王是被蛇咬死的，所以他要向圣·帕特里克求助，帮着把蛇赶走。
　　又据传说圣·帕特里克是炼狱（Purgatory）的守护神。耶稣曾在一个岛上显灵，指示他一个能望见炼狱的山洞，他借此使那些顽固不化者皈依了基督教。哈姆雷特之所以呼唤圣·帕特里克，是因为他的父王此刻正在炼狱中受难，希望能得到圣·帕特里克的保护。
② 动词"offend"的含义是"冒犯"，它的名词形式"offense"兼有"得罪"与"犯罪"两个含义。霍雷修用的是前者，哈姆雷特故意用的是后者，暗指国王之罪行。译文用"犯"字将"冒犯"和"犯罪"串联了起来。
③ 因为它来自炼狱，而不是地狱。下地狱的鬼不会是老实的。

	断了这念头吧。现在，我的好朋友，
	你们既然都是朋友、学者和军人，
	请允许我有一个小小的请求。
霍雷修：	那是什么，殿下？您说吧。
哈姆雷特：	千万别把你们在今晚知悉的事情说出去。
霍与马：	殿下，我们不会说的。
哈姆雷特：	不，得发誓。
霍雷修：	凭着信誉发誓，殿下，我不说。
马塞勒斯：	我也不说，殿下——凭着信誉发誓。
哈姆雷特：	要凭着我这宝剑发誓。①
马塞勒斯：	我们发过誓了，殿下，已经发过了。
哈姆雷特：	要来真格的，凭着我这宝剑，来真格的。
鬼魂［在舞台下］②：	发誓。
哈姆雷特：	啊哈，小伙计，你也说要发誓？③你在那儿吗，

----

① 用右手按着剑起誓，表示特别庄重，因为剑把形似十字架。

② 在伊丽莎白时代，舞台下面往往表示地狱。

③ 哈姆雷特此处称呼他父王的鬼魂为"boy"（家伙，伙计），第二人称单数也用了普通"thou"（你），而没有用敬辞"you"（您），还开玩笑给对方取绰号为"true-penny"（真便士，含义类似于前面他说的"老实鬼"）；他似乎对死去的父亲大大不敬。这是为何？

有学者解释说，这是因为哈姆雷特预感到鬼魂所说的事情无比严重，他当机立断，不打算让任何人知道其中的详情，而且他要故意淡化霍雷修他们所认为的那鬼魂就是他父王的亡魂的观念。也有人解释说，此时哈姆雷特还没有完全认可那鬼魂就是他父亲的亡魂，所以没必要加以尊敬。笔者以为，从整个语境来看，哈姆雷特不仅不告诉霍雷修他们实情，还一再要求他们保密；因此，还是前面一种解释比较合理。另有人解释说此处"boy"暗指莎士比亚自己夭亡的未成年儿子。

我们应该译出"boy"和"true-penny"，以表现哈姆雷特的这种故意掩饰的心理和措辞。但是，并不是所有的译者都能准确译出。

梁实秋分别译为"伙计"和"老实人"。"老实人"不如"老实鬼"。

	老实鬼？来吧，——你们听见地窖里的
	家伙都发话了——还不答应来发誓？
霍雷修：	您说该怎么发誓，殿下？
哈姆雷特：	永远不跟人谈到今晚的所见。凭着我这宝剑发誓吧。
鬼魂 [在舞台下]：	发誓。
哈姆雷特：	此处有你，到处有你？那我们^①
	换个地方吧。请到这儿来，先生们，
	把你们的手放在我的宝剑上。
	永远不跟人谈到今晚的所见。
	凭着我这宝剑发誓。
鬼魂 [在舞台下]：	凭着他这宝剑发誓。
哈姆雷特：	说得好，老鼹鼠！在地里你都能够
	行进得这么快吗？好一个可敬的挖掘工^②！
	我们再换个地儿吧，我的好朋友们。
霍雷修：	哦，白天和黑夜的神灵啊，这好生奇怪啊！
哈姆雷特：	所以，你要像欢迎一个陌生人

朱生豪分别译为"孩儿"和"好家伙"，都不是太准确。

卞之琳没有译"boy"，把后者译为"老家伙"，不是太准确，因为"老家伙"一般指性格脾气等都不是太好的老人，与"老实鬼"的内涵正好相反。

孙大雨也没有译"boy"，把后者译为"老好人"，也不如"老实鬼"。

黄国彬分别译为"好家伙"和"老实鬼"，比较合乎原义。

① "Hic et ubique"是拉丁文短语，含义是"此处和到处"。在不同的地点用拉丁语重复发誓，这是法师念咒招魂驱鬼仪式的组成部分。

② 原文"pioneer"，原义为"开拓者"，此处指在地下开掘的人。有人解释为"工兵"（sapper），但从上下文看，这里不是军事用语。

一样地欢迎它①。天地之间有些事

要远远超过你们的哲学所梦到的②。

可是，来吧！走到这儿来，像刚才

那样，再发一次誓，慈悲的上帝

会帮助你们永远不说出今晚的

秘密。今后我自己表现得不管有

多么奇怪或怪诞（因为往后

也许我应该穿戴上小丑的行头），

要是正当我装疯卖傻的时候，

你们看见我，千万别这样交叉着

手臂，或者这样地摇头，或者

说一些可疑的言辞，诸如"呃，

呃，我们知道的"，或者"如果

我们想知道就能知道"，或者

"如果我们想要说的话"，或者

"如果他们可能的话，就会有的"，

或者是此类暧昧的表示，以表明

---

① 原文"And therefore as a stranger give it welcome"，来自一句英国习语："Give the stranger welcome."（欢迎陌生人）。为了保护自己，为了暗中查明真相，此时哈姆雷特基本上已经决定从此以后装疯卖傻，而他一旦装疯卖傻，就会让熟悉的人觉得陌生。他跟霍雷修这么说的用意是要老友提前做好心理准备，欢迎一个自我陌生化的哈姆雷特。

② 原文"your philosophy"中"你的"是虚指或泛指，这当然不是指霍雷修个人的哲学，而是指哲学本身；因为哲学强调理性，可验证，然而有些事情或现象就不好解释，比如鬼魂的出现，比如哈姆雷特突然"发疯"。为了避免读者误以为这儿指的是霍雷修个人的哲学，译文用了"你们的"，而不是"你的"。

你们了解我的一些事儿——你们

可别这么说，在你们最需要的时候，

恩惠和慈悲就会来帮助你们。①

发誓吧。

鬼魂［在下］:　　　　发誓吧。

[他们发誓。]

哈姆雷特:　　　　　安歇，安歇吧，不安的鬼魂！② 好了，

先生们，带着我所有的爱意，我要

---

① 原文为 "So grace and mercy at your most need help you"，看似生活化，但具有典型的英国诗歌的修辞性，主语是两个拟人化的抽象名词，即 "grace and mercy"（恩惠和慈悲），也即莎翁在此处用了拟人手法。这样的拿抽象名词做拟人的手法在英国诗人手里大用特用。浪漫主义诗人用得很频繁，尤其以雪莱为最，如《无常》二:

唉，美德！它多么脆弱！

友情多不易看见！

爱情售卖可怜的幸福，

你得拿绝望交换！

因此，我觉得我们有必要把它移植在汉语中。但一般译者都采取意译法，回避或遮蔽这一生动的手法。如卞译为"愿你们沐天恩天惠"，显得太文绉绉了，而且漏掉了内容——"在你们最需要的时候"。孙译得几乎跟卞一样:"愿你们获天赐慈恩"。朱生豪也漏掉了同样的内容，但用语却顺口得多:"上帝的恩惠和慈悲保佑着你们"。原文在 "grace and mercy" 的前面没有"上帝的"修饰语。朱之所以要加上，可能是因为他还是不认可 "grace and mercy" 做主语的写法，认为这是上帝的两种品德，保佑人的不是这两种品德本身，而是具有这两种品德的上帝。表面上，这句话的主语还是"恩惠和慈悲"，但其逻辑主语已经被置换成了"上帝"。

这些译文的共同缺点是直接或间接抹杀了拟人手法，从某种程度上说是抹杀了作者的修辞才华。

笔者的译文既补足了内容，又保留抽象名词作主语的拟人手法，还保持口语化的风格。

② 原文 "perturbed spirit" 的原义是"烦躁不安的鬼魂"，它之所以不安，是因为它是冤死的，而且它的冤仇尚未得报；哈姆雷特此处一方面答应它为它报仇，另一方面安慰它以平息它的烦躁。

把自己托付给你们：像哈姆雷特①

这样可怜的一个人，他能做什么呢？

我会向你们表达我的爱和友谊。

只要上帝允许，我决不吝惜。

咱们一起进去吧；我恳求你们：

要一直用你们的手指按着嘴唇。

该死的讨厌鬼！这个时代脱臼了，

命里注定要由我来把它矫正！

来，来吧，咱们一起走吧。

[下。]

---

① 哈姆雷特喜欢在别人面前直呼自己的名字，这一方面表明王子的尊严与自信，另一方面也表明他是一个善于自省的人，即他用这种方式把自己放在第三者的位置上，与自己保持相当的距离，把自己作为观察和研究的对象。他把自己当作一出戏或一个舞台，让不同的"我"登场，它们之间的关系错综复杂，不免冲突。

第二幕

泼娄聂斯府中一室

泼娄聂斯和雷纳尔多上。

泼娄聂斯:	把这些钱和这封信给他，雷纳尔多。
雷纳尔多:	好的，老爷。
泼娄聂斯:	雷纳尔多，好样的，你要做得聪明些、绝妙些，在去看他之前，先要调查一下他的行为。
雷纳尔多:	老爷，我正这么想呢。
泼娄聂斯:	圣母玛利亚啊，说得好，说得真好。你瞧，伙计，你先给我调查一下丹麦人在巴黎都是干什么的，他们都干得怎么样，叫什么名字，靠什么生活，常去哪些地方，跟什么人做伴，有什么花费。如果你通过这种拐弯抹角的方式探问到了他们的确认识我的儿子；那么你就可以进一步跟他们套近乎，

这赛过你用一些特殊的问题

所能探听到的程度。你也可以

表现得好像对他有一丁半点的

了解；比如，你可以这样说：

"我认识他的父亲和他的一些

朋友，跟他本人也有过一两次

交往。"记住这番话了吗，雷纳尔多？

雷纳尔多：　　　　记住了，全记住了，老爷。

泼娄聂斯：　　　　"跟他有点认识，但是，"你可以说，

"不太熟；不过，如果这要真是

我说的那一位，他可是玩得很疯啊，

沉溺于这个那个的嗜好"；你可以

把你随心所欲捏造出来的一些

坏话安到他头上；圣母玛利亚啊，

这坏话可不能坏到使他丢面子——

要注意这点；不过，伙计，你

尽可以举一些荒唐、狂热而又

平常的事情，比如那些众所

周知的、冒失的青年常犯的过失。

雷纳尔多：　　　　比如赌博，老爷。

泼娄聂斯：	对了，或者纵酒、比剑^①、赌咒^②、吵架以及狎妓^③。你可以说到这个程度。
雷纳尔多：	老爷，那会使他丢面子的。
泼娄聂斯：	绝对不会，因为你可以在这种 控诉里加一点缓和的调料，同时 不要把别的坏话安到他头上， 说他毫无节制。那不是我的 意思。你要把他的错误说得 古雅些，使它们听起来似乎只是 一些随意沾染的污点、头脑 一时的发热、血液中未驯野性的 一次发作，是少年好斗的常态。
雷纳尔多：	可是，大老爷——
泼娄聂斯：	你知道我为什么要你做这样的事吗？
雷纳尔多：	不知道，老爷，我倒是想知道来着。
泼娄聂斯：	圣母玛利亚啊，这是我的用意，

---

① 原文"fencing"的原义是"击剑"，是一项正常的体育健身运动，况且，在伊丽莎白一世时代，贵族子弟还以懂剑术为荣；不过，雷俄提斯可能是在剑术学校学击剑，那里的青少年学员因为经常相互打架而声名狼藉，因此翻译成"比剑"，有比就有斗，不是普通的玩耍。
② 原文"swearing"的原义一般是"发誓"，但"发誓"并不是什么缺点，因此，多数译者用其带有贬义的引申义"赌誓"。
③ 原文"Drabbing"的原义是"嫖妓"。朱生豪就是这么译的；梁实秋译为"宿娼"，卞之琳译为"搞女人"，黄国彬译为"逛窑子"；所有这些译文都显得有点粗俗，这不符合泼娄聂斯作为朝廷重臣的措辞风格，而且他还要雷纳尔多把他儿子的错误"说得古雅些"（quaintly）；因此，笔者采纳孙大雨的显得有点古雅的译文，即"狎妓"。

我相信，这种收集情报的策略

是有保证而正当的，你把这些

轻微的瑕疵安到我儿子头上，

就好像这是一件你在干活时

稍稍弄脏了的东西似的。你要

记住，跟你谈话的那位，你要

逗他多说话。如果他曾经亲眼

看见你所说的那位有缺点的青年

及其所犯下的我们刚才所说的

那些缺点；那么他肯定会用

这样的称呼来表示他的看法

跟你的极为接近："好先生"或者

"朋友"或者"绅士"——具体用哪种

措辞来称呼，还得看你是什么样的

人物，以及你来自哪个国家——

雷纳尔多：	您说得太好了，老爷。
泼娄聂斯：	还有，伙计，这事他做——他做这事——我刚才想说什么来着？凭弥撒起誓，我是有话要说的啊！我说到哪儿了？
雷纳尔多：	说到"说这样的话来结束"，说到"'朋友'或者'绅士'"。
泼娄聂斯：	说到"说这样的话来结束"——哎呀，圣母玛利亚！他会这样结束谈话："我认识那位绅士，昨天还见他

来着，或者是另外某一天，或者

这时或者那时，跟这人或那人

在一起；正如你所说，他在某个

地方赌博，或者在某地喝酒

喝得稀泥烂醉，或者在打网球时

跟人吵了起来"①；或者偶然地

他还会说："我看见他走进一所

做买卖的房子，"就是说一座青楼，

诸如此类的地方。你现在应该

明白——你用假话做钓饵能钓起

真话的鲤鱼；这就是我们英明

而又有远见的做法，这些绝招

犹如迂回的滑轮和故意走斜线的

地滚球，通过间接来查出直接。

好了，有了这番说辞和机宜，

我相信你会查出我儿子的实情。

你已经听懂了我的话，不是么？

雷纳尔多：　　　　　老爷，我听懂了。

---

① 在莎士比亚时代，网球运动已经风行。那个时代的历史学家约翰·斯透在《伦敦调查》中曾经这样写过网球的流行："贵族和绅士们在网球场上游戏，而中间阶层的人们则在公共场地和大街上玩这个游戏。"

　　莎士比亚在他的戏剧作品《皆大欢喜》《李尔王》《罗密欧与朱丽叶》之中，都写过跟网球有关的语句。

　　在那个时代，网球通常是用木头制成的，有时候也会使用皮革制成外套，里面填充谷物。由于球比较硬，因此经常有人在玩网球时受伤，也因此，人们在打网球时很容易发生争吵。

泼娄聂斯:	上帝与你同在，祝你好运！
雷纳尔多:	祝老爷好运！
泼娄聂斯:	要凭你自己的眼睛观察他的嗜好。
雷纳尔多:	我会的，老爷。
泼娄聂斯:	还有，要他用功学音乐。
雷纳尔多:	好的，老爷。
泼娄聂斯:	再见！

［雷纳尔多下。］

［奥菲丽娅上。］

	最近怎么样，奥菲丽娅？怎么回事？
奥菲丽娅:	哦，父亲大人，吓死我了！
泼娄聂斯:	凭着上帝的名义，怕什么？
奥菲丽娅:	父亲大人，正当我在闺房①缝纫时，
	哈姆雷特殿下，他的紧身上衣②的
	所有纽扣都没扣，头上没戴
	帽子③，长筒袜子脏兮兮，连吊带
	也没系，脚镣似的一直下垂

------

① 作为朝廷宠臣的女儿，奥菲丽娅可以说是大家闺秀，她的房间就不能叫作普通的房间（room，朱生豪的译法），而是"closet"；这个词的原义是"密室"和"私室"。按照中国传统的叫法，译作"闺房"。卞之琳译为"绣房"，即古代所指的青年女子居室。不过，"绣房"一词在现代汉语中不太通用。
② 原文"doublet"指14—17世纪欧洲男子穿的紧身短上衣，纽扣没扣是不文雅的表现。
③ 在伊丽莎白一世时代，在室内戴帽子，也是礼仪；不戴帽子是不礼貌的。

到脚踝；^① 他的脸色像他的衬衫

一样地苍白，两个膝盖相互

碰撞着，一副可怜的面容，就像

他是刚刚被从地狱里放出来，

要向我们讲述那里的恐怖情形。

他就那副模样走到了我面前。

泼娄聂斯：　为爱你而疯掉了吗？

奥菲丽娅：　父亲大人，我不知道，可是我真的好害怕啊。

泼娄聂斯：　他说了些什么？

奥菲丽娅：　他抓住我的手腕，抓得好紧；

接着他往后退，直到足以把他的

胳膊整个地伸直，又用另一只手

遮着眉毛，目光微微低垂着，

仔细地打量我的脸，仿佛是要

把它画下来。他就那么样良久地

待着，最后，他轻轻摇了摇我的

手臂，这么样上下点了三下头，

发出了一声哀怨而深沉的叹息，

就好像这声叹息会粉碎他的

---

① 哈姆雷特穿的是长筒袜（stockings）。伊丽莎白一世时代的布艺还不够发达，布匹的弹性不够，所以长筒袜容易因为松垮而往下掉，需要用专门的袜带（garter）绑定在膝盖上。哈姆雷特"没有绑袜带"（"Ungarter'd"），所以他的长筒袜往下掉到了脚踝，成了短袜。这是非常不雅且狼狈的形象。

	身子骨、了结他的生命。然后他
	松开我，转过身去，但又向我
	转过头来，似乎不用眼睛就能
	找到他的路，因为一直走到了
	门外，他都没要它们的帮助，
	到最后他还那样死死地盯着我。
泼娄聂斯：	来，跟我走。我要去晋见国王。
	这就是爱的迷狂，爱情残暴的
	本性会毁掉爱情本身，也会把
	我们的意志引向不要命的行径。
	如同天底下任何一种激情，
	爱情会折磨我们的天性，遗憾啊，
	最近你是否跟他说了绝情的话？
奥菲丽娅：	没有，父亲大人；不过呢遵照
	您的命令，我拒收了他的信，
	还不许他靠近。①
泼娄聂斯：	那使他发了疯。我很愧疚，因为
	我不曾更好地注意他、观察他，不曾

---

① 原文为：

No, my good lord; but, as you did command

I did repel his letters and denied

His access to me.

其中 [d] 作为单词尾音出现了六次之多，笔者译文中"亲"和"您"、"命"和"令"、"信"和"近"这六个字也押了韵（包括近韵）。

对他做出更好的判断，我担心
他只是跟你玩玩，那会毁了你；
可是，我这该死的妒忌啊！老天
在上，正如年轻人通常缺乏
判断力，在我这样的年龄，看问题
过分算计倒也没什么不合适。
走，我们去面见国王。一定得
让他知道这一点：如果捂着、
藏着，可能会引起更多的不幸；
与其如此，还不如抖露这桩
情事——哪怕叫人嫌恶。来吧。

[下。]

第二场
城堡中一室

国王、王后、罗森克冉茨、吉尔登斯登及众仆人上。

国王：　　　　　亲爱的罗森克冉茨、吉尔登斯登！
　　　　　　　　欢迎你们。除了想念你们，
　　　　　　　　想见你们，寡人还需要你们，
　　　　　　　　用得着你们，所以寡人倍加
　　　　　　　　着急地把你们召来。你们可能
　　　　　　　　已经听说哈姆雷特大变的怪事；
　　　　　　　　寡人称之为大变，因为从外表
　　　　　　　　到内里，他都跟以前不同。除了
　　　　　　　　他父亲的死亡使他深受打击，
　　　　　　　　以至于连他自己都认识不清，
　　　　　　　　我实在想不出别的什么原因。
　　　　　　　　由于你们俩打小跟他一块儿
　　　　　　　　长大，而且在年龄和行为习惯
　　　　　　　　方面也跟他极为相像；寡人
　　　　　　　　恳求你们在宫里休息一小段

时间；通过你们的陪伴，你们

要把他引向娱乐，同时瞅准

机会，尽可能多地收集情报；

以便我知道是否有某些我们

还不知的事儿使他如此苦恼；

如果知道了，就能给他治疗。

王后：　　　　两位爱卿，他常常谈起你们两位，

我确信世上没有任何人比你们

跟他更接近。如果你们乐意

向我们显示高贵的慷慨和善意，

那就请你们花些时间，跟我们

一起住；如果这样能实现并推进

我们的期望，那么你们的光临

国王会铭记在心，感激不尽。

罗森克冉茨：　两位尊敬的陛下，你们拥有

凌驾于我们之上的无比威权。

你们有什么愿望，尽管吩咐

我们就是，别说什么恳求。

吉尔登斯登：　我们俩都愿意

毫无保留地服从，像两张拉满的

雕弓，甘愿鞠躬到陛下的脚前，

任凭调遣。①

国王：　　　　　谢谢，罗森克冉茨；谢谢，文雅的吉尔登斯登。

王后：　　　　　谢谢，文雅的吉尔登斯登；谢谢，

　　　　　　　　罗森克冉茨。②我请求你们立即

　　　　　　　　去探望我那变化太大的儿子。

　　　　　　　　——去，你们几个，把这两位

　　　　　　　　绅士带到哈姆雷特殿下那儿去。

---

① 此处原文为：

But we both obey,

And here give up ourselves, in the full bent,

To lay our service freely at your feet,

To be commanded.

　　其中第一行和第四行各有三个音步，第二行和第三行各有五个音步。译文步其格。

　　原文有大量押韵现象，充分显现了莎翁的诗歌天才。押头韵的如"But"和"both"，"obey"和"bent"等，还如"full""freely"和"feet"；押内韵的如"give""ourselves"和"service"等。

　　卞之琳的译文相当能把握如此丰富的声韵效果：

　　　　为臣的愿从钧旨，

　　　　我们在此都甘愿鞠躬尽瘁，

　　　　为二位陛下略效犬马之劳，

　　　　请随意驱遣。

　　如：押头韵的有"臣"和"从"、"此"和"瘁"等，再如"钧"和"鞠"、"尽"和"请"，既押头韵又押尾韵的有"犬""驱"和"遣"。

　　本书译文在押韵母上下了功夫，如"毫""保""雕""脚""调"，再如"从""弓""躬"，还如"满""甘""愿"。在押声母上也有所表现，如"鞠"和"脚"，既押头韵又押尾韵的有"前"和"遣"。

② 王后说罗森克冉茨和吉尔登斯登这两个人的名字时的顺序与国王相反，这是为何？有学者认为，这是为了让吉尔登斯登得到心理平衡：在国王王后的心目中，他的地位并不次于罗森克冉茨。这是王后心细能体贴人的表现。

吉尔登斯登：　　　　老天爷在上，我们的出现和言行

　　　　　　　　　　将会使他高兴，这对他有益！

王后：　　　　　　　哎，阿门！

　　　　　　　　　　　　　　［罗森克冉茨和吉尔登斯登及几名仆人下。］

　　　　　　　　　　　　　　　　　　　　［泼娄聂斯上。］

泼娄聂斯：　　　　　陛下在上，派往挪威的使臣喜气洋洋地回来了。

国王：　　　　　　　你总是能给我们带来好消息。

泼娄聂斯：　　　　　是吗，陛下？我向您保证，陛下，

　　　　　　　　　　无论对上帝还是对高贵的国王，

　　　　　　　　　　我都坚守我的职责，就像坚守

　　　　　　　　　　我的灵魂。我相信——否则我这颗

　　　　　　　　　　脑袋就不会像过去那样有把握

　　　　　　　　　　去猎捕政令的法门——我已发现

　　　　　　　　　　哈姆雷特殿下发疯 ① 的真正根源。

---

① 关于哈姆雷特的变化（其实在很大程度上是他自己装出来的），莎翁极为高明地让国王、王后和泼娄聂斯三个人用不同的措辞来描述，显现了三个人不同的地位和心态。

　　国王用的是文雅的大词"transformation"（转变），显得他似乎很高雅、慎重、有口德，对自己这一措辞，国王马上解释其理由："Since nor the exterior nor the inward man, / Resembles that it was." 他只是比较轻描淡写地说现在的哈姆雷特跟以前不一样了。

　　王后用的是非常口头的俗语"too much changed"（变化太大的），含义是变得几乎让她都不认识了，显现了作为母亲的焦虑、沉痛以及因为不解而产生的迷惑与无奈。出于宫廷面子，或者说礼仪，也出于他们对哈姆雷特的变化的缺乏真确把握，甚至出于对王子的护犊之心、维护朝廷的形象，国王与王后都说得很委婉，不会让人联想到王子精神失常这样的嫌疑。

　　而泼娄聂斯直接就用了"lunacy"（疯癫）这个本来应该避忌的重词，表现了他嘴里藏不住话的性格，也展现了他急于邀功的心态。

　　另外，三个人先后对哈姆雷特病情的描述，有层层递进、加强的特点。不过，对这三个不同

国王：　　　　　　哦，快说！我渴望听到的就是这个。

泼娄聂斯：　　　　您还是先接见使臣吧，我的消息
　　　　　　　　　是那桌盛大宴席上的一道水果 ①。

的措辞，并不是所有译者都能恰当处理。

　　梁实秋注意到了渐次加强的效果，分别译为"变态""大变"和"发疯"。但是，在现代汉语语境中，"变态"是贬义词甚至是骂人的话，不能用在哈姆雷特身上，国王哪怕被哈姆雷特的伪装所迷惑，内心真的相信哈姆雷特已经疯掉了（实际上他是比较狐疑的，所以要派人试探哈的究竟），也不至于在朝堂之上，尤其当着王后的面，那么说丹麦王子的病情。"大变"的程度远不如原文的"太大的变化"。梁实秋把国王的解释翻译成"因为他的内心和外表都和以前判若两人"。"判若两人"用来形容变化的极致，那是王后的意思，绝不是国王的意思。要知道，这个成语甚至比"大变"的程度还要高不少。

　　朱生豪分别译为"变化""大大变了样子"和"发疯"。"变化"一词用得太轻了。跟梁实秋一样，他在翻译国王所说的理由时，也用了程度最高的词"疯疯癫癫"，从而出现了矛盾。

　　孙大雨学梁实秋，也把国王的措辞译成了"变态"，把国王的解释译为"彻里彻外都不像他先前那模样"。"彻里彻外"者"彻彻底底""完完全全"也。

　　还是卞之琳和黄国彬的翻译拿捏得最准确。卞分别为"大变""大大变了的"和"变疯疯癫癫"。黄分别译为"转变""性情大变"和"发疯"。都很准确。

　　本书译者在卞、黄的准确译文的基础上，又用叶韵法（"大""太大""发"）勾连三者，使其递进关系更加显豁。

① 吃水果是西餐的最后一个环节，泼娄聂斯表示谦让，用这个餐饮意象做比喻，巧妙地表示：他的事儿可以延后甚至到最后说。但这个词虽然简单，也有人没有如实译好。

　　如朱生豪则意译为"茶余饭后的话题"，"水果"意象完全被译掉了。

　　黄国彬用"甜品"（dessert）代替"水果"。按照西餐规程，甜品一般与水果一起上，但毕竟那是糕点，不是水果；不能随意改变原作意象乃至物象。黄国彬之所以用"甜品"代替，可能是受了约翰逊博士的注释的影响。约翰逊注为"the dessert after the meat"。黄在很多地方过于看重注释，而偏离原文；根据他的"离心翻译法"之说，我在此姑且命名过分依赖注释的译法为"离本翻译法"。他在理解这条注解时，如此法炮制。他引用别人对"meat"（肉）一词的注解说，其古义为"餐"。那么，我们是否应该把这条注解翻译为"用餐之后吃甜点"？难道"甜点"不是整个套餐的一部分？笔者以为还是按照本义翻译为"肉"更加贴切。按照用西餐的顺序：先吃肉食，再吃甜点。

国王：　　　　　　那就赐宴，劳你去宣他们进殿。①

　　　　　　　　　　　　　　　　　　［泼娄聂斯下。］

他说，亲爱的格楚德，他已找到

你儿子性情失调②的病因和源头。

---

① 对于丹麦王室的这一铺张习俗，或者说，国王的这一闹酒习惯，在第一幕第四场中，哈姆雷特有过猛烈的反省和批判。国王似乎了解到哈姆雷特等人对他的反感，在这里用了一个比较严肃清雅的词，来掩盖他的奢靡心理。他所用的"grace"语涉双关。一是"恩惠"（相当于"honour"），"do grace to"相当于"do honours to"（施恩于）；二是基督教徒进餐前的祷告，比如，罗伯特·彭斯编写过三首以"grace"命名的诗，即"grace"（祷告），"A Grace before Dinner"（晚餐前祷告）和"A Grace before Meat"（吃肉前祷告）。当然，两者有关联，食物是上帝的恩惠，祷告是为了感谢上帝的恩赐。

黄国彬精彩而又无奈地说："在这句，国王接过泼娄聂斯的比喻，译文未能像原文那样一词双关，只能分头用两个词组（'按仪式''进餐'）传递双关效果。"他明确了解原文此处的双关修辞；但问题是他用的这两个词组哪有双关效果？！

此处确实是个难点，有的译者可能没有意识到双关语的存在，有的意识到了但译文未能表现。

梁实秋和朱生豪分别把这行译为"你亲身迎接他们进来吧"和"那么有劳你去迎接他们进来"。他俩的译文没有承接泼娄聂斯的"宴会"意象，而且用语也没有模仿国王的口吻，太平实了。

孙大雨译为"就由你去光耀他们，领他们进来"，也没有承接"进餐"意象，而且"光耀"固然是"grace"的本义，但直接用在此处而且用做动词，显然不搭调。

卞之琳译为"那么劳你驾亲自去接他们进来吧"，也没有承接"餐饮"意象，而且"劳你驾亲自"也不符合封建帝王对臣子说话时那种居高临下的语气。

本书译文为"赐宴"，应该说正好表现了"grace"的双关含义，因为"赐"的行为本身内含着"恩惠"，而且也符合朝廷国宴的语境。

② 原文"distemper"的含义是"性情失调"，而不是"精神失常"；这一对哈姆雷特病情的描述，不是太轻，也不是太重，而且暗示了从平衡到失调的过程。也许是怕刺激到已经为哈姆雷特的"病情"伤心焦急的王后，国王用词还是比较委婉。然而，大部分已有译文却并没有抓住这个"微妙点"，作为对王子"病情"的描述，要么过轻，要么过重；或者，没有暗示其过程性。

梁实秋译为"古怪脾气"，"distemper"的词根"temper"的本义是"脾气"，但前缀"dis"却没有"古怪"之意。况且，"古怪"一词看不出哈姆雷特脾气的剧变过程。

朱生豪译为"心神不定"。这个词往往用来形容心态的临时性不正常，任何人都可能有这种情况，但并不是性情出了问题，与"心神"之病没有关系。也即是说，这个中文词用得太轻了，好像在形容哈姆雷特某次与奥菲丽娅约而不见时的瞬间情绪反应，因为一个人不可能一直"心神不定"。

王后：	我怀疑主要的原因无非是他的
	父王的猝死和咱俩的仓促结合。
国王：	好了，咱们还是好好问问他吧。

[波娄聂斯、沃尔提曼德和考尼列斯上。]

欢迎，我的好朋友们。

说吧，沃尔提曼德，我们的挪威兄弟说了什么？

沃尔提曼德：	我们一把来意向挪威王禀告，
	他就对我们的问候和祝愿做出
	良好的答复，他已派人止住
	他侄子的征兵行动；表面看来
	那是针对波兰用兵的准备，
	但仔细想想，他发现那是针对
	陛下的；由于年老、体弱多病，
	自己竟然被玩弄于别人的手掌，
	为此他感到痛心；于是他派人
	前去捉拿福丁布拉斯；小王子
	爽快服了罪，领受了老王的指摘；

　　卞之琳译为"神思恍惚"，也没有指向哈姆雷特性情的变化，他也没有一直处于"神思恍惚"的状态，否则，他与波娄聂斯的对话不会表面上颠三倒四、不合逻辑，实际上却那么暗藏讥讽、似非而是，闪现出比所谓清醒理性的人更多的智慧之光。

　　还有译文指向的是"精神失常"，如孙大雨译为"神思错乱"，这种说法往往用来形容真正的精神病。任何把"distemper"指向精神病的译文都有点过。比如，黄国彬直接译成"精神抱恙"。这一对王子"病情"的描述，听着很轻，实则很重。

然后乖乖地在叔父面前立誓：

永远不针对陛下动刀动枪。

老王爷高兴坏了，赏赐小王子

三千克郎的年俸，并且委托他

雇用那些此前他已经招募的

士兵，去征讨波兰；这儿还有

一封老国王让我呈给您的商请函［呈函］。

［呈信。］

他请求陛下能提供一条便道，

让他们征讨波兰的部队通过

您的领土，至于安全和给您的

好处这类问题，函中已明示。

国王：　　　　　　寡人非常喜欢这样的安排；

且等寡人有时间，再读这封信，

这事儿待寡人好好考虑一下，

再作回答。同时寡人也感谢

你们出色的工作。休息去吧。

晚上要设宴，欢迎你们回国！

［使臣们下。］

泼娄聂斯：　　　　这事儿算是圆满结束了。陛下，

娘娘，如果我们大谈什么是

君权，什么是臣职，为什么白天

是白天、黑夜是黑夜、时间是时间；

那么我们只是在浪费黑夜、

白天和时间。既然简短是智慧的

灵魂，而冗长是枝枝节节和花花

草草，我会简短节说。您那位

高贵的儿子疯掉了；我说他是

疯掉了，因为要界定真正的疯癫，

除了"疯掉"，①难道我们还有什么

别的词语可用吗？可是随它去吧。

王后：　　　　你请多说些事实，少一些文饰。

泼娄聂斯：　　娘娘，我发誓我一点也没用文饰。

他是疯掉了，这是真的；真的

可惜；可惜这是真的。多么

愚蠢的修辞！再见了您哪，因为

我不想再用文饰。那么让我们

承认他已经疯掉了。现在还要

说的是，我们已经查明这种

结果的起因——或者不如说这种

恶果的起因；因为这一种作为

恶果的结果是有起因的。这就是

接下来我要说的问题，接下来

————————

① 原文"madness"是"mad"的名词形式，可以看作押头韵，译文以双声"疯癫"和"疯掉"随之。

我要说的是这样的问题。

请慎思。①

我有个女儿（我有她，她还没出嫁），

她还算本分、听话，您瞧，她把

这封信给了我。咱们一起来推断吧。

［读信。］

给我那天仙一般的、我灵魂的偶像、最最艳丽②的奥菲

---

① 原文 "Perpend" 来自拉丁语 "perpendere"，而且单成一行。

有的学者认为，这是因为上下诗行都已有五音步，这个词放不下了，莎翁不得不把它单列出来。

笔者以为不是这样的。这应该是莎翁一开始就故意让它"鹤立鸡群"，以引起读者注意。为什么呢？

泼娄聂斯喜欢卖弄自己的所谓学问，当然都是一些冬烘知识，类似于孔乙己炫耀自己会"茴香豆"的"茴"字的四种写法，是迂腐而可笑的。在英国，在任何时代，掌握一定的拉丁语（哪怕只是一些单词或由拉丁语演变成的词汇），都可以显示自己有学问（连最后一章中的掘墓人居然也炫耀拉丁词汇）；于是，泼娄聂斯憋出了这个他认为的拉丁文中的难词、大词、雅词，而且不能跟其他语词混杂在一起，要单独强调其存在，以使国王和王后充分认识到他学问渊博。

莎翁曾经让他的另外三个戏中人物用过这个词，即《皆大欢喜》中的试金石（Touchstone）（第1幕第2场）、《第十二夜》中的费斯特（Feste）（第5幕第1场）和《温莎的风流娘儿们》中的毕斯托尔（Pistol）（第2幕第1场）。前两个都是丑角，第三个则是男主人公约翰·福斯塔夫的狗腿子，其形象类似小丑。从这个类比来看，泼娄聂斯虽然表面上是朝廷重臣或宠臣，实质上是弄臣，总是想取悦于主子，结果弄得取笑于身边人。他的可爱之处是自取其辱而不自知乃至不知耻甚而不知止。

译文必须满足两个要求：一是古雅，二是单列成行。

散文译本根本谈不上满足第二个要求。我们来看看梁实秋和朱生豪的译文。前者译为"请注意"，既不古也不雅。

我们再来看看几种诗体译本。卞之琳和孙大雨分别译为"请细思细考"和"请考虑"，且单独成行；但他们俩的措辞都不够古雅。黄国彬译为"请权衡"，比较古雅；但他根据另一个原文版本，也没有单独成行，遗憾。

本书译文来自儒家经典《中庸》，以示古雅。

② 原文 "beautified" 的含义是"美化了的"，近似于现在说的"人工美女"，潜在的含义是奥

丽娅——这是一个卑劣的措辞、一个恶劣的措辞；"艳
丽的"是一个恶劣的措辞。不过，您听这个：

[继续读信。]

在她那美妙而雪白的酥胸里。诸如此类，等等。

王后：　　　　这是哈姆雷特给她的信中写的吗？

泼娄聂斯：　　王后娘娘，您先等一会儿。我会照原文念的。

[继续读信。]

你可以怀疑星星是火焰，

你可以怀疑太阳的运转，①

你可以怀疑真理是谎言，

————————————

菲丽娅并非天生丽质；但这不符合哈姆雷特对她的评价（当然他是出于装疯的效果，故意那么
一说），更不符合泼娄聂斯对这个词的评价——"卑劣"（ill）乃至"恶劣"（vile，与ill押韵）。
"美化"哪有这么"劣"？这个词的内涵首先是"美丽"，其次是带有一定贬义性的"美丽"。因
此，译者们各显神通，在汉语里寻找更加合适的词汇。

朱生豪和黄国彬的译文分别是"最美丽的"和"绝代佳人"，比美丽还美丽，比褒义还褒义，
显然不妥。

梁实秋、卞之琳和孙大雨的译文都是"美艳"，相当传神、合乎分寸；因为"艳"可以指某种
比较显眼的、显摆的、招摇的，甚至肉感的美，因此，在（伪）卫道士泼娄聂斯心目中，这是一
个"劣"词。

① 原文"the sun doth move"的含义是"日动"，而非"地动"。有学者认为，这句话可能隐含
着传统落后的"地心说"。

1543年，哥白尼已经提出"日心说"（或"地动说"），取代了托勒密的"地心说"（或"日动
说"）。有意思的是：哥白尼提出革命性的"日心说"，轰动欧洲，在科学界可能改变了人们的宇宙
观；但在老百姓层面，可能更多的作用是激发人们对天文学的兴趣。就诗人而言，开始大量用天
文意象入诗，尤其是爱情诗。于是，在伊丽莎白一世时代的英国爱情诗里，我们可以读到许多天
文学知识，不过，有些是一知半解的。

莎士比亚对天文学饶有兴致，但也没有很深的研究。

但千万别怀疑我的爱恋。

哦，亲爱的奥菲丽娅，我的这些诗行写得很糟糕，我没有诗才来用诗韵表达我的呻吟，可是我最最爱你。哦，你是我的最爱，相信我。再见。最亲爱的姑娘，只要这架机器还属于我，我就属于你。①

哈姆雷特

这就是我那孝顺的女儿给我看的；
更加重要的，是殿下求爱的情形，
比如他在何时、何地、用何种方式
进行的，她都一五一十搬给了我。

国王：　　　　　但她是如何对待他的求爱的呢？

泼娄聂斯：　　　您觉得我这人怎么样？

国王：　　　　　是一个诚实可信的人。

泼娄聂斯：　　　我愿意证明您这话。不过，您会
　　　　　　　　怎么想？要是我眼瞅着这份热恋
　　　　　　　　乘上了翅膀，（我必须告诉您的是，
　　　　　　　　早在我女儿告诉我之前，我就已
　　　　　　　　有所觉察），您，还有敬爱的

————————

① "machine（机器）" 此处指身体，16 世纪英国曾有作家把身体比作一只自鸣钟。莎士比亚时代，把身体比成机器并没有不雅之嫌。直到工业革命以后，由于机器大量出产，到处都是，遂有人认为机器是毫无生趣、有碍诗意的东西。这是莎士比亚唯一一次使用这个词来比喻人的身体。

王后娘娘会怎么想？如果老臣

像一个记事本或书桌，藏匿这事；①

如果我只对着自己的心眨巴眼睛，

沉默不语，或者睁一眼闭一眼，

懒得去关注这桩情事。您会

怎么想？不，我径直展开了行动，

正告我那年轻的女儿："哈姆雷特

殿下是王子，在你的星座之外②。

这事儿必须终止。"然后我给她

定了些戒规：她该把自己锁起来，

不去殿下常去的地方，不接纳

殿下派来的任何信使，不接受

殿下任何的表示。她照着我的话

做了，尝到了我这番劝导的甜果；

而殿下，简而言之，由于被拒绝，

跌入了哀伤，先是吃不下饭，

然后是夜不成眠，然后是虚弱

不堪，瘦骨嶙峋；循着这逐渐

恶化的脚韵，③他变得疯疯癫癫

---

① 记事本或书桌不会说话，含义是"不主动汇报"。

② 原文是"out of thy star"，指哈姆雷特的星座与奥菲丽娅的不合，甚至相克。可见，在伊丽莎白一世时代的英国，已经有了星座配对术。

③ 原文"declension"为双关语，兼"词尾变化"和"逐次恶化"二义。

	疯语疯言；① 我们都为此而恸哭。
国王：	你认为事情果真如此吗？
王后：	可能是吧，非常可能。
泼娄聂斯：	有没有过这样的一次——我倒是 想知道——在我肯定地说了"就这么 回事"之后，结果却是另一回事？
国王：	我没听说过。
泼娄聂斯〔指着自己的脑袋和肩膀。〕：如果这是另一回事，你就把这个 从这个上面搬走。只要有环境的 引领，我就会发现隐藏的真相， 哪怕它真的隐藏在地球的中心。
国王：	下一步我们能进行怎么样的试验呢？
泼娄聂斯：	您知道，有时候殿下会连着几个小时在这儿的走廊里 散步。
王后：	他确实这么样散步来着。
泼娄聂斯：	下一次在殿下散步的时候，我把

---

① 在这六行诗中，相邻诗行之尾音几乎没有任何相互押韵之处。但是句子中"sadness""weakness""lightness"和"madness"这四个词押了尾韵[nis]，"sadness""fast""watch"和"madness"这四个词中的字母"a"的发音相同或相近，"watch"和"weakness"之间押了头韵，"thence"一词重复且与"then"也押了头韵。

笔者的译文中有九个字押了尾韵[an]，即"殿""简""饭""眠""堪""渐""变""癫"和"言"，比原文多了一倍。"响""循"和"韵"和"疯"这四个字相互之间也押了尾韵，其中"饭""渐"和"癫"还是行末押韵。"不"字和"疯"字则重复出现。笔者相信这些措施都加强了音韵效果。另外，笔者故意用了诗歌中忌讳大量使用的四字格，以戏仿并反讽泼娄聂斯自以为文雅有口才的作态。

	小女放出来，让她走向殿下；
	陛下、娘娘和我一起躲在挂毯
	后面，注意他俩相遇的情形。
	如果他不爱她，如果他的理性
	不是因为爱而陷落；那么您就
	别再让我当您的股肱，让我
	去管理一个农场、去赶马车吧。
国王：	我们试试看看吧。

〔哈姆雷特上，读着一本书。〕①

王后：	快看，那可怜的不幸的孩子正忧伤地、读着书走来。
泼娄聂斯：	快走开，我求求你们，两位陛下
	都走开；我要马上过去跟他答话。
	哦，快走啊，请让我一个人留下。

〔国王与王后及众仆人下。〕

	哈姆雷特殿下，好殿下，一向可好？
哈姆雷特：	好，托仁慈的上帝的福。
泼娄聂斯：	您认识我吗，殿下？

---

① 自从哈姆雷特在第一幕第五场里说他打算装疯卖傻之后，莎翁一直在通过国王、王后和奥菲丽娅的口述，侧写他的"疯"（装得很像，以假乱真）。此时，才让他出场，正面写其疯言疯行。哈姆雷特手里拿本书，可以真的读，也可以假装读。书是很好的道具，捧书是很好的伪装。由此，他可以在不被人发现或怀疑的情况下，观察周围、冷静应对。

哈姆雷特:	当然认识，你是个鱼贩子[①]。
泼娄聂斯:	我不是，殿下。
哈姆雷特:	那我倒希望你像他那样，是个老实人。
泼娄聂斯:	老实，殿下?
哈姆雷特:	哎，大人。世风日下，要找个老实人，也是万里挑一啊。
泼娄聂斯:	您说得很对，殿下。
哈姆雷特:	如果太阳能在一头死狗身上孵育出蛆虫来[②]，那堆腐肉也就成了一块被太阳吻了又吻的好肉——您有女儿吗?
泼娄聂斯:	有的，殿下。
哈姆雷特:	别让她在太阳里走动。肚中有货是一种福分，但您女儿肚子里可能会有另一种货。[③] 朋友，您可要当心啊。

---

① 把朝廷大臣称为"鱼贩子"（fishmonger），由于两者地位悬殊，够喜剧，够疯。

② 伊丽莎白一世时代的英国人真相信蛆虫是太阳在腐肉（carrion）上孵化出来的。接下来好几处用了类似于"breed"（孵育）这样的生育词汇，如"conception"（怀孕）、"pregnant"（怀孕的）、"deliver"（分娩）等。

③ 原文"conception"及其动词形式"conceive"兼有"怀想"与"怀孕"二意。哈姆雷特在奥菲丽娅的父亲面前，不好直白地说奥菲丽娅怀孕的话题；因此，用了这个极为含蓄的双关语。

梁实秋把两处都译为"受胎"，朱生豪和孙大雨都译为"怀孕"，没有译出双关语义，而且太直白了。假如泼娄聂斯懂中文，肯定要为这样的措辞悲痛震怒。

卞之琳译为"肚子里搞出名堂"和"肚子里搞得明白"，译出了双关语，因此比较含蓄。但是，"搞得明白"似乎只是为了与"搞出名堂"建立一种音韵上的联系，实际不太符合"conceive"的原义。

黄国彬把两处都译为"肚中有数"。这个词语应该是来自"心中有数"，含义是"心知肚明"，即卞之琳的译文"肚子里搞得明白"。但"肚中有数"不会让观众联想起"怀孕"，因此，也没有译出双关语内涵。

本书译文选用比较含混虚指的"肚中有货"一语，表现双关含义：一般指某人有才华有知识有想法，民间也指怀胎。"货"字还与"祸"（哈姆雷特的弦外之音）谐音。另外，这个词语组合比较简洁蕴藉。

泼娄聂斯:	您说这话是什么意思？［旁白］还在贪恋我那闺女呢。不过，一开始他没有认出我来。他说我是个鱼贩子。他病得真够厉害、够厉害啊！说实话，在我年轻的时候，我也常常为爱情而走极端——跟他很相似。我再来跟他说说。——您在读什么，殿下？
哈姆雷特:	空话、空话、空话。
泼娄聂斯:	讲的是什么事儿，殿下？
哈姆雷特:	谁跟谁的事儿？
泼娄聂斯:	我指的是您读的书上的事儿，殿下。
哈姆雷特:	一派胡言，大人；因为这个喜欢挖苦人的无赖在书里说：老人们胡子灰白，脸上满是皱纹，眼睛里流出沉浊的琥珀和树脂；还说他们头脑没有才气、双腿没有力气：所有这些，大人，尽管我竭尽全力都相信；但我坚持认为，就这样在书里写下来，却不是什么诚实的行为；因为您自己，大人，应该会跟我一般年纪，如果您能学螃蟹，倒着走。
泼娄聂斯［旁白］:	尽管这些是疯话，但内容倒也得法。——您想到里边避避风吗①，殿下？

---

① 原文 "Will you walk out of the air, my lord" 的字面义是"您愿意走出空气吗，殿下？"

"空气"（the air）兼指的是"室外的空气"（the open air）。在莎士比亚时代，人们认为，室外的空气对病人有害。泼娄聂斯坚信哈姆雷特有病，长时间呆在室外不好。他让哈姆雷特从屋外转移到屋里，避避风，也算是对王子的关心爱护。哈姆雷特装疯的主要方法是：明知道对方话里的真实想法跟字面意义不同，但他故意避开真实想法，而在字面意义上做文章，表面上是顺着对方说，实质上是偏离得更远。不明就里的观众会觉得他把泼娄聂斯的话茬接得顺理成章，比如此处，到哪里我们才能"走出空气"呢？显然不是普通的室内——因为室内也还是有空气的，而

哈姆雷特：　　　　　到我的坟墓里去吗？

泼娄聂斯：　　　　　那倒是个避风的去处。[旁白] 他的回答有时候是多么包孕深意啊！疯癫往往能激发人说个痛快，理性和清醒生不出这么多快人快语。我要让他留在这儿，自己赶紧设法安排我女儿来跟他见面。——尊敬的殿下，卑职要走了。

哈姆雷特：　　　　　我最愿意让你带走的就是你的"走"；您不可能，大人，从我这儿带走任何其他东西——除了我的生命，除了我的生命，我的生命。

　　　　　　　　　　　　　　　　　　[罗森克冉茨和吉尔登斯登上。]

泼娄聂斯：　　　　　再见，殿下。

哈姆雷特：　　　　　这些乏味的老傻瓜！

泼娄聂斯：　　　　　你们找哈姆雷特殿下去吧，他就在那儿。

罗森克冉茨 [对泼娄聂斯]：上帝保佑您，大人！

　　　　　　　　　　　　　　　　　　　　[泼娄聂斯下。]

吉尔登斯登：　　　　尊敬的殿下！

罗森克冉茨：　　　　最最亲爱的殿下！

是坟墓那样绝对封闭的空间。所以哈姆雷特合乎日常逻辑地回答说："到我的坟墓里去吗？"富有戏剧效果的是：这回答可能会让泼娄聂斯吃一惊，甚至吓一跳。

　　这个从室外到室内所隐含的双重含义，也不容易翻译。朱生豪译为"您要走到避风的地方去吗，殿下？"没有译出"从外到里"的含义，因为室外也有避风的地方。

哈姆雷特：	我的出类拔萃的好朋友！你一向可好，吉尔登斯登？唉哟，罗森克冉茨！小伙子们，这一向可好？
罗森克冉茨：	就像这世上的常人呗。
吉尔登斯登：	幸福啊，但不是太幸福。我们不是幸运女神冠冕上的顶结。①
哈姆雷特：	也不至于是她的鞋底吧？
罗森克冉茨：	那倒不至于，殿下。
哈姆雷特：	那么你们是生活在她的腰部，或者在她最宝贝的正中间喽？

---

① 原文为"On Fortune's cap we are not the very button"。

其中"Fortune"的含义是"幸运女神"，而非命运女神（the Fates）。命运有幸与不幸之分，有时是垂青、降福的，有时未免残酷、生祸。吉尔登斯登之所以说自己"幸福啊，但不是太幸福"，是因为他还是比较幸运的，只不过不是最幸运的；所以，此处必须翻译成"幸运女神"。但是，多数译者都误解成了"命运"。如朱生豪、卞之琳、孙大雨和黄国彬等。其实，较早的梁实秋的译文是"幸运"，后来的译者之所以反而错了，究其因是他们对"命运"和"幸运"的差别不是太在意（见本书译者之前的有关注释）。

与"Fortune"相比，更难翻译的是"button"。注家都公认，此处指帽子顶端的饰件。因此，吉尔登斯登前面说的"不是太幸福"指的是幸福的享受程度，而不是幸福的（时间）长度。也因此，笔者判断，英文的原文应该是"not over happy"（不是上等幸福），而不是有些版本说的"not ever happy"（不是一直幸福）。

那么，"幸运女神"帽子上的"button"到底是一件什么样的东西呢？

大家熟悉的这个词的本义是"按钮、纽扣"。朱生豪直译为"纽扣"。但其他翻译家们可能觉得这个词太稀松平常，不足以表现最高级的幸运；所以会别出心裁。

比如：孙大雨译为"顶珠"，帽子上佩珠子确实是历来常见；但"珠子"这个词跟"button"没有多大关联。

黄国彬译为"小绒球"，可能是因为有注释家把"button"解释为"Knob"（旋钮、球状突出物）。然而这个"球"是否是"绒球"（bobbles），则没有依据。

梁实秋译为"顶结"。"结"的意象来自哪个出处呢？梁是否巧妙地用了形似法和音训法把它转换为了"knot"（瘤，结）。而且"顶结"谐音"顶级"，相当高明。卞之琳应该意识到了"顶结"的高明，采用了此译，本书亦袭用之。

吉尔登斯登：　　　　　　是的，我们是她的私密护卫。①

---

① 吉尔登斯登说 "her privates we"。我们的问题是：他为何说得这么简省，为何要省去谓语？

从顺接前面哈姆雷特的话的语法来说，这里可以补足为 "in her privates we live"（我们生活在她的私处，即所谓的"最宝贝的正中间"），这是对这句话的第一种读法。"privates" 只有一个含义。

但莎翁之所以似乎故意不让角色把这话说全，可能别有用意，即不从顺接前面哈姆雷特的话的语法来说，这里也可以补足为 "her privates we are"，这是对这句话的第二种读法。此处，"privates" 语涉双关，兼有"阴部"与"士兵（尤其指私人武装中的'卫兵'）"二意。

那么，如何来理解此处的双关语义呢？哈姆雷特为了自卫，必须装疯卖傻，他的目标就是要别人相信他是真疯。为此，他必须采取有点非正常的甚至出格的策略。作为王子，他本来（应该）呈现出来的是温文尔雅的形象；但他不惜自毁形象，思维分岔，用语粗鲁，比如这里大用特用平常人们禁忌的性词汇。连吉尔登斯登他们听着都觉得不好意思，但哈姆雷特是堂堂王子，现在似乎又是个疯子；他们就不便也不想去正面批评他或纠正他，而是设法试图岔开话题。于是，他们巧妙地用了 "privates" 的双关语特点（主要是另一个含义"卫兵"），也就是说，他们采用这个高度省略的句子，让观众迅疾地从第一种读法转移到第二种读法。本以为此计能成。但是呢，只要他们说出 "privates" 这个词，他们主观上可以指向"卫兵"，观众却总会首先想到"私处"。这就是双关语的妙处，另一个含义总是如影随形。哈姆雷特抓住了这一妙处，紧接着，又扳回到 "privates" 的本义，故意让人觉得他坚守住第一种读法，设问道："那是在幸运女神的私密部位了？"

译者有采用第一种读法的，也有采用第二种的，还有兼采两种的。

朱生豪采用第一种读法，译为"我们是在她的私处"，不仅没有译出双关语效果，而且还把哈姆雷特和吉尔登斯登的话语形象译反了。吉尔登斯登想避开性话题，他却译出了"私处"；哈姆雷特紧抓住性话题，具体得简直是赤裸裸：在吉尔登斯这话的前面，他说"她最宝贝的正中间"，译文雅化虚化成了"她的怀抱"，译丢了莎士比亚戏剧的性文化形象。

梁实秋、卞之琳和孙大雨采用的是第二种读法，但译法各显神通。

梁译为"我们就是她的私处"。问题是：几个大男人怎么可能就是幸运女神的私处呢？显然不通。之所以会不通，是因为他采用了第二种读法，但没有译出双关语的另一个含义"卫兵"。

卞之琳和孙大雨的译文高度近似，卞译为"我们是她亲信的私底下人"。孙译为"是她亲信的私人"，没有译出双关语，把本义即"私处"译丢了。

黄国彬兼采两种读法，译为"我们在她的下部当部下"。就译文本身而言，这是最巧妙的一种，用"下部"和"部下"这两个词试图表现双关效果，可谓是音义皆双关。但是，"部下"却离 "privates" 的含义有比较大的差异，因为"部下"和"上级"相对，往往是公家单位（包括公司）里的称呼。而 "privates" 最核心的含义是"私"。黄先生自己也承认他这一译法的缺点："演员在台上念诵，观众未必能马上理解，而且译来有点牵强。"

本书译文用"私密护卫"和"私密部位"这两个带私字的说法使双关语修辞更加显豁，并且使双关含义在音韵上也更加紧密——"护卫"和"部位"高度谐音。

哈姆雷特：	那是在幸运女神的私密部位了？哦，千真万确！她是个娼子①。有什么消息吗？
罗森克冉茨：	没有，殿下，只是这世道变得诚实了。
哈姆雷特：	那就快到末日了！不过，你这消息不准。让我再来问你们一些细节问题。你们有什么把柄，我的好朋友们，被捏在幸运女神的手里，以至于她把你们发配到这儿的监狱里？
吉尔登斯登：	监狱，殿下？
哈姆雷特：	丹麦是一座监狱。
罗森克冉茨：	那整个世界就是一座监狱了。
哈姆雷特：	好一座壮观②的监狱，里面有许多牢房、地牢、禁闭室，而丹麦是其中最糟糕的一间。
罗森克冉茨：	我们可不这么认为，殿下。
哈姆雷特：	啊，那么对你们而言，它不是监狱；因为任何事情都无所谓好与坏，只是人们认为它好或者坏。对我来说，丹麦是一座监狱。
罗森克冉茨：	啊，那么是您的雄心使它变成一座监狱喽。对于您的心胸来说，它显得太狭隘了。

---

① 莎翁之所以借哈姆雷特之口诅咒幸运女神是娼子（strumpet），可能基于他对世事的深刻把握，幸运女神几乎不会一直宠幸某一个人，今天宠幸的是张三，明天宠幸的是李四，所谓"朝三暮四"者，类同妓女。在本剧第2幕第2场的"戏中戏"里，演员甲念的台词里也有类似这样的句子："去，去，幸运女神，你这个娼子。"李尔王也曾在近乎发疯的状态，咒骂幸运女神为"那个极恶的娼妓（that arrant whore）"（《李尔王》第2幕第4场第51行）。

② 原文"goodly"的本义是"好""漂亮"。哈姆雷特说的是"反语"，因为他对被叔叔攫取了王权之后的丹麦的真实评价是接下来所说的"最糟糕"。

哈姆雷特：	上帝啊，如果我没有这些噩梦；我就不会被禁锢在一个果壳里，还认为自己是一个拥有无限空间的国王呢。
吉尔登斯登：	您那些梦恰恰就是雄心啊；因为构成雄心的材料只不过是梦的影子。
哈姆雷特：	梦本身就只是一个影子。
罗森克冉茨：	真是，我的雄心又虚又轻，只是影子的影子。
哈姆雷特：	那么我们的乞丐倒是实体，而君王和张牙舞爪的枭雄只是乞丐的影子。^① 我们到宫里去好吗？因为，基督啊，我不能再推理了。
吉与罗：	我们愿意陪侍您。
哈姆雷特：	没这么回事！我可不愿意把你们归到我的仆人之列；因为，我要像一个老实人那样地跟你们说话，我被伺候怕了。不过，咱们老朋友不说新话，是什么风把你们吹到了艾尔西诺？
罗森克冉茨：	是为了拜见您，殿下；没别的事儿。
哈姆雷特：	我是个乞丐，甚至穷乏得连"感谢"都没有；但我感谢你们；确实，亲爱的朋友们，我的感谢可昂贵了，值半文钱呢。^② 你们是被派来的，还是自个儿来的？是一次

① 以上对话有点抽象，但是整个剧中最富于人生况味、思想深度和思维魅力的部分。
② 原文 "halfpenny" 的原义为 "半个便士"。便士（Pence）是英国货币的最小单位。1971 年英国币制改革之前，一英镑等于 12 先令，1 先令等于 20 便士。便士类似于中国目前货币体制中的 "分"，古代币制中的 "文"。本书以 "文" 译 "便士"，以加强中文语境里的表现力度。
　　哈姆雷特的含义是：乞丐身无分文，哪怕是半个便士，也是一笔大钱，可能是他全部的家当，因此他以乞丐的口吻说 "我的谢意太昂贵"（my thanks are too dear）。不过他的话里话是："你们是国王的狗腿子，奉命来刺探我，我本不该也不想说半个谢字；因此，我对你们说的谢字哪怕

	随意的探视吗？来，跟我做一笔正当的买卖。来呀，来吧！喂，说呀。
吉尔登斯登：	我们该说什么呀，殿下？
哈姆雷特：	嗨，随便说，但要说到你们的目的。你们是被派来的，你们的脸色已经招供，你们的谦逊也没什么花招能掩饰。我知道，是你们的好国王和好王后派你们来的。
罗森克冉茨：	为了什么目的呢，殿下？
哈姆雷特：	那正是你们得指教我的啊。不过，凭着我作为你们一个老朋友的权利，凭着我们少年时代的情投意合，凭着我们要永远保持的友爱的道义，而且，凭着一个比我更善言辞的人所能催请你们的更好的理由，你们要对我坦白直言，你们是否是被派来的。
罗森克冉茨［侧向吉尔登斯登］：你怎么说？	
哈姆雷特［旁白］：	嗨，这下好，我的眼睛长在你们身上了。如果你们爱我，就不要再拖延。
吉尔登斯登：	殿下，我们是被派来的。
哈姆雷特：	让我来告诉你们这是为什么，这样我的预言就能预防你们因揭发而获罪，你们跟国王和王后之间的秘密交易也

值半个便士，也是昂贵的，所谓'金口难开'者也。"

这里莎翁用的是矛盾修饰法。有些译者可能因为没有充分领会到这种修辞手法的妙处，而用译文消弭了。如卞之琳译为"我的一声'谢谢'是不值半文钱的"，没有译出"太昂贵（too dear）"，因而也就没有与"半个便士"构成矛盾。

有的译者虽然译出了"贵"字，但由于没有把中文处理妥当，读起来有点模棱。如黄国彬译为"我的感谢是贵了半个便士"。"贵了半个便士"云云，是否说还有原价？那原价是多少呢？

不会脱去信誉的羽毛①。最近，我——可我不知道为什么——失去了所有的欢乐，放弃了所有做事的习惯；这的确让我感到心情万分沉重，对我而言，大地，这大好的框架，似乎只是一个贫瘠的海岬；天空，这最最美妙的天篷、高悬的壮丽的苍穹、这装饰着金色火焰的庄严的屋顶②——为什么，在我眼里，似乎只是一股股水蒸气的云集，污浊而瘴疠。人是一件何等样的杰作啊！多么高贵的理性！多么巨大的能力！多么可爱的形体！多么敏捷的动作！在行为上多么像天使！在知识上多么像上帝！宇宙的花朵！万物的典范！可是对于我来说，这尘土的精华③算得了什么呢？没有人能使我产生兴趣——不，女人也不能；尽管你们微笑似乎在说，女人有这本事。

---

① 英语中，"换毛"喻"变卦""失信"。此处原文"moult no feather"（未换毛）喻罗森克冉茨和吉尔登斯登"未失信"于国王。

② 原文为"and indeed it goes so heavily with my disposition that this goodly frame, the earth, seems to me a sterile promontory; this most excellent canopy, the air……"其中"heavily""goodly""promontory"和"canopy"押尾韵，"indeed""disposition""goodly"和"sterile"则押内韵。

　　本书译文中，"大""架"与"岬"押韵，"空""蓬"与"穹"押韵。

③ 原文"quintessence of dust"中的"quintessence"的本义是"第五元素"，引申义为"精华"。古希腊关于世界的物质组成的学说叫作"四元素说"，即土、气、水、火。"第五元素"被视为地、水、火、风以外之构成宇宙的元素。

　　"尘土的精华"为矛盾修辞。按照《圣经》的说法，人来自尘土；但应该是尘世的超越者。

　　译文应该显现这个矛盾，但不尽如人意。朱生豪和卞之琳都没有译出矛盾修饰法。前者的广为传播的译文是"宇宙的精华"，后者译为"这点泥土里提炼出来的玩意儿"。

　　梁实秋译为"尘垢的精华"。孙大雨译为"尘土的精华"。黄国彬译为"尘世的精华"。三人都译出了矛盾修饰法。笔者从孙，因为这个典故来自《圣经》里的那句话。

罗森克冉茨：	殿下，我的念头里可没这样的意思。
哈姆雷特：	那你为什么要笑，当我说："没有人能使我产生兴趣"的时候？
罗森克冉茨：	我是在想，殿下。如果您对人都没有兴趣，那么那帮演员们能从您这儿得到什么乐趣呢？我们在路上超过了他们，他们正在往这边赶，要来给您把好戏献演。
哈姆雷特：	那个扮演国王的演员将会受到欢迎——那位陛下将会受到我献礼的殷勤①；冒险的骑士将用上他的钝头剑和小圆盾；情人的叹息不会得不到酬劳；心境不平的人②将平静地演完他的角色；

---

① 哈姆雷特的言外之意是：现实中的丹麦国王将不会得到这样的待遇。

② 原文"the humorous man"中"humorous"一词的现代含义是"幽默的、诙谐的"。有学者认为，"幽默的人"类似于"小丑"；笔者以为，这种"现代化的"解释不成立，因为紧接着说的就是小丑（"the clown"），莎翁不可能犯这个重复病。要正确理解这个词的古义，得从它的词根着手。

"humor"最初的含义是"体液"。古希腊"医学之父"希波克拉底有"体液说"（Hippocrate's theory of humor）：人体分泌四种体液，即血液、黄胆液、黑胆液和黏液。这四种体液共同调配决定人的种种不同性格。这些体液处于平衡适量状态时，人的状态就会正常舒适；否则，就会失常难受，或抑郁，或暴躁。"the humorous man"指的就是心境处于异常状态的人，这样的人很难能顺利演戏，所以哈姆雷特希望那样的演员能"平静地演完他的角色"（shall end his part in peace）。

就剧中现实而言，这个角色恐怕是哈姆雷特的自况，他怀着杀父之仇，心情很难平静，时而躁急易怒，时而伤心忧郁；但他希望自己能够镇静自如地"扮演好自己的角色"，完成自己的使命，为冤死的父亲报仇雪恨。

大部分译者认同这个词的古义是"怪"，"怪"者"异"也，"异"于"常"也，符合笔者上面的考释。如梁实秋译为"脾气古怪的角色"，卞之琳译为"阴阳怪气人"，孙大雨译为"性情古怪的角儿"，黄国彬则直接译为"怪人"。

朱生豪取了更加显豁的释义，译为"躁急易怒的角色"；但"躁急易怒"只是"humorous"所指的一种心态而已，尽管这是比较常见的一种。

	小丑将使那些肺如扳机一拨就笑的观众笑得喘不过气来 [1];贵妇人也将自由地说出心里话,否则就让无韵诗 [2] 暂时中断。他们是些什么样的演员?
罗森克冉茨:	就是你平素最感兴趣的那个班子,城里 [3] 那批善演悲剧的。
哈姆雷特:	他们怎么冒险走起了江湖?常驻在城里,不是可以名利双收吗?
罗森克冉茨:	我想,他们在城里之所以呆不住,是因为最近的革新运动。[4]
哈姆雷特:	他们是否跟我在城里时享有同样的尊重?是否还有那么多戏迷的追捧?
罗森克冉茨:	没有,他们确实不如以前。
哈姆雷特:	怎么会这样呢?他们的演技生锈了吗?

----

[1] "lungs are tickle o' the sere" 中的 "sere" 是 "sear"(扳机)的异体词。古人认为,肺在人体内是主管 "笑" 的器官,正如扳机之于火枪,一动笑就出来了。"肺" 和 "扳机" 这样有点奇特的比喻性意象不应该译丢。

但是,一般译者两个意象均未译出。如梁实秋简译为 "那些最容易发笑的"。朱生豪意译为 "那班善笑的",孙大雨译为 "一碰就笑"。什么 "碰" 什么?孙没有译出来。卞之琳译为 "笑机易动、一触即发的家伙"。"笑机" 一词是生造的,恐怕会让观众摸不着头脑。

只有黄国彬译出了 "肺" 的意象,即 "肺叶一触即笑的"。"扳机" 意象则似乎隐藏在 "触" 字的后面,不过,一般观众恐怕也不会敏感到。

[2] 指用无韵诗(blank verse)体写的戏剧。跟其他韵律严格的诗体比较起来,这种诗体相对自由,所以能让平素规矩甚至拘束的贵妇人自由地说她们心里想说的话,"say her mind freely"。

[3] 此处整个关于戏剧界的论述指涉的是莎翁写作《哈姆雷特》时英国戏剧界的鲜活情形。因此,全部都交织着两套现实内容。表面上指的丹麦,实质上说的是英国。"城里" 表面上指的是埃尔西诺,实质上说的是伦敦。

[4] "the late innovation" 可能影射的是当时在伦敦出现的童伶戏班,大受市民欢迎,从而把成人剧团排挤到了城外。

罗森克冉茨：　　　　　没有，他们的努力一以贯之；不过，殿下，最近有一帮

童伶，如同高巢里的一群雏鹰；① 他们用质问般的最高音

大喊大叫，为此赢得了暴烈的 ② 掌声。这些孩子现在可

是红人，他们痛斥"普通舞台"（他们是这样称呼成人

戏班的），以至于许多佩戴轻细长剑 ③ 的看客们由于害怕

---

① 有学者考证出，这是指皇家小教堂（the Chapel Royal）唱诗班中的童伶戏班，因此被称为
"小教堂童伶戏班"（the Children of Chapel）。

　　1600 年左右，他们开始在黑衣修士剧院（the Black Friar Theatre）演出，一举成名，从而
发生所谓的"剧院之战"（the War of the Theatres）。名为剧院之战，实为剧团之争。代表儿童
派的就是黑衣修士剧院，代表成人派的则是莎翁亲自参与经营的环球剧院（the Globe）。这就是
莎翁借剧中人物罗森克冉茨的口所说的"是的，两边有过许多的纷争"。到了 1604 年，儿童派更
是得到安妮王后赞助，他们的演出获得更加广泛的喝彩，胜过了成人演员。这就是莎翁借剧中人
物吉尔登斯登的口所说的"是的，他们赢了"。成人剧团只好暂时避其锋芒；从而也结束了"剧院
之战"。

　　童伶们之所以被称为"雏鹰"（原文"little eyases"中的"eyases"本身的含义就是"雏
鹰"，前面加"little"，可能是为了强调他们的幼稚，毕竟他们都还是孩子），是因为雏鹰勇于向
强于它们的敌方挑战。

　　这些年幼的竞争对手威胁到了莎翁他们的戏剧生意，后文说连环球剧院都被他们占了；但他
并没有恼羞成怒，去咒骂乃至诬蔑他们，而是轻描淡写说"这并不太奇怪"，显得宽容而幽默。这
跟他自己这个乡巴佬在伦敦戏剧界崭露头角时，那些受他威胁的所谓"大学才子"、精英分子们撕
下虚伪的假面具，用种种恶毒的称呼诬蔑他，把他妖魔化，如骂他是"乌鸦"不同。

　　"雏鹰"与"乌鸦"这两个绰号的对照恰恰反映了莎士比亚这个乡野天才与世俗才子之间的巨
大反差。

　　朱生豪居然没有译出"雏鹰"这个意象，他的译文损失不小。

② 原文"and are most tyrannically clapped for' t"中"tyrannically"的原义是"专横""残
暴"，很明显是贬义词，此处用来形容鼓掌（clapped）之无比热烈。莎翁用这个词只此一处。在
古今中外的语言应用上，有一个特殊的现象，那就是：用贬义词、负面价值的词汇表示特别高的
程度而且只表示程度很高，如"坏"（badly）"狂"（madly）"恐怖"（terribly）"死"（deadly）
"致命"（fatally）等等。词组如"美死了""乐坏了""烂好吃"。

　　为了表现这种特殊的修辞策略，为了充分表现"tyrannically"这个词的原义，笔者故意把
"热烈"改为"暴烈"，比热烈更加热烈。

③ "rapier"是一种轻巧细长的双刃剑，莎士比亚时代英国年轻人钟爱的佩饰。

<table>
<tr><td></td><td>鹅毛笔的嘲讽，而不敢再来给成人戏班捧场。①</td></tr>
<tr><td>哈姆雷特:</td><td>什么！他们是一帮孩子？谁在给他们撑腰？他们受到怎样的供养？当他们的童声不再的时候，是否还会追求艺术质量？② 以后，如果他们自己也长成了普通的演员（如果他们没有更好的营生的话，这是很有可能的），他们是否会说，是那些给给他们写台词的写手害了他们，使他们在大喊大叫中断送了自己的未来？</td></tr>
<tr><td>罗森克冉茨:</td><td>是的，两边有过许多的纷争；而国人都不认为挑起他们的争端是一种罪过。有一段时间，弄得除非诗人和演员在对白中对骂，否则就没人愿意出钱来买剧本。</td></tr>
<tr><td>哈姆雷特:</td><td>这可能吗？</td></tr>
<tr><td>吉尔登斯登:</td><td>哦，双方都绞尽了脑汁。</td></tr>
<tr><td>哈姆雷特:</td><td>那帮童伶赢了吗？</td></tr>
<tr><td>吉尔登斯登:</td><td>是的，他们赢了，殿下——连大力神的环球剧院都被他们占了。③</td></tr>
</table>

———————

① "鹅毛笔（goose-quill）"指代用鹅毛笔写作的"戏剧写手"（playwright），此处指给童伶戏班写戏的人，这些人往往在台词中对成人戏班及其戏迷极尽挖苦之能事。有些面子薄的观众不好忍受去无端受辱骂，遂不再前往观看成人戏。

② 跟传统中国一样，英国以前也没有女优；所不同的是，中国的女角由男优扮演，英国的女角扮演者除了男优，还有童伶，这主要是因为童伶们嗓音清亮，当然也因为他们表演的技艺。嗓音是天生的，技艺是后天的。到了发育的年龄，他们天生的条件即童声将不复存在，就得要靠技艺了。

③ 由于有些戏剧中含有影射、嘲讽当时政要的成分，1601 年 12 月 31 日，当时的政府最高权力机构枢密院（the Privy Council）颁布了禁戏令，除当时影响最大且深得宫廷信任的幸运剧院（the Fortune）和环球剧院（the Globe）外，其他剧院一律停业。

最初的环球剧院（the Globe）由莎士比亚所在的宫内大臣剧团于 1599 年建造，1613 年 6 月 29 日毁于火灾，1614 年得到重建。大力神赫拉克勒斯肩负地球的造型是环球剧院的院徽。

原文 "Hercules and his load" 的字面含义是"赫拉克勒斯及其负荷"。根据古希腊神话传

哈姆雷特:	这并不太奇怪；现在我叔叔是丹麦国王了，在我父亲活着的时候，那些惯常对着他做鬼脸的人现在为了买他的一幅微型肖像，一出手就是二十、四十、五十甚至一百个达克特①。我敢凭着耶稣的血断言，②这里面有些事是超出常理的，但愿哲学能够把它探究出来。③

[喇叭齐鸣，演员上。]

吉尔登斯登:	演员们来了。
哈姆雷特:	绅士们，欢迎你们来到艾尔西诺。来，握握手！表示欢迎总需要一些俗套和仪式，让我照着做一做吧；免得我待会儿对演员们的欢迎程度显得比对你们的款待还要高（实话跟你们说，我得在表面上对他们表现出同样的欢迎）。你们是受欢迎的，可是我的叔叔—父亲和婶婶—

说，本来肩负地球的是泰坦神族的阿特拉斯（Atlas）。赫拉克勒斯为了让阿特拉斯帮自己去黄昏女神的果园里采摘金苹果，曾代他扛了一阵子。当年在伦敦，环球剧院赫赫有名，其院徽家喻户晓，因此，哪怕是不熟悉希腊神话的观众，在听到"赫拉克勒斯及其负荷"这样的词句时，也会联想到环球剧院。

　　如果只译为"负荷"，不熟悉古希腊神话的中国观众肯定听不出来大力神赫拉克勒斯肩负地球的典故，更遑论联想起环球剧院的影射；不过，笔者以为，也不能仅仅翻译为环球剧院，因为原文的字面含义和影射含义隔着两道关，译文还是应该留着一道，比较含蓄。况且，大力神赫拉克勒斯肩负的毕竟是地球，而不是环球剧院。别说是中国观众了，可能连当代英国观众都很难联想起环球剧院；因为虽然现在在英国和中国都有叫作"环球剧院"的剧场，但恐怕并非是观众所耳熟能详的。

① "ducat"是中世纪流通于欧洲各国的金属货币，有金有银，币值很高。
② "Sblood（圣人的血）"指耶稣的血，往往以葡萄酒替代。这是赌咒的誓言。
③ 莎士比亚时代的哲学概念是相当宽泛的，甚至包括自然科学。

母亲^①却受了骗。

吉尔登斯登： 他们哪儿受骗了，亲爱的殿下？

哈姆雷特： 我只有在西—西北风里才会发疯。^②当风由南刮来时，
我能分清苍鹰和苍鹭。^③

［泼娄聂斯上。］

泼娄聂斯： 你们好啊，绅士们！

哈姆雷特： 你听着，吉尔登斯登——还有你——一只耳朵边有一个
人听！

那个大小孩，你们看见了么，他还没脱掉褓褓呢。

罗森克冉茨： 也许他是第二次裹褓褓了；因为人们说，老人是第二次
当孩子。

---

① "uncle–father and aunt–mother" 的说法充分表现哈姆雷特与他们的特殊而复杂的关系（前
者由叔而父，后者由母而婶）。如果直接翻译成"叔父"和"婶妈"，则无法表达这种特殊而复杂
的关系，译文照搬原文，在两个词中间分别加了个连字符。演员在念的时候应该有所停顿。
朱生豪译为"叔父、父亲和婶母、母亲"，似乎有四个人存在，他为了突出这种关系，结果可能会
引起混乱和误解。
② 哈姆雷特之所以说他的叔叔和母亲受了他的骗，是因为他们真的相信他发疯了；但他说"我只
有在西—西北风里才会发疯"。含义是在其他任何情况下，当然包括跟他叔叔和母亲在一起的时
候，他都不是"真疯"。
③ "a hand saw"或"hand-saw"的含义至今学术界没有定论。有人认为它是"handsaw（手
锯）"，也有人认为它是"hernshaw（苍鹭）"。本书译者倾向于后者。
　　哈姆雷特是在使用打猎术语。苍鹰是猎人的工具（乃至伙伴），而苍鹭则是猎物。猎人当然得
分清它们，以免射中了苍鹰，而放走了苍鹭。一般鸟类在受到猎鹰、猎狗或猎人惊吓时，都会顺
着风向飞行，以便迅速逃走。刮北风或偏北风时，苍鹭会向南飞，猎人看着它时眼睛迎向太阳，
所以看不清楚，甚至会把它跟颜色差不多的苍鹰混淆起来。刮南风时，苍鹭会朝北飞，猎人看着
它时背对太阳，所以能看得清楚，也就不会把它跟苍鹰混淆起来。
　　当然我们也不能完全排除哈姆雷特用语双关的可能。

哈姆雷特：	我预料他是来告诉我戏班子的事的。记着——你说得对，先生；星期一上午，是，就是，的确是。
泼娄聂斯：	殿下，我有条新闻要向您禀报。
哈姆雷特：	大人，我也有条新闻要向您禀报：当罗修斯在罗马当演员的时候——①
泼娄聂斯：	戏子们来了，殿下。②
哈姆雷特：	嘘，嘘！③
泼娄聂斯：	以我的名誉——④
哈姆雷特：	那他们都是骑着蠢驴屁股来的吧——⑤
泼娄聂斯：	全世界最好的演员，无论是悲剧、喜剧、历史剧、田园剧、田园喜剧、历史田园剧、历史悲剧、历史田园悲喜

---

① 罗修斯（Roscius Gallus，？– 公元前 62 年）是古罗马最伟大的戏剧演员。泼娄聂斯说他在罗马演戏，等于没说，因为这是用不着说的、尽人皆知的事。哈姆雷特知道泼娄聂斯要来告诉他演员们的事，所以用这话来嘲讽泼娄聂斯。

② 泼娄聂斯没有领会哈姆雷特对他的嘲讽，不识趣地继续在报道他的所谓消息。他自命为朝廷重臣，看不上演员们，所以此处笔者揣摩他的心态，模仿他的口吻，译为"戏子们"。

③ 面对这样的糊涂蛋，哈姆雷特只有"嘘"他。

④ 泼娄聂斯以为哈姆雷特不相信他，所以还要起誓。

⑤ 对泼娄聂斯这样自作聪明而又恬不知耻的人看来只能"骂"了；但哈姆雷特骂得极其巧妙，主要是用双关语。原文"Then came each actor on his ass"中的"ass"一语三关：驴子、屁股和傻子，全部都暗指泼娄聂斯——他这个弄臣其实还不如戏子。

译文应该把这三个含义都表现出来，否则不足以让哈姆雷特解气；但几乎没有人能译全。

梁实秋、朱生豪和孙大雨都只译出一个含义，即"驴子"。梁译为"那么演员都是骑着驴来的罢"。朱译为"那时每一个演员都骑着驴子而来——"。孙译为"那么，他们每人骑着头驴子来"。

卞之琳译出了二义："演员们来了，每个人骑一头傻毛驴"。

黄国彬也译出两个含义："那么，每个演员都是骑着驴子屁股来啦。"由于驴子在汉语中本身就象征着"愚蠢"，所以黄译出驴子和屁股二义差不多是够了的。

笔者译出了全部三个含义。

剧、不分场面的情景剧还是不受约束的诗剧，[①] 他们都是
行家里手。

塞内加的悲剧不显太沉重，[②] 普罗图斯的喜剧不显太轻
浮。[③] 只有他们既能演中规中矩的剧本，又能演自由自
在的剧本。

哈姆雷特： 哦，耶弗他，以色列的长官，您有何等样的一件宝贝
啊！[④]

泼娄聂斯： 他有一件什么宝贝，殿下？

哈姆雷特： 嗨，

只不过是个漂亮的女儿，

他对她的爱啊胜过一切。

泼娄聂斯 [旁白]： 还惦记着我那闺女啊。

哈姆雷特： 难道我唱得不对吗，老耶弗他？

---

① 在 16 世纪的意大利和 17 世纪的法国，戏剧家们倡导所谓的三一律，即一部戏只能有一个主要
的剧情，而且剧情只能在同一时间、同一地点发生。"不分场次的情景剧"是遵守三一律的，而
"不受约束的诗剧"则不遵守三一律。
② 塞内加（Seneca, Lucius Annaeus，约公元前 4 —公元 65 年），罗马禁欲主义哲学家、悲剧
作家。其剧作备受文艺复兴时期戏剧家们的推崇。
③ 普罗图斯（Plautus, Titus Maccius，约公元前 254—前 184 年），罗马喜剧诗人。其作品在
莎士比亚时代颇受欢迎。
④ 据《圣经·士师记》第十一章第三十到四十节，耶弗他（Jephthah）是以色列的士师（军政长
官），他在出征亚门之前，曾向上帝许诺：如果他能凯旋，他将把家里第一个出来迎接他的人用来
献祭。结果他牺牲了自己的独生女儿。"宝贝"即指女儿。哈姆雷特嘲笑泼娄聂斯口口声声爱奥菲
丽娅，但为了讨好国王，他不惜牺牲奥菲丽娅的爱情和幸福。

泼娄聂斯:	如果您称我为耶弗他，殿下；那我的确有个女儿，我爱她的确胜过一切。
哈姆雷特:	不，那样就接不下去了。
泼娄聂斯:	那接下去的是什么呢，殿下？
哈姆雷特:	嗨，

都是命运安排啊上帝知道，

然后，您才知道：

来而复去的就是这么一回事。

这圣歌的第一段会让您知道得更多；因为，您瞧，那删改它的人来了。

[四五个演员上。]

欢迎你们，大师们；欢迎大家——看到你们都挺好，我很高兴——欢迎，好朋友们——哦，我的老朋友呢？哇，上次我见你，你的脸还没挂上胡须的短幔呢①。你到

---

① 原文 "valanced" 一词来自 "valance"，指 "窗帘上部的短幔"，此处莎翁把人脸比作窗户，把年轻男子新长出的胡须比作那短幔，非常新奇而贴切。

　但能把 "短幔" 这个比喻意象翻译出来的译者几乎没有。梁实秋译为 "一团的胡须"，朱生豪译为 "多长了几根胡须"，都没有译出 "帷幔" 的意象。孙大雨译为 "脸上挂起流苏"。流苏原来是指五彩丝线结成的穗子装饰物，后来指所有排列整齐的穗状物，既不指帷幔也不指胡须。下之

丹麦来是要将我的胡须跟我格斗吗？——啊，这是我年轻的姑娘吗？圣母在上，你比上次我见你的时候高了，离天又近了一只木跷的高度。[1] 愿上帝保佑你的嗓子像一块还没在市面上流通的金子[2]。可别像一枚在流通后圈内破裂的金币。[3]——大师们，欢迎你们。我们甚至要像法国的训鹰师[4]一样，看见任何一只鸟，都把鹰放飞出去。我们要马上听你们念台词。来，让我们品尝一下你们的品味。来吧，要一段充满激情的台词。

演员甲：　要哪一段台词，好殿下？

哈姆雷特：　我曾经听你给我念过一段，但从那以后就一直没人念过。即使有人念过，也不会超过一次。因为，那出戏，我记得，并不讨大众的喜欢；对他们而言，那是未曾尝

琳译为"挂起了黑漆漆一团威武气了"，有点太隐晦，既不容易让读者联想起"胡须"，也不容易让读者想到"短幔"。

① "chopine（彩木跷）"原指 17 世纪欧洲妇女普遍爱穿的一种厚底靴，可以说是高跟鞋的鼻祖，而且比高跟鞋高得多，简直像杂技演员踩的高跷，甚至有腿那样高。它主要是木头做的，外面包着各种颜色的皮子，有白的、红的，还有黄的、金黄的。

　　大概早在 16 世纪的威尼斯，妇女就以穿这种东西为时尚，正如中国古代缠足妇女乐于穿小鞋。据说，她们无论在家里还是在外面，都要穿着它。身份越高的，木跷也越高，大家都在这木跷的高度上互相攀比，以至于太太小姐们穿的外衣要比身体长出一半，而她们出门时得由女仆搀扶着才能行走。当然，女人们，尤其是个子矮小的，穿着这东西会显得高大挺拔，可以俯瞰搀扶她们的女仆，从而满足她们高高在上的虚荣心。

　　这个词怎么看都太像伟大的钢琴家肖邦（Chopin）的名字，不知道在训诂学上是否真有关联？

② 金子在市面上流通后就会变质，正如男童在发育期会失去女声似的童音。

③ 金币四周有一圈，圈内是君王的头像；如果圈内有裂痕，有损君王形象，则不能再流通。

④ 原文"French falconers"中"falconers"一词指的是训练鹰来帮自己狩猎的人，这种鹰也叫猎鹰；那么，这是否在嘲讽法国人无的放矢、乱放猎鹰呢？恐怕只有莎翁自己知道。

过的鱼子酱；[1] 但它是一出绝妙好戏（不光我喜欢它，有些在喜剧方面很有判断力的人也喜欢，他们的叫好声比我的还高呢），分场很合理，文笔朴茂又巧妙。我记得有人说过，虽然这段台词的字里行间没有让人开胃的调料，词句里也没有任何东西会让人觉得作者的矫揉造作；但他说这是一种诚实的写法，既卫生又可口，比精美还要美得多。我最喜爱里面的一段台词。就是希腊英雄伊尼阿斯给女王黛朵讲故事的那一段。[2] 尤其是其中普莱阿穆被杀戮的那一节。如果它还活在你的记忆里，就请从这一行开始吧——让我想想，让我想想：

粗壮的 [3] 皮勒斯，像赫卡尼亚的猛兽——[4]

---

[1] 在莎士比亚时代，鱼子酱（caviare，俄式的）刚刚传入英格兰，所以趋于保守的一般的英国人因为不习惯而不喜欢食用，甚至有人在书里说它是"一团像黑肥皂一样的怪肉"（a strange meat like black soap，见 1616 年出版的 Bullokar 的著作《英语解说》）。

[2] 伊尼阿斯（Aeneas）是特洛伊（Troy）王子与爱神阿芙洛狄忒（Aphrodite）的儿子。特洛伊城被希腊人用木马计攻陷后，他驾船逃难，在迦太基（Carthage）覆舟。迦太基女王黛朵（Dido，很多翻译家译为"狄多"，不符合原文发音，也不美）盛情款待他，还爱上了他。但伊尼阿斯遵照天旨，离开了迦太基，黛朵因绝望而自杀。伊尼阿斯在海上又漂流了七年后，来到台伯河边，跟拉提那斯的公主结婚，并继承王位，遂成为罗马人的祖先。

在维吉尔的史诗《伊尼阿斯》第二卷中，伊尼阿斯向黛朵叙述特洛伊之陷落与特洛伊老国王普莱阿穆（Priam）之被杀害。

[3] 原文"rugged"在英汉词典中一般被翻译为"粗犷"，但在汉语中，"粗犷"一般用来形容人的性格特征，而此处更多的是指向皮勒斯的身材、体魄，所以改用"粗壮"更合适一些。

[4] 赫卡尼亚（Hyrcania）是古波斯帝国东南部省份，位于里海东南岸，是一荒漠地带，以产猛虎而闻名。在《伊尼阿斯》第四卷中，黛朵说伊尼阿斯是"吃赫卡尼亚老虎的奶长大的"。署名马娄的悲剧《迦太基女王黛朵》引用此句为"赫卡尼亚的老虎给你喂奶"（Tygers of Hyrcania gave thee sucke）。

不是这样的；但的确是从皮勒斯说起：①

粗壮的皮勒斯，他那漆黑的盾牌，

黑得像他的目的，黑得像黑夜。

当他躺进那不祥的木马，他让人

在这恐怖的黑色之上又涂上了

更加阴暗的纹章。从头到脚，

---

① 这段哈姆雷特特别欣赏的戏中戏的台词是否为莎士比亚所写并所喜，对这两个问题学术界历来争论不休。

有人认为，这是莎翁抄录了别人的著作；也有人认为，他改写了别人的；还有人认为，这完全是他的独创。

那么，莎士比亚是否喜欢这段文字呢？

主张"是"的学者认为，莎翁写这段台词，是为了故意跟当时的另一位剧作家纳许（Thomas Nash, 1567–1601）竞争或抬杠；纳许跟马娄（Christopher Marlowe）一样属于当时名噪一时的大学才子派（university wits）戏剧家阵营，他们都瞧不起莎翁这样野路子出身的剧作家。

马娄曾于1593年创作《迦太基女王黛朵》（又名《迦太基女王黛朵的悲剧》），但没写完就去世了，旋即由纳许续毕，并于次年出版。后来，查普曼（Chapman）和德雷顿（Drayton）又把这个剧本修订为《黛朵与伊尼阿斯》，于1598年上演。

莎士比亚对那些不遗余力攻击自己的大学才子予以无情的回击，对纳许等人的文笔颇为鄙视；他曾于1594年修改并续毕马娄写了大部分的《亨利六世》，自然期待《黛朵》也由他来续写，但却被比他才分低得多的纳许等人抢了去，心里不免窝火；所以他自顾自仿照马娄的风格，写了这段可以放入马娄剧作中的台词，用来跟纳许等人的手笔竞争，让世人看看到底谁高谁低。

莎学家威尔逊（J. Dover. Wilson）认为，这段文字是莎翁的手笔，比马娄的更好；浪漫派诗人、诗论家科勒律治赞誉这段文字为"高妙"。

主张"否"的学者认为，莎翁这段台词是对所谓科班出身的大学才子派（包括其领袖人物马娄）的戏剧风格的戏仿，旨在嘲讽他们浮夸、虚饰的文风；正是因此，诗人蒲伯认为，哈姆雷特的那些赞词其实都是反话。

另外，诗人、批评家施莱格尔在他的《戏剧艺术和文学演讲录》一书中，则从文本的角度说，戏中戏的台词和本戏的台词应该有所不同，所以莎士比亚故意采取了这样的仿古写法，以示区别。

他现在浑身殷红，可怕地涂饰着

父母子女们的鲜血。鲜血和着

大街上的焦土，被烘烤成了糊状。

而大街还在把残暴而该死的灯光

借给他去追杀它们的国王。怒火

和战火烤着他，他的身体似乎

因黏着凝结的血块而变得臃肿。①

他的两眼如炭烧得通红②，地狱

一般的③皮勒斯搜索着国王普莱阿穆。

就这样，继续啊。

---

① 原文 "o'er-sized with coagulate gore" 指皮勒斯身上沾满了那些被他杀戮的人的血块，那些血块凝结了、堆积着，致使他的身材看上去变大了，变得太大了。这里莎翁用了夸张手法。梁实秋译为"浑身染着凝冻的血块"，没有译出 "o'er-sized"，即夸张手法，"冻"字指向很低的温度，与原作描写的火热的战况不符。

② 原文 "carbuncles" 一语双关，两个含义分别是"痈疽"和"红宝石"，指皮勒斯杀红了眼，眼珠子发着红宝石一样的光；梁实秋译为"红宝石似的"。孙大雨译为"红晶"，"红宝石"就是一种晶体物质，所以可以这么译。卞之琳译为"红灯笼"，则有点离开本义了。

黄国彬指出：杀红了的眼哪有美感可言？用红宝石直接来形容，有所不妥；但他又不舍得译丢"石"质性的意象，怎么办？他用音训法考证："carbuncles"的词根是 "Carbon"（炭），来源于拉丁文的 "carbunculus"，原义中有"炭"。所以他译为"像红炭发光"。笔者以为，"红炭"，正如"红晶"，这样的组词法，会让读者误以为是某种物质的专有名称，而实际上并没有这样叫法的东西。另外，"红炭"自然是发光的，加上"发光"二字显得冗余。

③ 原文 "hellish" 的含义是"地狱的""地狱一样的"，用地狱本身直接来形容或比喻人的形象，极为罕见，但极有表现力，比用地狱中的"凶神恶煞"来比喻更加新奇、霸气。但基本上所有译者可能还是习惯用"凶神恶煞"。如梁实秋译为"恶魔般的"，朱生豪译为"像恶魔一般"，卞之琳译为"凶煞一般的"，孙大雨译为"魔鬼似的"，黄国彬译为"凶神恶煞"。

泼娄聂斯：	上帝做证，殿下，您念得真好，音好，韵也好。
演员甲：	他很快就发现：那位特洛伊老王爷
	此刻正在跟希腊人交手，却怎么也
	打不着对方，仿佛是胳膊短了一截。
	普莱阿穆那把传世的古剑反抗着
	他的手臂，劈下去就躺在那儿了，
	再也不听使唤。皮勒斯看见
	普莱阿穆不是对手，便冲上前去，
	狂怒地左右乱砍，残忍的利刃
	呼呼生风，扇倒了老弱的王爷。
	随后，没有知觉的加固的城垛
	似乎也感觉到了这阵子打击，
	熊熊燃烧的顶部一直坍塌到
	底部，骇人听闻的爆炸声囚禁着①
	皮勒斯的耳朵：瞧！他的宝剑
	正落向可敬的普莱阿穆牛奶一样
	雪白的脑袋，似乎被空气粘住了。
	像一幅画中的暴君，皮勒斯僵立着，
	在他的意愿和行动间手足无措。
	但正如我们平常所见，就在
	暴风雨来临前，天上一片寂静，

———————

① 意为"再也听不到别的声音"了。

行云驻足，勇猛的狂风一声不吭，

下界的大地更是死一般沉默——

眨眼间可怕的雷霆撕碎了云霄；

皮勒斯在暂停之后，重新激起了

复仇的欲念，再度投入了战斗。①

火神的助手们②给战神锻造牢不

可破的铠甲，铁锤的猛烈击打

也不如皮勒斯此刻淌血的利剑

朝向普莱阿穆老王无情地劈下。

去，去，幸运女神，你这个

婊子！众位神灵啊，请你们开会

议决卸除她的权力，砸毁她那

巨轮上的所有轮辐和轮圈③，再把

那滚圆的轮毂推下神山，让她

---

① 皮勒斯要报的是杀父之仇。据荷马史诗《伊利亚特》载，皮勒斯（Pyrrhus）是全希腊第一条好汉阿基里斯（Archilles）的儿子。而阿基里斯是海上女仙忒提丝（Thetis）的儿子，在他出生后不久，忒提丝曾拎着他在冥河里浸了一下，所以他全身刀枪不入——除了母亲拎着的部位，即脚踝。忒提丝还请火神赫维斯托斯（Heghaestus）为她的儿子打造了一副无比坚固的铠甲。阿基里斯杀死了特洛伊城邦里的第一条好汉赫克托尔（Hector）。他在雅典娜神庙遇见特洛伊的公主泼丽克桑娜（Polixena），当即向公主求爱；就在这时，特洛伊小王子巴黎斯（Paris）的箭射中了他的脚踝，使他毙命。所以台词中皮勒斯要找普莱阿穆等特洛伊的王族复仇。

② "Cyclops（赛克罗普斯）"是希腊神话中的独眼巨人，是乌拉诺斯（天帝）和盖亚的孩子，一共有三个，所以用复数。根据古希腊诗人赫西奥德的描述，他们强壮、固执并且感情冲动。他们的眼睛长在额头的正中，希腊语中他们的名字的含义是"圆眼"。他们是火神赫维斯托斯的助手，专门负责打造武器和铠甲。火神的铁匠铺据说位于西西里岛上爱特纳火山的喷发口。

③ 幸运女神总是站在一个轮子上，那轮子不停转动，象征时运无常。英国有谚语曰："幸运之轮永在转"，类似于中国的谚语："六十年风水轮流转"。

一直堕落到地狱里，跟恶魔斗法！

泼娄聂斯：　　　　　这一节太长了。

哈姆雷特［对泼娄聂斯］：你带着它连同你的胡须，去找理发师吧。

　　　　　　　　　　　　　　　　　　［对演员甲］

　　　　　　　　　请继续念。他喜欢听滑稽歌谣和淫秽故事，否则他就会
　　　　　　　　　瞌睡。
　　　　　　　　　念下去，该说到特洛伊王后赫古芭①了。

演员甲：　　　　　可是谁，哦，谁看见那蒙面的王后——

哈姆雷特：　　　　"蒙面的王后"？

泼娄聂斯：　　　　说得好！"蒙面的王后"②这个说法好。

演员甲：　　　　　赤着脚跑上跑下，她用能哭瞎
　　　　　　　　　眼睛的泪水威胁着火焰；一块

---

① "Hercuba"，特洛伊国王普莱阿穆的第二任妻子，目睹自己的儿子们——死于阿喀琉斯及其儿
子皮勒斯之手。

② 原文"The mobled queen"这个称呼为何让哈姆雷特惊问？又为何让泼娄聂斯惊叹？主要是
因为其中"mobled"一词，一般解释为"veiled"（戴着面纱的）。下文说，王后用来蒙在自己头
上的不是面纱，而是"一块破布"，这与平日里她戴着"凤冠"的形象相差太远。
　　梁实秋译为"蒙头的"，含义是整个脑袋都蒙起来了。孙大雨译为"包着头的"，跟梁译含义
一样。朱生豪译为"那蒙脸的"。黄国彬译为"面纱王后"，并为自己的这个译法辩解说，他用名
词译动词，以传达原文的惊奇效果。但是，在汉语语境中，所有这些译法（包括"面纱王后"）恐
怕都没有表达出惊奇效果。卞之琳译为"裹装的"，有点别出心裁，但这个词相当生硬，读者恐怕
难以认可。
　　笔者以为，用什么样的布料蒙着什么部位，其实不太重要；重要的是要找到一个具有惊奇效
果的词语。在汉语里，"蒙面的"，除了"蒙脸的"含义之外，还容易让人联想起"大盗"和"暴
徒"等，会让读者跟着角色产生惊疑或惊叹。

破布蒙盖在她头上，那儿前不久
还矗立着冠冕；一件罩袍裹着
那因为生育过度而瘦弱的腰身，
那是一条毯子，是她在万分
惊恐中顺手捡来的——谁要是看见
她这副模样，就会让舌头浸泡
在毒液里，然后宣布对统治世界的
命运女神的抗议。当她亲眼看见
皮勒斯狠毒地出招、挥剑砍断
她丈夫的四肢，刹那间爆发一声
哭号——除非众神对世间万物
无动于衷；否则，如果那时分
他们亲眼看见她的惨状，就会
使天上那些燃烧的星眼流淌出
乳汁般的泪水，内心充满伤悲。

泼娄聂斯：　　　　看哪，殿下的面色都变了，他的眼里噙满了泪水。请不
　　　　　　　　要再念了！

哈姆雷特 [对演员甲]：念得很好。待会儿请你把剩下的内容也念完。——[对
　　　　　　　　泼娄聂斯] 大人，你能否照应着点，让人好好安顿这帮
　　　　　　　　演员？听见了吗？好好款待他们；因为他们是这个时代
　　　　　　　　的缩影和简史。你在百年之后得着一篇糟糕的墓志，也
　　　　　　　　胜过在活着时领受他们恶意的传言。

泼娄聂斯：　　　　殿下，我会按照他们应得的待遇款待他们的。

哈姆雷特:	凭着耶稣的肉起誓！① 大人，要更好些！如果你只按照他们应得的待遇来款待他们，谁也休想逃脱我的鞭打！要按照你自己的名誉和地位来款待他们。他们应得的待遇越低，你慷慨的价值就越高。带他们进去吧。
泼娄聂斯:	来吧，先生们②。
哈姆雷特:	跟他去吧，朋友们。我们明天要听一场戏。

[泼娄聂斯和众演员（除了演员甲）下。]

	你听见了吗，老朋友？你能演《谋杀贡扎果》这出戏吗？
演员甲:	能，殿下。
哈姆雷特:	明天晚上咱们就演它。我写了十二行或十六行台词，需要插入其中，你学念一下，行吗？
演员甲:	行，殿下。

---

① "God's bodikins" 字面上的含义是"上帝的肉"，实指"耶稣的肉"即圣餐面包，跟"耶稣的血"即圣餐红酒一样，都是赌誓用语。

② 原文"sirs"是敬辞，一般翻译为"先生"。但是，以前译者们都没有译为"先生"。梁实秋和孙大雨都译为"诸位"，朱生豪译为"各位朋友"，卞之琳译为"各位"，黄国彬译为"各位兄弟"。似乎都在避开这个尊称，何故？

黄国彬解释说"以波伦纽斯地位之尊，称地位卑微的演员（旧时中国社会轻视演员，称为'戏子'）为'先生'，在汉语语境中不太协调。"笔者认为，时移世易，敬辞也平凡化了，无论是英语中的"sir"，还是汉语中的"先生"，都可以用在普通人身上，包括下里巴人，比如中小学男教师，比如香港的警察。

更加重要的是：哈姆雷特专门要求甚至告诫泼娄聂斯要善待甚至厚待演员们，这更高的待遇应该包括对他们的称呼的提高。泼娄聂斯擅长或者说习惯见风使舵、拍马溜须、随时领会主子的意思并调整自己的言行，本来称他们为"戏子"，现在立刻改口尊称。因此，笔者按照原义译作了"先生们"。

哈姆雷特：　　　　　　很好。跟那位老爷去吧——注意别取笑他哦。①

[演员甲下。]

我的好朋友们，我要走了，咱们晚上再见。欢迎你们来
到艾尔西诺。

罗森克冉茨：　　　　　祝殿下好运！

[罗森克冉茨与吉尔登斯登下。]

哈姆雷特：　　　　　　哎，也祝愿上帝与你们同在！
现在只剩我一个人了。哦，我是
一个多么可怜的流民、一个农奴！
这难道不很奇怪吗？这演员在这儿
只不过是在一个虚构的故事里、
一个激情的幻梦中，却能使他的
灵魂进入他自己的想象。由于
耽于过分的想象，他整个的面容
都憔悴不堪。他眼含泪水，魂不
守舍，连声音都断断续续，整个
身子都在用各种动作配合着

---

① 原文是"and look you mock him not"。这句话微讽的语调特别传神。黄国彬有精彩阐释：
"一方面反映了哈姆雷特与众演员的友好关系，说话时没有摆架子；一方面显示哈姆雷特知道这
些演员仍然年轻，喜欢恶作剧……在正常情况下，谁也不会想到演员敢嘲讽朝廷大臣。也就是说，
哈姆雷特对众演员说这句话，本身就在嘲讽泼娄聂斯。"

想象，但是这一切什么也不为！

只为赫古芭！

赫古芭之于他，或者他之于赫古芭，

到底是什么关系？他理应为她

哭泣吗？他该做些什么呢？他曾经

拥有我所具有的激烈的动机

和缘由吗？他能用眼泪淹没舞台，

用恐怖的台词震裂常人的耳鼓；

他能使有罪的人疯癫、无忧的人

惊骇，能使无知者混淆，使眼睛

丧失视觉，使耳朵丧失听觉。

而我呢，

一个感觉迟钝的盲流，满脑子

都是污泥，消瘦得像一个只会

做梦的呆子，不知道自己应该

干什么，甚至连说话都不会！不，

父王遭受了惨痛的失败，他被

夺走了社稷和最可宝贵的生命。

我怎么能这样，我胆小如鸽①吗？

---

① 原文 "pigeon-liver'd" 的原义是 "长着鸽子肝的"。英国人似乎更看重 "肝胆相照"，胆量似乎由肝而不是胆本身决定的。

梁实秋直译为 "长了一对鸽子肝"。但在汉语语境中，"鸽子肝" 几乎没有什么寓意，没法表示 "怯懦" 之意。于是，朱生豪、卞之琳、孙大雨、黄国彬都意译为 "懦夫"，但都失去了 "鸽子肝" 这个意象。

谁把我叫作恶棍？谁劈开我脑壳，

拔掉我的胡子然后吹到我脸上？

谁拧着我的鼻子，把谎言硬塞到

我的喉咙里，甚至一直深压到

我肺里？是谁如此这般凌辱我，

啊？

上帝啊，我得承受这一切！我还能

做什么？长着鸽子胆，缺乏胆汁，

以至于受了欺压也不觉得怨苦；

否则，在这一切发生前，我早就

拿这奴隶的下水，去喂肥天上

所有的鹞鹰了。血腥、邪淫的恶棍！

无情、绝情、色情、薄情的恶棍！ ①

　　笔者以为，英语中的"鸽肝"相当于汉语中的"鼠胆"。于是，笔者用归化译法，化用表示勇气缺欠的中国成语"胆小如鼠"，不仅保留原义，而且还保留"鸽子"这个意象。只不过，不得不把"肝"置换成"胆"，否则，假如说"肝小如鸽"，就又无寓意了。

① 此 处 原 文 为 "Bloody, bawdy villain!/Remorseless, treacherous, lecherous, kindless villain!"

　　"Remorseless" 和 "treacherous" 和 "lecherous" 和 "kindless" 都押尾韵，"Bloody" 和 "bawdy" 既押尾韵，又押头韵。浊辅音和清辅音交替出现，使得哈姆雷特对叔叔这个杀父仇人咬牙切齿的痛恨形象跃然纸上。

　　大多数译者对等实现这些音韵效果的努力是不够的。

　　梁实秋译为"那凶恶淫秽的奸贼！残忍，阴险，淫邪，乱伦的奸贼！""凶恶"与"淫秽"之间没有押韵关系。"残忍"和"阴险"、"淫邪"和"乱伦"这四个词中"残忍"和"乱伦"押了韵母，"阴险"和"淫邪"押了声母。

　　朱生豪译为"嗜血的、荒淫的恶贼！狠心的、奸诈的、淫邪的、悖逆的恶贼！""嗜血"和"荒淫"之间没有押韵关系。"狠心""奸诈""淫邪"和"悖逆"之间也没有任何押韵关系。可以说，在此处，朱译是所有译文中最缺乏音韵效果的。

哦，报仇！

嗨，我是一头何等样的蠢驴啊！

亲爱的父王被人谋害，我作为

他儿子，天堂和地狱都在催促

我去报仇；而我最勇敢的表现

莫过于像个婊子用空话来卸除

心灵的重负，像个十足的娼妇，

落到只会在这儿骂街的地步。

臭马子！ [①]

卞之琳译为"血腥的，荒淫的坏蛋！／狠心的，奸诈的，乱伦的，悖理的坏蛋！""血腥"和"荒淫"押了韵母。"血腥"和"乱伦"都是双声词；"狠心""奸诈""乱伦"和"悖理"相互之间却缺乏押韵关系。

孙大雨译为"血腥的，淫乱的坏蛋！／凶残、险诈、奸淫、没人性的恶贼！""血腥"和"淫乱"之间没有押韵关系。"血腥""凶残"和"险诈"押了声母，"腥""淫"和"性"押了韵母，"乱""残""险"和"奸"等也押了韵母。因此，孙译是所有译文中音韵效果最显著的。另，"奸淫"是动词，与形容词并列，有点不妥。

黄国彬译为"这个暴虐、淫秽的坏蛋！残酷、阴险、好色的坏蛋畜牲！""暴虐"和"淫秽"之间没有押韵关系。"残酷""阴险"和"好色"三者之间也缺乏押韵关系。另外，译文中"坏蛋"一词重复了两次，应该是对应于原文中重复了两次的"villain"。那么，第二个"坏蛋"前面的"kindless"漏译了，而后面的"畜牲"则是衍译。

在本书译文中，"血腥"一词是双声，和"淫亵"是谐音。后面，用"情"字使得四个形容词的韵全部押上了。总之，译文音韵之讲究比原文有过之而无不及。

① 原文"scullion"一词也是单列一行。其原义是"厨房帮手"，给厨师打下手的人。有学者认为，在前面两行里，哈姆雷特说自己是"婊子"（whore）和"娼妇"（drab），此处应该是与其同义的一个词，不太可能突然转而说到"厨房小工"。因此，这个词应该是与之相似的"stallion"的误写，意识是"种马"，经常用来比喻"男妓"。哈姆雷特连用三个都意为"妓"的不同的词，以表示强烈的自责和自薄。

有的译者认同"stallion"的延伸含义，如卞之琳意译为"婊子"，黄国彬译为"娼妇"。不过，这种译法有两点不足。1.把男性变成了女性。2.丢掉了"种马"的原义和意象。

有的译者在认同"scullion"的同时，力图在"贱民"和"妓女"之间找到一种结合。如梁实秋译为"贱奴"，孙大雨译为"贱婢"。不过，这种译法有三点不足。1.把"男妓"变成了"奴

啊呸！开动起来啊，我的脑筋！

我听说：有罪的畜生坐着看戏时，

如果被巧设的剧情触动了灵魂，

会当场坦白他们的犯罪事实；

因为尽管"谋杀"没有舌头，

但它会用某种最神奇的器官

自我揭发。我要让这些演员

在我的叔叔面前，演一点类似于

我的父王被谋杀的情形。我将

观察他的神色，探察他直到他

灵魂的深处；只要他畏首畏尾，

我就知道了我该怎么办。我所

看见的幽灵可能是一个恶魔；

他有魔力伪装出悦人的形态；

唉，也许他很善于抓住软弱

和忧郁这些心态，而我就是

婢"，或者说把男性变成了女性。2. 丢掉了"种马"的原义和意象。3. 这卑贱的奴婢就可能是厨房的帮手，但一般不指妓女。

朱生豪可能因为身边的词典等参考资料实在有限，干脆没有译这个词。

笔者在认同"stallion"的同时，力图在"贱民"和"妓女"之间找到一种结合，借用了一个古老而现代的比较隐性的对妓女的称呼，使得"妓""贱"和"马"三者结合在一个词里。"马子"，谐音"马仔"（地位低贱的跟班喽啰），保留了一定的男性特征。笔者之所以在"马子"前加了"臭"字，一是因为这是哈姆雷特在发泄不良情绪时的骂人话，二是因为要提醒中文读者，在古代，"马子"本是男子用的尿壶，后来成为妓女的别称，三是要让大家跟那个被香港影片用歪了的概念拉开一定的距离。演员念到"马"字时应该加重声音、稍作停顿。

既软弱又忧郁，所以他会欺蒙我

引诱我下地狱。① 我要找到比这

更加直接的证据，那出戏是关键，

---

① 原文"melancholy"源自希腊语，原义是"黑色胆汁"（black bile），从古希腊人到莎士比亚时代的英国人都相信，胆汁黑且多的人比较容易忧郁、犹豫，也更可能被魔鬼所引诱或欺蒙或杀害。哈姆雷特历来被称为"忧郁王子"，这是全剧中他唯一一次说到自己的忧郁性格的地方。

通过它，我要抓住国王心中的贼①。

[哈姆雷特下。]

---

① 这行的原文是"Wherein I'll catch the conscience of the king."关键词是"conscience"。

一般的翻译是"良知"或"良心"。"良心"是纯粹的伦理概念，"良知"是伦理和论理的结合，更加全面。

卞之琳和孙大雨都译为"良心"，卞的全行译文是"我要用它抓国王的良心来看看"。孙的全行译文是"轻易地把这位当今的良心攥住"。"轻易地"是衍译，"当今的良心"云云，类似于说"时代的良心"，往往是对一个人无比崇高的赞美，哈姆雷特会这么赞美那位杀了自己的父亲娶了自己的母亲的叔叔国王吗？！这个翻译的含义与原文的内涵反了！

黄国彬译为"良知"，他的全行译文是"演出时，我会把国王的良知抓住"。

不管是"良知"还是"良心"，问题是：如何抓住又为何要抓住"良知"或"良心"？

从上下文来看，从哈姆雷特对他的国王叔叔的观感和判断来看，"conscience"与其说是个褒义词，还不如说是贬义词，或者说是个似褒实贬的概念。直接译为"良知"或"良心"，就无法表达深藏其中的贬义。

梁实秋和朱生豪可能隐约意识到了这个问题，但他们采取的翻译策略是避开"良"字，只译"心"，也就是说绕开了"褒、贬"之辨。梁译为"把国王的内心来刺探"，"刺探"与"抓住"连近义词都不是。朱译为"我可以发掘国王内心的隐秘"。"发掘"与"抓住"也有距离，"隐秘"其实也没有"褒、贬"之分。

在古代（包括莎士比亚时代），"conscience"的确可做"心"解，无所谓"良"与"不良"，即可褒可贬，可善可恶。"不良"甚至"恶"，相当于"guilty conscience"（"知恶"，或"内疚之感知"）。我们来举个例子，"have the conscience to do something"的含义不是"因为有良心而干某事"，恰恰相反，而是"昧着良心做某事"。显然，此处此词由哈姆雷特说出，用在他的叔叔国王身上，指向的是国王内心的"恶知"。

其实，王阳明的"良知"学说里也包含这样的微妙含义，他说"知善知恶是良知"，也就是说，"良知"包括对"恶"的认知，是个论理学概念，而非伦理学说法。"恶"当然是不好的，"知恶"而行恶，正如"知法犯法"，是更严重的"恶"。"良知学说"的目标是"致良知"，"致"的途径总的来说有两条：正面和反面的，正面的就是让每个人都去挖掘自己心中的"善意"而行之，反面的就是让每个人去探知自己心中的"恶意"而抑之，所谓"破心中贼"，说的就是这后一条途径。

因此，笔者以为，从"conscience"废而不用的古义来考究，它可以包含着"心中贼"。哈姆雷特要抓住（或者说"探知"）的正是国王心中的"贼"。

第三幕

第一场
城堡中一室 ①

［ 国王、王后、泼娄聂斯、奥菲丽娅、罗森克冉茨和吉尔登斯登上。］

国王：　　　　　　　　为何他表现得这样神经错乱，

任凭他那狂噪而危险的疯癫

使平静的日子发出刺耳的声响；

难道不能通过拐弯抹角的观望

探察明白这一切背后的根源？

罗森克冉茨：　　　　　他倒是承认感到自己心烦意乱，

但死活不愿说出这背后的根源。

吉尔登斯登：　　　　　我们发现：每当我们引导他坦白

他的实况时，他都不愿凑上前来

接受探问，而是装疯卖傻地避开。

---

① 有学者认为，这一场的场地是在泼娄聂斯府上，时间是第二幕第一场（哈姆雷特去找奥菲丽娅见面的那次）的第二天。另有学者认为，这是在宫廷里，离第二幕第一场已经有一段时间。笔者所采用的原文版本明确标了地点，是在宫中。笔者以为，这场的时间与第二幕第一场应该是相隔不止一天，但也不会太长。

王后：	他对你们还好吧？
罗森克冉茨：	绝对像绅士。
吉尔登斯登：	不过，也有许多勉强他自己的地方。
罗森克冉茨：	他吝啬他的问题，不过，在回答我们的提问时倒是非常爽快。
王后：	你们有没有诱导他去消遣消遣？
罗森克冉茨：	娘娘，我们在来的路上碰巧 遇上一个戏班子，便向他报告 他们的情况；他听了以后似乎 挺高兴。他们目前就在宫里，我想 他们已预备今晚要为他献演。
泼娄聂斯：	千真万确。 他还要我来恳请两位陛下一起 去听一听、看一看那玩意儿。
国王：	听说他对戏剧有了兴趣，我的 整颗心都感到满意。众位爱卿 要多多怂恿他把心思放在娱乐上。①
罗森克冉茨：	遵命，陛下。

［罗森克冉茨和吉尔登斯登下。］

国王：	格楚德，我的甜心，你也去吧；

————————

① 许多统治者都处心积虑怂恿被统治者，尤其是对他们的统治有威胁的被统治者，把注意力转移到娱乐上，甚至在风月上消耗掉精力，从而丧失反抗力，甚至磨损掉反抗意志。

我们已秘密派人去把哈姆雷特

弄到这儿来；就像是偶遇似的，

让他跟奥菲丽娅打个照面。她的

父亲和我本人（两个合法的侦探）

将躲藏在某个能看见他们而不会

被他们看见的地方；我们将根据

他们会面的情况如实加以判断，

还要根据他本人的情况，如他的

举止状况来推断：他遭遇的苦难

是否就是他的爱情所引发的痛苦。

王后：　　　　　我愿意服从您的旨意。

至于你，奥菲丽娅，我真心希望

你的美貌正是哈姆雷特发疯的

因由，我也希望你的美德会使他

恢复常态，这对你们俩都有好处。

奥菲丽娅：　　　娘娘，我也但愿如此。

[王后下。]

泼娄聂斯：　　　奥菲丽娅，你到这边来——仁慈的

陛下，如果您愿意的话，咱们俩

得找个地方藏起来—— [对奥菲丽娅] 拿着这书①

---

① 应该是指某种祈祷书，否则下文泼娄聂斯不会说"念祷（exercise）"，哈姆雷特也不会说"祷
告（orisons）"。

去读；如果你独自一人在这儿

无所事事，会让他觉得奇怪。

你做出这样一副念祷的样子，

便可以掩饰一下——我们正是

用奉献的面容和虔诚的行动这类

糖衣来装扮魔鬼。这道理已被

太多的实例证明，我们还常常

为此而受到责备。

国王［旁白］：　哦，这话太对了！

他的那番话给了我的良知多么

厉害的一记鞭打！妓女的脸颊

靠涂脂抹粉的化妆术① 才能美化，

实在跟帮衬它的脂粉是一样

丑陋；但是更加丑陋的是我那

用最最花哨的语言掩饰的行为。

哦，沉重的负累！

---

① 原文 "Plastering art" 中，"art" 的含义不是 "艺术"，而是 "技术"。"Plastering" 的含义是
"涂抹灰泥"。哈姆雷特把化妆术比作泥瓦匠的抹灰技术，把女人们金贵的化妆品比作灰泥，可见
他对化妆术之嗤之以鼻。伊丽莎白时代的女人盛行化妆，男人们则盛行嘲讽这种风气。

泼娄聂斯: 　　　　　　我听见他要来了。咱们避一避吧，陛下。

　　　　　　　　　　　　　　　　　　　　　　　　［国王与泼娄聂斯下。］

　　　　　　　　　　　　　　　　　　　　　　　　　　　［哈姆雷特上。］

哈姆雷特: 　　　　　　活下去，还是不活；这是个问题：

　　　　　　　　　在心里默默忍受残暴的命运

　　　　　　　　　投来的箭石和箭矢；或者操起

　　　　　　　　　武器，反抗无边的苦海、扫除

　　　　　　　　　所有的苦恼。到底哪样更高贵？

　　　　　　　　　去死——去睡——死无非就是睡；

　　　　　　　　　我们睡一觉，是否就能够结束

　　　　　　　　　心灵的痛苦和肉体所要承受的

　　　　　　　　　成千上万与生俱来的打击？

　　　　　　　　　那正是我们梦寐以求的结局。

　　　　　　　　　去死——去睡。去睡——恐怕要做梦！

　　　　　　　　　唉，原来障碍在这儿。当我们

　　　　　　　　　解除了尘世的纷纷扰扰，在那

　　　　　　　　　死睡中可能会出现什么样的梦呢？

　　　　　　　　　这一点顾虑使我们踯躅不前，

　　　　　　　　　使如此漫长的人生充满了不幸。

　　　　　　　　　谁甘愿承受时世的鞭打和嘲骂、

　　　　　　　　　压迫者的胡作非为、傲慢者的凌辱、

　　　　　　　　　爱情被蔑视的惨痛、法庭的拖延、

　　　　　　　　　衙门的横暴，谁甘愿承受自己

耐心取得的功劳被卑劣的小人

无礼地弃绝；假如他只需一把

小刀，就能了断人世的孽债，

谁甘愿背着包袱，在生活的重压下

疲惫地喘气、流汗？只因为害怕

死后的空寂——还没有死人去那

尚未被发现的国度旅行后活着

回来——① 这一点迷惑了我们的心志，

使我们宁愿承受那些我们所

知道的灾祸，而不愿飞向其他

未知的可能。因此正是顾虑

使我们成了懦夫，决断的血红

本色也被染上了忧虑的病态的

苍白，崇高而伟大的事业 ② 也因为

这份思虑而流向了错误的航道，

失去了干练的名声——啊，轻点！

---

① 老国王的鬼魂是否算回来的？如果是，那么，前后就有矛盾。有学者替莎翁辩解说，老国王的
鬼魂不算回来。理由一，它自己说天一亮鸡一叫，它就得回去。理由二，那鬼魂还在炼狱里受煎
熬，尚未到地府。
　　笔者以为，这两个理由都不成立。一是哈姆雷特没有说回来，就是不再回去。二是"尚未被
发现的国度"（The undiscover'd country）固然主要指阴曹，但也并非就不包括炼狱，因为炼
狱也尚未被活人发现。
② "native hue of resolution（决断的自然色）"本来没说是红色；但决断需要有火红的血性，所
以译成了"血红本色"，以与接下来的"苍白（pale）"相对照。

美丽的奥菲丽娅！——仙女①，在你

祷告时，别忘了替我忏悔罪孽。②

奥菲丽娅： 我的好殿下，

这么多日子里您都一向挺好吧? ③

哈姆雷特： 谢谢大小姐，好，好，好。

奥菲丽娅： 殿下，我有些您送给我的礼物，

好长时间来一直想要还给您，

现在请您拿回去吧。

哈姆雷特： 不，不是我！我从未给过您什么礼物。④

---

① "Nymph（宁芙）"，希腊神话中隐居在山林水泽的仙女，常用来称呼少女。

② 原文 "Be all my sins remember'd" 的原义是 "请记得我全部的罪孽"。哈姆雷特为什么要奥菲丽娅在祷告的时候记得他全部的罪孽呢？

祷告（此处原文为 "orison"）是基督教信徒主动和上帝沟通的方式，主要内容是赞美上帝、祈求幸福、忏悔罪愆，或者仅仅是表达自己的思想或愿望。因此，哈姆雷特请求奥菲丽娅帮他忏悔罪孽，也在情理之中。但中文读者可能并不全部了解祷告的内涵，尤其与忏悔的关系；因此，笔者的译文补足了。

此处，哈姆雷特先是充满爱慕的柔情，称奥菲丽娅为 "美丽的" "仙女"；可是，转而马上说到了让他厌恶反感的 "罪孽"，而且这个词用的是复数，"我全部的罪孽"（all my sins）不是上帝施加的原罪（在这个意义上一般用单数），而是人在人生过程中自己造下的。在哈姆雷特口中，奥菲丽娅的形象和他自己的形象有着巨大的反差。这种反差产生了一种嘲讽的语调。那么，是什么原因导致这种反差和这种语调？

哈姆雷特突然在宫廷里撞到奥菲丽娅，甚感意外，开始起了疑心：奥菲丽娅来到宫廷，所为何事？真的是无意间跟他邂逅的吗？还是有人在后面阴谋策划，把奥菲丽娅用作棋子，来对付他试探他乃至陷害他？

③ 原文 "How does your honour for this many a day?" 中 "many" 一词可能使奥菲丽娅露出破绽，让哈姆雷特的疑心更重了。这次离他俩上次见面虽然不止一天，但也不会是许多天。有学者认为，这是奥菲丽娅记错时间，之所以会记错，是因为她第一次参与针对哈姆雷特的阴谋行动，觉得自己对不起痴爱她的哈姆雷特，心里不免紧张。哈姆雷特的回答中连用三个 "well"。这表明他的心情一下子复杂起来了：失望、愤怒、不耐烦……

④ 偶遇的奥菲丽娅居然带着要还给哈姆雷特的纪念物，这证明了哈姆雷特对她的怀疑：她的确是针对哈姆雷特的一个阴谋里的棋子，这使哈姆雷特不禁怒从中生，直接否认自己给过她礼物。

奥菲丽娅：	尊敬的殿下，您应该记得您是 送过的，您送给我时还用甜蜜的 口吻说了好多好话，像是要 让它们变得更珍贵。如今它们 不再芬芳，您就拿回去吧；对于 高贵的心灵来说，如果送礼的人 已然变心，贵重的礼物也会变轻。
哈姆雷特：	哈，哈！您贞诚吗？[①]
奥菲丽娅：	殿下？
哈姆雷特：	您美丽吗？
奥菲丽娅：	殿下这话是什么意思？
哈姆雷特：	我的意思是，如果您既贞洁[②]又美丽，那么您的贞洁绝 对不应该跟您的美丽交谈。
奥菲丽娅：	殿下，除了贞洁，美丽跟谁在一起能有更好的交流 呢？[③]

---

① "honest" 兼 "诚实" 与 "贞洁" 二义，其中 "贞洁" 为古义。哈姆雷特之所以用这个双关语，可能是因为他也许有理由怀疑奥菲丽娅对自己不够真诚；但出于装疯的需要，他不能挑明，所以他拿普泛的贞洁问题来说事。

　　他这么直接质问一个未经世事的女孩子，显得有点儿不礼貌；这可能是因为他识破奥菲丽娅被人利用来陷害他之后，觉得她辜负了自己对她的爱和信任，于是，情绪有点失控。奥菲丽娅应该是听出来了哈姆雷特的话外音，所以她马上表示疑问。

② 被奥菲丽娅这样一问，哈姆雷特警觉起来，他怕自己的装疯行为露馅，于是，只用 "贞洁" 一义。假如他继续用 "诚实" 一义，就意味着要揭穿奥菲丽娅所不自觉参与的阴谋。

③ 此处原文为：

　　Ham. That if you be honest and fair, your honesty should admit no discourse to your beauty.

　　Oph. Could beauty, my lord, have better commerce than with honesty?

　　其中 "honesty" 与 "beauty" 押尾韵，"discourse" 与 "commerce" 也押尾韵。笔者译

哈姆雷特:	唉，说得也是；因为美丽的威力会很快使贞洁的良家女子变成妓女，贞洁的力量就没能那么快地使美丽转变成自己的同类①。这道理曾经一度似乎没道理；②可是现在时间正在给它提供证据。 以前我的确爱过您。
奥菲丽娅:	是啊，殿下，您以前让我也这么想来着。③
哈姆雷特:	您不应该相信我；因为美德通过嫁接可以使本性这棵老树发出新芽，但老树不会因为发了新芽就不再是老树。④ 我没爱过您。⑤
奥菲丽娅:	那我更觉得是受骗了。
哈姆雷特:	你到尼姑庵去吧！你⑥为什么要生育罪人呢？虽然我自己还算得上是个老实人，但我还是在许多事情上谴责自己；如果我母亲不曾生养我，也许事情会更好。⑦我非

文中，"交谈"与"交流"谐音；"贞诚"本身是个叠韵词，而且与"跟""能"和"更"押韵（包括近韵）。

① "美丽"的同类应该是哈姆雷特接下来马上说的"virtue（美德）"。

② "paradox（似非而是）"本是一种修辞手法，与"speciosity"（似是而非）相对。有人用庄子术语"吊诡"译之，也有人译为"悖论"，其实译为"佯谬"最恰切；可惜一般人不熟悉这种修辞术语，故此处用了解释性的意译法。

③ 奥菲丽娅的意思是，她现在不认为哈姆雷特还爱着她。

④ 这体现了基督教的原罪论，即我们每个人生来就是有罪的，行善和忏悔可能减轻罪孽，但不能取消原罪本身。

⑤ 在自己对奥菲丽娅的爱被对方否定之后，哈姆雷特自己也进行否定。

⑥ 在自己的爱被否定之后，哈姆雷特对奥菲丽娅的态度由不礼貌陡然变为粗鲁。对奥菲丽娅的称呼也由比较礼貌文雅的敬辞"您（you）"变为一般性的"你"（thou and thee）。

⑦ 作为一个清纯少女，奥菲丽娅不可能有此过错，哈姆雷特也不应该对她有如此残忍的指责。有评论家以为，那是哈姆雷特怀疑自己的母亲在偷听，所以这话是说给王后听的。单纯的奥菲丽娅不知道，这是哈姆雷特故意说的疯话，而且不是说给她听的，还以为哈姆雷特无缘无故在辱骂她。

常傲慢、野心勃勃、一心想复仇；我心中呼之欲出的罪恶念头多得连我的思想都容纳不下，连我的想象都想不出它们的形象，我甚至没有时间把它们付诸行动。像我这样的家伙，除了爬行在天地之间，还能干什么？我们是十足的流氓，全都是；不要相信我们中的任何一个人。① 到尼姑庵去吧。令尊大人在哪儿？②

奥菲丽娅：　在家里呢，殿下。③

哈姆雷特：　让所有的门都对他关闭，让他除了在自己家里，不能在任何地方装疯卖傻。再见吧。

奥菲丽娅：　哦，救救他吧，仁慈的上帝啊！④

哈姆雷特：　如果你真想嫁人，我要把这诅咒送给你做嫁妆：尽管你像冰一样贞洁，像雪一样纯洁，但你免不了被诽谤。到尼姑庵去吧。去吧，再见了。如果你想要嫁人，就嫁给傻瓜好了；因为聪明人都清楚地知道，你们女人会因为失贞而把他们变成什么样的怪物。⑤ 到尼姑庵去吧，快

---

① 罪恶、家伙、流氓等应该是对国王的咒骂，哈姆雷特可能怀疑到了国王在偷听。

② 哈姆雷特又怀疑泼娄聂斯在偷听，所以有此问。

③ 哈姆雷特提问的同时也在试探奥菲丽娅是否真诚；奥菲丽娅的回答确实是个小小的谎言，被哈姆雷特所识透。于是哈姆雷特认定，自己深爱的美丽女孩也成了陷害自己的同谋。从此，他开始了针对奥菲丽娅的狂怒的诅咒。

④ 尽管在那样的时候，她也没有回骂，没有表示出对哈姆雷特的怨恨，还在祈求上帝拯救哈姆雷特，可见她心地之善良以及对哈姆雷特之真爱。但不管怎么样，哈姆雷特的语言暴行使奥菲丽娅受到了刺激，这是她发疯的第一个原因。正如雨果所说，哈姆雷特自己假装疯癫，却使自己所爱的人真的发了疯。

⑤ 西方曾有传说，妻子不贞则丈夫头上会长角，正如中国传说的男人会变成乌龟，总之是怪物一类。参见《奥塞罗》第3幕第1场第63行："一个男人戴了绿帽子便是个妖怪，又是头畜生。"

	点去吧，再见。
奥菲丽娅：	哦，敬爱的老天爷啊！救救他吧！
哈姆雷特：	我也耳闻你们涂脂抹粉，好得很啊。上帝给了你们一张脸，而你们自己又造了一张。你们跳狐步，走猫步，咬着舌头说话；① 你们给上帝的造物乱取绰号，把嬉戏假扮成无知。去吧，我再也不想领教了！这已经让我发疯。我说，我们再也不要有结婚这档子事了。那些已经结了的，除了一个人 ②，都会活下去；那些还没结的，永远不要再结。到尼姑庵去吧。

[下。]

奥菲丽娅：	哦，一颗多么高贵的心灵竟从此
	陨落！朝臣的眼睛、学者的口舌、
	战士的利剑、美好国度的期望③
	和花朵、风尚的明镜、礼仪的典范、
	万众瞩目的对象——全都陨落了！
	而我，女人中最沮丧、悲惨的一个，

---

① "jig（吉格舞）"是一种快步舞曲，"狐步舞"是欧洲的一种宫廷快步舞，姑且借译。"amble"本意是漫步缓行，"猫步"就是这样的一种步子，所以借译。这两处借译的目的是加强形象性和讽刺度。
② 这个人应指他的叔叔国王。
③ 从整个作品的描写来看，丹麦是黑暗、堕落、腐败、罪恶的牢狱甚至是地狱，此处为何又说它"美好"呢？有论家以为，那是因为丹麦还有哈姆雷特这样的花季少年装饰着。但笔者认为，莎士比亚之所以要在此处让奥菲丽娅这么说，只因为他要刻画出那个来自温柔乡、安乐窝的少女的涉世未深和不谙世故。

曾经吮吸过他的音乐般甜蜜的
盟誓，而现在眼见着那高贵而无比
强大的理性像甜美的银铃发出了
刺耳的声音，走了调，根本没法听；
那无与伦比的风貌和风华正茂的
容颜都已经随着迷狂萎谢。哦，
我是多么悲伤：我所见过的过去
和我所看见的现在恍若隔世！

[国王与泼娄聂斯上。]

国王：　　　　　　爱情？他的疾病不像是因为爱情，
他的谈吐虽然有点儿不合常规，
但也不像是疯话。在他的灵魂中
肯定有某样东西，使他的忧郁
像母鸡一样在孵化，我怕他孵化
出来的是一个可怕的蛋卵；为了
防止这样的结果，我当机立断，
做出如下的决定：让他尽快地
去英国，去索要英国人耍赖不给的
贡物。也许别样的大海和国度
以及多变的景物会驱除他心头
解不开的愁结；他的脑筋老是
围着那愁结转动，使他跟平常
如此不同。你对此有什么想法？

泼娄聂斯：　　　　　　那样好是好，不过我还是相信

他的痛苦的根源和肇端来自

没有回报的爱情。——情况怎么样，

奥菲丽娅？你不用告诉我们

哈姆雷特殿下刚才说的话，我们

都已听到了。——陛下，您当然可以

按着自己的意愿去办事，不过

如果您认为合适的话，不妨

在戏演完之后，请他的母后单独

恳请他说说他的悲情。请娘娘

直截了当地问问他；而我呢，请您

允许我躲藏在某处，偷听他们

全部的谈话。如果娘娘都探不出

真相，您就打发他去英国；或者

软禁在某个您认为最合适的地方。

国　王：　　　　　　就这么办吧。

大人物的疯癫万不可不加看管。

［下。］

第二场

城堡中的大厅

[哈姆雷特与几名演员上。]

哈姆雷特：　　　　　念这段台词，我请求你，要像刚才我念给你听的样子，让它在舌头上轻快地吐出。但是，如果你像我们许多演戏的那样，张开嘴巴大喊大叫，那我更乐意让镇子上的公告员①来念诵我的诗句。也不要过多地在空中像这样地挥舞手臂，而是要尽量轻柔些；因为，你越是处于洪流和暴风雨之中——我说的是——激情的旋风，你越是要努力保持节制，那样才可能圆润。哦，一个粗鲁的家伙脑壳上顶着假发，把激情的华服撕成碎片，再组成褴褛的衣衫；他这样做是要去劈裂那些站客的耳朵，②他们

---

① 原文"town crier"指古代英国受政府派遣沿街高声传报政策和消息等的街头公告员。一般都译为"传令官"，但"传令官"是军队中的职位，而且没有大声吆喝的特点。

卞之琳译为"宣布告示的公差"，基本上译出了公告员的职责，但"公差"是太泛的一个名词，而且，"宣布告示"没有沿街吆喝告示那么具体生动。

② "groundlings（站客）"，站着看戏的普通观众，他们只需花几个便士买门票。当时"蓝领"工人的日薪平均约十二个便士。由于票价低，看戏几乎是莎士比亚时代人们的第一娱乐消费。旺盛的市场效应和有效的运行机制反过来也促进了戏剧创作的繁荣。

在很大程度上只能欣赏莫名其妙的哑剧和闹剧。有人把特马钢特那个回教恶鬼演过了火，[①]比暴君希律更暴虐；[②]这会冒犯我的灵魂。我要让这样的家伙吃一顿鞭子，请你避免这一点。

演员甲：　　　我向殿下保证。

哈姆雷特：　　但也不要太拘谨；让你自己的判断力做你的老师。语言要配合动作。不要越过自然的中庸之道，这一点你要特别遵守；因为任何过分的表演都是对表演目的的背离；从戏剧起始到现在，它的目的过去是现在还是让自然揽镜自照，让美德显示她自己的形貌，让轻蔑显露她自己的形象，[③]让时代和时世显明其自己的形式和印记。

时下的表演要么过分，要么不足；尽管它能使外行瞎笑，但让内行哭笑不得；你必须承认，一个内行的意见比一整个剧院的观众的判断更加重要。哦，我看见过几个人的表演，也听到过别人对他们的称赞，简直是捧上了天（这么说可不是亵渎天神）。

---

① "Termagant（特马钢特）"，十字军东征时期基督教徒假想出来的一个回教凶神，在英国古代的宗教道德剧中，他常以穿长袍大喊大叫的恶鬼形象出现。小写则指悍妇。
② 原文 "out-herods Herod" 的原义是 "希律中的希律"。"Herod（希律）"，又称希律大帝（Herod the Great），是罗马帝国元老院所封的古代犹太国的暴君（公元前 40– 公元 4 年）。在耶稣刚刚出生后，为了杀掉耶稣，他曾下令杀死在伯利恒出生的所有男婴。他甚至杀死自己的妻子和两个儿子。西方人认为，没有比希律更残暴的暴君，因此他们把希律作为暴君的代表，甚至希律这个专有名词也成为普通名词，故而可以小写。从上下文来看，此处莎翁强调的是 "暴"，而不是 "君"。
③ 轻蔑别人者自己的形象也未必干净或光辉。

	他们既没有基督徒的声音，也没有基督徒乃至异教徒的步态，简直不像人。他们大摇大摆、大喊大叫；弄得我还以为是造化雇用的一些短工造了他们呢，①造得真不怎么样；所以他们对人性的模仿是如此拙劣。②
演员甲：	我希望我们已经对此进行了相当见效的改革，殿下。
哈姆雷特：	哦，要彻底地改革！要让那些扮演小丑③的人只念给他们写好的台词。因为他们中的有些人自己先笑，弄得一小部分无知的观众也跟着傻笑；而正是在那时，观众必须思考剧中的一些问题。那是流氓行为，显示了那个这么做的傻瓜的野心，而这种野心是最最可怜的。 好好准备去吧。

　　　　　　　　　　　　　　　　　　［众演员下。］

　　　　　　［泼娄聂斯、罗森克冉茨及吉尔登斯登上。］

　　怎么样，大人？国王他愿意来看这出戏吗？

泼娄聂斯：	连王后都要来，而且马上就到。
哈姆雷特：	吩咐演员们加紧点。［泼娄聂斯下。］您二位愿意帮我

---

① 莎士比亚有"人性本善"的道德观倾向，当然他也不至于认为人性是十全十善的；如果说造化自己所造的人可能比较完善，那么造化的雇工所造的就可能有缺陷。哈姆雷特生怕被人指责"亵渎天神"，所以他说的是"造化"，而不是"上帝"。
　　自从一神教取代偶像崇拜后，西方几乎就没有自然崇拜了；所以严格来说，造化连神都不是，更何谈亵渎哉？因此哈姆雷特说"这么说可不是亵渎天神"。
② 本性有缺陷的演员对人性的模仿即表演肯定是拙劣的。
③《戏中戏》里没有丑角；而且，据学者考证，在《哈姆雷特》这个剧创作和首演之时，莎士比亚的剧团没有丑角演员。可见，此处莎翁是在借哈姆雷特之口泛论戏剧表演。

	去催他们一下吗？
罗与吉：	我们这就去，殿下。

[两人下。]

| 哈姆雷特： | 太好了！喔！霍雷修！ |

[霍雷修上。]

霍雷修：	在，亲爱的殿下，小的愿听候您的吩咐。
哈姆雷特：	在我交往的人中，你是最正直的一个。
霍雷修：	哦，亲爱的殿下！
哈姆雷特：	不，你别以为我是在奉承你；
	我能指望你给我什么益处呢？
	你又没什么财富，只有善良的
	精神是你的食物和衣服。穷人们
	有什么好奉承的？不，在钱财
	可能会跟随奉承的地方，加糖的
	舌头就会去舔吃荒唐的盛宴，
	大肚皮孕妇也会弯曲膝关节。
	你听到没有？自从我的亲爱的
	灵魂成为了自己的主人，能够
	自己辨别和选择，她就为自己①

---

① 在莎士比亚的词典里，灵魂是阴性的，所以用"她"作代词。

选定了你，把你封存了起来；
你是这样一个人，虽然遭受了
一切，却毫发未损；你对命运的
打击和酬赏，报以同样的感谢。
像你这样把血性和理性结合得
如此之好的人们有福了。他们
不是命运女神手指间的笛子——
哪个音孔的声响都由着她的
性子。给我那样一个人，他不是
激情的奴隶，我将把他珍藏
在我灵魂的中心，就像我把你
藏在心灵的深处。关于这一点，
我已说得太多！今晚在国王面前
要演一出戏。其中一幕近似于
我跟你讲过的我父王死亡的情形。
请你在观看演出的过程中，一定
要用你灵魂的洞察力来洞察我的
叔父。如果在那段台词的念诵
过程中，他那故意隐匿的罪恶
没有自动从狗窝里蹿出来，那么
我们见过的那个鬼魂就是个
该死的魔鬼；而我的想象也像

火神的铁砧一样肮脏。^①你要

好好注意他；我自己也会把目光

铆定在他的脸上。事后，咱俩

把各自观察的结果核对一下，

然后对他的表情下一个判断。

霍雷修：　　　　　　好的，殿下。如果在戏剧演出的时候，他有所透露而逃

过了我的侦查，我甘愿赔付您失窃的损失。

哈姆雷特：　　　　　他们来看戏了，我得装疯卖傻，你去找个地儿吧。

　　　　　　　　　　　　　［管乐齐奏丹麦进行曲。国王、王后、泼娄聂斯、

　　　　　　　　　　　奥菲丽娅、罗森克冉茨、吉尔登斯登和其他人上。］

国王：　　　　　　　哈姆雷特，寡人的侄儿，最近各方面都好吗?

哈姆雷特：　　　　　好有味道，真的，我进的是变色龙的食物——空气，被

继位的承诺所填满。您甚至不能这么样去喂养阉割的

公鸡。

国王：　　　　　　　你的回答跟我的问题无关。哈姆雷特，这些话不是我想

要听的。^②

---

① "Vulcan（伏尔甘）"是指罗马神话中的火神，实际上是天国里的铁匠。据说他是个瘸腿的家
伙，他的工作就是每天在他的铁匠铺里为众神打造铁器，尤其是兵器。他从来不收拾他的铁砧，
所以他的铁砧肮脏不堪。
② 国王问候的原文是"How fares our cousin Hamlet?"国王之所以用"our"（我们的——
笔者译为"寡人的"），而不是"my"（我的），是因为此时国王虽然还称哈姆雷特为侄儿，但语气
显得官气十足，没有一点亲情；可见他已经断绝了继续拉拢哈姆雷特的想法。
　　"fares"是双关语，国王的意思是"日子过得好吗?"，可以听成"饭吃得好吗?"，哈姆雷特
用的就是这个词的后面一层含义"进食"，所以他说"我吃空气"（I eat the air）。过日子的首要

内涵就是吃饭，他这么说倒也合乎常理逻辑。接着国王说"你的回答跟我的问题无关"，可见国王没有听出哈姆雷特的话中有话，亦可见其愚笨。

哈姆雷特的回答是"Excellent, i' faith; of the chameleon's dish : I eat the air, promise-crammed; you cannot feed capons so."其中值得注意的是：他用"faith"（真实）和"air"两个词，与"fares"谐音，似乎在提醒国王："我的回答跟你的问题是有关联的。当然，我话外有音，你要听话听音。"

"chameleon"（变色龙）像蛇、青蛙、蛤蟆一样用舌头猎取食物，速度极快，看上去似乎是在吞吃空气；这也暗示国王给哈姆雷特的许诺都是空话。

有学者认为，"air"可能在语音上是双关语，即隐约指向与它同音的"heir"（继承人）。国王在前面曾许诺说哈姆雷特是他的第一顺位继承人。哈姆雷特对这种承诺表示反对和反感，因为他本来应该子承父位，当上国王；而现在却等而下之为继承人而已，况且，国王的承诺只是空口说白话，到时能否兑现尚不可预知。所以，无论从现实还是未来而言，继位之于哈姆雷特确如空气一样空。

因为哈姆雷特接下来马上说到了"promise"（承诺），所以笔者把在"air"中隐藏的"heir"一词的含义跟"promise"（承诺）结合起来，翻译成"继位的承诺"，语音上也更有表现力；因为"继承"是一个大家都非常熟悉的词。

"crammed"的含义是"被塞满"，表面上看，吃了空气之后，被塞满的应该是肚子，但从哈姆雷特的弦外之音（意指"承诺"）来考虑，被塞满的更应该是头脑。

"capon（阉公鸡）"被阉割后，就不会对母鸡产生过多的欲望，因此能迅速长得又高又大、变得又笨又蠢。所以，肉鸡往往要被阉割。哈姆雷特的意思是：正如空气不能把公鸡喂肥，国王的空话不能令他满意。同时，他借用这个动物意象，暗讽了愚笨的国王。

另外，在两人的一问一答中，"cousin"，"chameleon"，"crammed"，"cannot"和"capons"五个词押了头韵，哈姆雷特表面是在回答国王，实际上是绵里藏刀，一把把讥讽的飞刀直接扑向国王。

无论是双关，还是押韵，或者谐音，都很难翻译。

梁实秋译为：

王：我的侄儿哈姆雷特的饮食起居可都好吗？

哈姆雷特：很好，真的；吃的是蜥蜴的糖食；我吃的是空气，被空话塞饱了；你喂阉鸡也不能这样罢。

梁基本译出了"fares"的丰富含义，即"饮食"和"起居"，而且后面用"吃"顺承且延伸这一双关含义。"侄""食""起""吃""蜥""蜴""气"和"鸡"八处都押了韵母，大概对应于原文的五处押头韵现象。

朱生豪译为：

国王：你好吗，哈姆雷特贤侄？

哈姆雷特：很好，好极了。我吃的是变色蜥蜴的肉，喝的是充满着甜言蜜语的空气，你们的肥鸡还没有这样的味道哩。

此译中，"侄""吃""蜥""蜴""蜜""气"和"鸡"都押了韵母，对应于原文的五处押头韵现象。

卞之琳译为：

王：哈姆雷特贤侄，你过得好吗？

哈姆雷特：挺有味道！一日三餐都是变色蜥蜴的伙食。我吃的是空气，给空话填满了肚子。要拿来喂蠢鸭子，可喂不肥。

卞用"挺有味道"这个双关语翻译哈姆雷特答话中的第一个词"Excellent"（太好了），"味道"既属于食物，也属于生活，而且"道"字与"好"字还谐音；另外，此译中"侄""日""蜥""蜴""食""吃""气"都押了韵母，对应于原文的五处押头韵。这种译法非常巧妙。笔者从善，并在卞译的基础上，加了"近"与"进"的谐音。

孙大雨译为：

国王：哈姆雷特贤侄，你这晌怎么样？

哈姆雷特：绝好，当真，进些石龙子的伙食：我吃的是空气，给空气填饱了肚子：你也不能这样喂阉鸡吧。

此译中"侄""子""食""吃""气"和"鸡"都押了韵母，对应于原文的五处押头韵。

哈姆雷特:	现在跟我自己都无关了。［对泼娄聂斯］大人，您说您曾在大学里演过戏，是吗？
泼娄聂斯:	我演过的，殿下，还被认为是个好演员呢。
哈姆雷特:	那您演的是什么角色？
泼娄聂斯:	我扮演的是恺撒大帝；^① 我被杀害在神庙里；是布鲁图斯杀害了我。^②
哈姆雷特:	布鲁图斯在那儿杀掉了无比神妙的一头小牛，真是一桩恐怖而粗鲁的行为。演员们准备妥了吗？^③
罗森克冉茨:	妥了，殿下。他们恭候着您的吩咐呢。
王后:	到这儿来，亲爱的哈姆雷特，坐在我身边。
哈姆雷特:	不，好母亲，这儿有一块更有吸引力的磁铁。

――――――――――

黄国彬译为：

国王：我们的侄儿哈姆雷特的事务怎么样了？

哈姆雷特：我的食物实在太好了。跟变色龙吃同一道菜——我吃的是空继承，塞满了承诺。养阉鸡也不可这样啊。

所有以上几个人的译文中，只有黄准确译出了变色龙这个动物学专有名词，也只有黄明确认识到"我"吃的正是变色龙所吃的，而不是各吃各的。

但是，黄把哈姆雷特回答的第一句翻译为"我的食物实在太好了"。用"事务"和"食物"表示双关兼谐音，听起来很精彩；但问题是：在日常生活中，我们做简单问候时，很少问对方的"事务"怎么样；再说，fair 不等于 affair（事务），前者是生活，后者是工作。所以，"事务"一词用在此处并不合适。

① 泼娄聂斯可能毕业于牛津大学或剑桥大学，直到 17 世纪中叶，这两所大学的学生们都有演出拉丁文戏剧的惯例。如 1582 年，牛津大学就曾上演过《恺撒之死》。

② 实际上恺撒遇刺而亡的地点是位于罗马战神广场（Campus Martius）上的庞贝议事厅（Curia Pompeii），即帝国元老院的议事厅，而不是朱比特神庙。莎士比亚不是严谨的考据学家，他在他的另外两部剧作《朱利乌斯·恺撒》和《安东尼与克丽奥派特拉》中也弄错了。

③ "Brutus（布鲁图斯）"与"brute（粗鲁的）"谐音；"Capitol"本是罗马神话中的主神朱比特（Jupiter Optimus Maximus）的庙宇。"Capitol"与"Capital（神妙的）"谐音。译文力图以"恐怖"加"粗鲁"中的"怖"与"鲁"二字谐"布""鲁"二音。复又以"神庙"与"神妙"谐音。

泼娄聂斯 [对国王旁白]：哦，哈！您注意到了吗？

哈姆雷特：　　　　　姑娘，要我躺在您的两腿之间吗？

[躺倒在奥菲丽娅的脚边。]

奥菲丽娅：　　　不要啊，殿下。

哈姆雷特：　　　我的意思是，把我的头枕在您的大腿上。

奥菲丽娅：　　　那好吧，殿下。

哈姆雷特：　　　您是否认为我这些个念头又粗又野？①

奥菲丽娅：　　　我什么也没想，殿下。

哈姆雷特：　　　躺在姑娘的大腿之间，这倒是美妙的想法。

奥菲丽娅：　　　什么，殿下？

哈姆雷特：　　　没什么。

奥菲丽娅：　　　您在逗乐子，殿下。

---

① 原文"country matters?"的原义是"乡野之事"或"野事"。莎学专家斯宾色（Spencer T.J.B）指出，此处"country"暗藏与之谐音的另一个词"cunt"（阴道），"country matters?"指的就是"性交"；此乃哈姆雷特为自毁形象而故意说的秽语（读者可能读不出来，但观众能听得出来）。莎翁在《哈姆雷特》一剧中确实用了大量跟"性"有关的语言和意象，少数情况下是赤裸裸的，大多数情况下用了各种委婉的含蓄的手法，进行了艺术化的处理，显现了作品的艺术性和莎翁的才华。

卞之琳译为"说野话"，虽然用了"野"字，但显得太"文"了。另外，"matters"本来没有"话"的含义，这里更没有；因为它的前面是"I meant"（我意指），乃心里所想，而非嘴上所言。所以不能译为"话"。

黄国彬根据斯宾色的注解译为"卑屄下流话"，恐怕也太直太野了，突现了本来隐晦的"cunt"（阴道），却把"country"这个面上的词的本义"乡野"给隐去了。这又是一个被个别学者的个性注释牵着鼻子而把"深明"的"大义"给译丢了的例子。

因此，笔者取用比"野事"更加不雅的"粗野"，而且把这两个字用标点符号分开，以突出"粗"这个猥亵语。演员在念的时候可以把这个字的声音加重、拖长。

哈姆雷特:　　　　　谁，我吗？

奥菲丽娅:　　　　　是啊，殿下。

哈姆雷特:　　　　　哦，上帝，我只会编编欢快的吉格舞！ ① 一个人除了逗
　　　　　　　　　乐子还应该做什么呢？您瞧，我母亲她笑得多乐呵，而
　　　　　　　　　我父亲死了还不过两个钟头。

奥菲丽娅:　　　　　不对，两个两个月了，殿下。

哈姆雷特:　　　　　有这么久了吗？哎呀，那就让魔鬼去穿黑色的丧服吧，
　　　　　　　　　因为我要去做一件貂皮大衣。② 哦，天啊！两个月前就
　　　　　　　　　死了，但到现在都没有被忘掉吗？

----

① 原文"jig-maker"中的"Jig"指的是"Jig Dance"（吉格舞），这是一种英国传统民间舞蹈，通常是单人的即兴表演，伴奏的曲子欢快活泼，舞蹈则要求步伐要快、身体其他部位保持不动。在 16、17 世纪的时候，吉格舞流行于英格兰北部和苏格兰地区，到 18 世纪，又传入了爱尔兰。伊丽莎白一世时期的宫廷里，吉格舞曾风靡一时。在哈姆雷特看来，这是寻欢作乐的一种典型方式。因此，他用创作吉格舞来表示"寻欢作乐"。

　　梁实秋译为"最会作乐的人"，显然是意译，没有译出"吉格舞"。不过，"乐"字能让读者联想到音乐，也算是与舞蹈有间接的联系。

　　朱生豪译为"消遣消遣的"，是更随意的意译，与音乐舞蹈几乎没有任何联系。

　　卞之琳译为"说笑专家"，也有点意译了，"说笑"不是舞蹈，"专家"与"创作者"或"编舞者"也有差异。

　　孙大雨译为"演唱滑稽舞曲的"，倒是译出了跟舞蹈关系密切的"舞曲"，但不知这舞曲如何"演唱"？况且，"演唱"与创作不是一回事。

　　黄国彬译为"小丑"则离题较远，小丑尽管也擅长逗乐子，但都是逗别人乐，而哈姆雷特的意思包括逗自己乐。另外，这样译法丧失了舞蹈意象。

　　以上译者都没有译出"吉格舞"及其所携带的丰富的历史文化信息。

　　如果直译为"吉格舞的编舞者"，不太符合口语特点。中国读者对这种舞蹈可能闻所未闻，所以笔者加上表示其最重要特点的词语"欢快的"，以帮助理解和感受。

② 按照惯例，丧服都是用便宜的粗布做成的，貂皮却是昂贵而稀罕。可见这是哈姆雷特故意说的疯话。

关于那么一个大人物的记忆有希望在他死后多存活半年。[1] 不过，圣母在上，他得修建几座教堂；否则，他就会跟柳条马一起，承受被遗忘的苦难；因为那匹马的墓志铭就是"因为噢，因为噢，柳条马被忘掉喽！"[2]

（双簧管起奏，哑剧开场。）

一国王与一王后上，非常恩爱。王后拥抱国王。她跪下来，向他表白爱意。他把她抱起来，让自己的头低垂在她的脖子上。他躺倒在一大堆花朵上。她看见他睡着了，就离开了他。不久，来了一个家伙，他摘掉了国王的王冠，吻了吻，把毒药水倾注到国王的耳朵里，旋即离开。王后折回来，发现国王已经断气，便捶胸顿足起来。下毒者与另外二三个哑剧演员也折回来，装出一副与她一起恸哭的样子。死尸被挪走。下毒者用礼物向王后求爱；王后似乎不情愿地半推半就了一会儿，但最终

---

① 奥菲丽娅说两个两个月，即四个月；哈姆雷特一会儿说两个钟头，一会儿又说两个月。他是故意在时间上颠三倒四，以使人相信他的疯病是真的。

② 据说英国民间流传甚广的绿林英雄罗宾汉（Robin Hood）死于五月一日。为了纪念他，古代英国人要在这一天欢度五月节。人们在节日上跳摩里斯舞（morris dance），演关于罗宾汉的戏剧。摩里斯舞本是西班牙摩尔人（Moors）的一种军中舞蹈形式。从 15 世纪起，在英国乡间颇为流行。

原文"The hobby-horse"直译为"业余爱好马"或"兴趣马"，都不伦不类。这是用柳条和纸（一说布）扎成的假马，因此，一般译者（如卞之琳）都模仿"竹马"的词法，译为"柳条马"。这种马术的表演者把木制马头马尾系在腰间，而下垂的布匹上画着马脚，所以看上去他是在骑马。后来，被清教徒说成是异教习俗而加以禁止。此词另有"婊子"之意。"因为噢，因为噢，柳条马被忘掉喽！"是古代民谣里的唱句。莎士比亚在他的喜剧《爱的徒劳》第三幕第一场中也曾用过此句。

接受了他的爱。

[众人下。]

奥菲丽娅：　这是什么意思啊，殿下？

哈姆雷特：　圣母玛利亚啊，这是一桩阴谋的罪行，就是谋杀。

奥菲丽娅：　也许这一场哑剧表演会引出剧情简介。①

[致开场白者上。]

哈姆雷特：　听了这个家伙的话，我们就知道剧情了。演员们不会保
　　　　　　密，他们会抖搂一切。

奥菲丽娅：　他会告诉我们这场哑剧的剧情吗？

哈姆雷特：　会的，您给他表演什么，他就会解说什么。您若不害羞
　　　　　　给人家看，他就不会因为害臊而不说。

奥菲丽娅：　您好调皮，好调皮！我要好好看戏了。②

致开场白者：

　　　　　　为我们，也为我们的悲剧，

　　　　　　在下在这儿给大家把躬鞠；

　　　　　　恳求您大发仁慈，

---

① 戏剧（主要是道德剧）正式开场前有一短小的哑剧，据说这是丹麦演剧的惯例。
② 哈姆雷特这话隐含的意思是：女人，尤其是像奥菲丽娅这样的少女，给男人露出不该露的身体
部分；奥菲丽娅一下子就捕捉到了这层含义，所以，连忙说"您好调皮，好调皮！我要好好看戏
了。"她不想再继续听哈姆雷特开这样带色的玩笑了。

耐心地看到结局。

[下。]

哈姆雷特：　　　这是开场白，还是指环上的诗铭？

奥菲丽娅：　　　太短了，殿下。

哈姆雷特：　　　像女人的爱情。

[二演员扮演国王与王后上。]

戏中戏国王：　　环绕着龙王的咸海和土地公公①

那圆形的大地，太阳神走了总共②

三十圈；三十打玉兔从金乌借来③

光辉，环绕着世界，已走了三百

六十圈。自从爱神教我们交心，

婚姻神海盟教我俩神圣地联姻。④

————————

① 科勒律治指出，戏中戏人物的台词是莎士比亚对古体诗词的故意戏仿，正如王子与演员们初见时的那段插戏用的是史诗的风格。

　　措辞充满了貌似古雅的陈词滥调和假充博学的典故传说，风格既花哨做作又呆板庸常。

　　格律则为偶韵体（couplet），即每两行押一韵。

　　译文也保持了这种风格和韵法。

② "Phoebus（菲伯斯）"是罗马神话中的太阳神，也即希腊神话中的"Apollo（阿波罗）"。他每天驾着马车从东到西在天上巡视一周。

③ "Neptune"是罗马神话中的海神，也即希腊神话中的"Poseidon（波赛东）"。借"龙王"以译之。"Tellus（泰勒斯）"是罗马神话中的大地女神，借"土地公公"以译之。总之意用汉语表现原文的风格，下文"金乌""玉兔""月下佬"云云亦如是。

④ "Hymen（海盟）"，乃希腊神话中之婚姻女神。

　　梁实秋和卞之琳用归化法译为"月老"，可能是为了造就一种古雅的气息。孙大雨意译为"婚神"。

戏中戏王后：　　　　　在爱情殒灭之前，但愿太阳

和月亮还有许多的行程，能让

我们携手度过。可是我好悲哀！

最近夫君您身染沉疴，欢快

和您过去的风采早已经离去，

教我如何相信您这番豪言壮语。

不过，尽管我不敢相信，但我

绝对不会让您感到不能安乐；

因为，夫君啊，女人的疑惧和忠爱，

是半斤八两，不会太少，也不会

太多。现在您已明白我的爱情

是久经考验，我对您的爱有几分，

就有几分疑惧；爱到深处，一丁点

怀疑都会发展成恐惧。一旦

小疑惧变成大恐惧，就会显示

伟大的爱情；爱情与疑惧成正比。

戏中戏国王：　　　　　说真的，亲爱的，我怕就要离开你，

而且很快，我身上的器官就要丧失

功能；在我死后，你将继续活在

朱生豪高明地译作"许门"，"许婚"的"许"，"门当户对"的"门"，倒也能让读者联想起中国文化语境中的婚姻，在希腊文中，它来自"Hymenaeus"（许墨奈俄斯）一词，其第一个音节也确实听起来像"许"；但是，在这里，"Hymen（海盟）"作为一个英语词，其第一个音节听起来像"海"，如果翻译为"海门"，就成了江苏的一个地名（卞之琳的家乡了），况且跟婚姻也没关系了。而山盟海誓是婚姻中必备的，因此，笔者撷取两字，音译之为"海盟"。

这个美好的世界上，受人爱戴

和尊崇，也许还会有另一个人

来做你的夫君——

戏中戏王后：　　哦，讨厌！您别说下去了！这种

爱情必定违逆我自己的心胸。

如果我再嫁，就会受到天罚！

只有那杀害亲夫者才会再嫁。

哈姆雷特［旁白］：苦艾啊，苦药！ ①

戏中戏王后：　　鼓动女人再嫁的动机是有关

钱财的卑鄙考虑，不是爱恋。

如果我在床上让第二个丈夫

亲吻，就是第二次杀害亲夫。

戏中戏国王：　　我确信你会信守你刚才的承诺；

但是我们的行为往往会打破

我们的承诺。我们的目标只是

记忆的奴隶，产生时孔武有力，

实际上体弱乏力，现在它就像

尚未成熟的果子，牢牢地生长

在树上；一旦熟透，即使没人摇，

也会坠落，所以我们最需要

---

① 原文"Wormwood, wormwood"直译为"苦艾、苦艾"。哈姆雷特让戏中戏王后在前面说的话作为苦口良药，去惊醒他的母后。再说，"苦艾"本身就是一剂药。因此，笔者把后面一个"Wormwood"译为"苦药"。

做的是：忘掉拖欠自己的债务，
忘掉我们在头脑发热时曾提出
对自己的要求，冷静下来后，
决心就会消亡。欢乐和忧愁
如果过分强烈，就会自毁
其行为的冲动。莫大的悲哀
就来自极乐的狂欢；悲变成欢，
欢变成悲，都由于一点点偶然。
这世界并不是永恒不变，因此
我们的爱情会随着时运迁移，
并不是什么怪事；也因此，究竟
是时运引导爱情，还是爱情
引导时运，这是一个疑问
有待于我们证明。您瞧，大人物
一失势，他的宠幸全飞走；穷人
一发迹，敌人都成了朋友。自古
到今，都是爱情在把时运照顾，
什么都不缺的人从来就不会缺少
朋友，什么都缺的人如果想要
考验一位虚伪的朋友，那家伙
会立即变成他的敌人；不过，
还是让我来结束开初的话题，
意愿和命运总归是背道而驰。
我们的计划往往被否弃，想法

	是我们自己的，结果得看造化。
	虽然你以为自己不会改嫁给
	第二个丈夫，但我一死你就会改。
戏中戏王后：	让大地不再赐予我食物，让天空
	不再赐予我光明，让我在阳光中
	得不到娱乐，在黑暗里得不到休养；
	让我信托的希望演变成绝望，
	让我的前景是监狱里隐士的欢快，
	让所有背运的事情都找上门来、
	剥夺我欢乐的脸色，摧毁我的好运！
	让我今生和来世都要被矛盾
	追逐，如果有朝一日我成了寡妇，
	却还要转而去嫁给另一个丈夫！
哈姆雷特：	要是她现在就违背了誓言，那该怎么办？！
戏中戏国王：	这誓言太重了。亲爱的，你先出去，
	让我独自呆一会儿。我的精神困倦，
	我只能用睡眠来消磨这沉闷的白天。

〔睡去。〕

戏中戏王后：	愿睡眠安抚你的思虑，愿我们
	之间永远不会有不幸降临！

〔下。〕

哈姆雷特：	母后，您觉得这戏怎么样？

王后：	我觉得那王后的诺言有点过分。
哈姆雷特：	哦，但是她会信守诺言的。
国王：	你听说过剧情简介吗？里头没有表现什么罪过吧？[①]
哈姆雷特：	没有，没有！他们只是在开玩笑，下毒药也是开玩笑；这世上哪有罪过！
国王：	这戏叫什么名字？
哈姆雷特：	《捕鼠夹》。圣母啊，怎么会叫这么个名字？这是个比喻的叫法。[②] 这戏表现的是发生在维也纳的一桩谋杀案。贡扎果是一位公爵的名字，他的夫人叫芭蒲提丝塔。一会儿您就会看明白，这是一部恶作剧。不过那又有什么关系呢？陛下，它不会触及我们清白的灵魂。让受伤的驽马踢它的后腿吧，我们的烈马依然坚挺着肩膀。[③]
	〔一演员扮鲁西安纳斯上。〕
	这位叫鲁西安纳斯，是那国王的侄子。[④]

① 哑剧已经介绍了剧情。从国王的这句问话来判断，国王没有看哑剧。

② "Mousetrap（捕鼠夹）"和"tropically（比喻性地）"中有谐音的成分。译文中"捕"和"比"是双声，"鼠"和"喻"是叠韵，"夹"与"叫"又是双声。

③ 原文是"let the galled jade wince, withers are unwrung"，其中后一句直译是"马肩膀上隆起的肉没有被扭曲"。其中"withers"与"wince"押的是头韵。本书译文中"驽马"与"烈马"、"坚挺"与"肩膀"分别谐音。

④ 据史书记载：1538 年，乌尔比诺公爵（Urbino）曾娶了一个名叫鲁吉·贡扎尔（Luigi Gonzaga）的女人，后被这女人用毒药灌入耳朵谋害。莎士比亚可能是从意大利文读到此故事的。他借哈姆雷特的口说"这故事的原文还在世，是用精美的意大利文写的。"不过，他把原故事中女的贡扎尔改成男的贡扎果（Gonzago）。

奥菲丽娅：	您解说得跟"合唱队"一样好，殿下。①
哈姆雷特：	假如我能看见您和您的情人扮演傀儡调戏②，我也会解说的。
奥菲丽娅：	您真尖刻，殿下，真尖刻③。
哈姆雷特：	要想卸除我的尖头，您得付出呻吟的代价。④
奥菲丽娅：	话越好，人越坏。⑤
哈姆雷特：	不管是好是孬，你们女人必须跟丈夫相守。⑥——开始

---

① 原文"chorus（合唱队）"是古希腊戏剧表演中一个不可或缺的组成部分，有人说那是作者的代言人，替作者解说剧情和人物；因此，它的引申义为"解说员"。

② 原文"the puppets dallying"的原义是"傀儡之调戏"。此处，哈姆雷特跟奥菲丽娅对谈，三句话不离挑逗。

③ 原文"keen"是双关语，兼"刻薄"与"锐利"。

④ 原文"edge"（锋利）接的是"锐利"之意，哈姆雷特暗指性欲之锋刃，暗喻勃起之男根，可能会让女方"痛"并快乐，从而"呻吟"（groaning）。

⑤ 原文是"Still better, and worse."直译为"越好越坏"，不妥。

⑥ 原文是"So you must take your husbands"，原义是"所以你们女人必须带走你们的丈夫"。

哈姆雷特故意把奥菲丽娅上面所说的这句话听成婚礼誓词。既然发过誓了，两人就成婚了，接下来，男人就该带着女人，或者说女人就该带着男人，走出教堂，走入日常的婚姻生活。哈姆雷特这么说，是否有意让奥菲丽娅同意嫁给他？

同时，哈姆雷特的意思是：教堂里的婚礼仪式结束了，他跟奥菲丽娅之间有关婚恋主题的谈话也该告一段落。紧接着，他就撇开奥菲丽娅，对着演员大声喊道："开始吧，凶手。"让他们继续表演戏中戏最重要的部分，即毒杀情节。

其中"take"一词，有的版本用的是"mistake"。有学者为之辩护说，此处"mistake"的含义是"嫁错"，暗指王后不应该嫁给自己的小叔子。另有学者指出，在古代，"take"与"mistake"的关系相当于古汉语中的通假字，既然如此，"take"与"mistake"用在此处就没有多大的区别，但无论用哪个，都含义双关。哈姆雷特的意思是：两人既然在教堂那么神圣的地方庄严地宣誓过了，那么，即使弄错（"mistake"）了，也得嫁给他。这类似于中国人说的"嫁鸡随鸡，嫁狗随狗"。所以，笔者特意把"take"的原义"带走"转译为"相守"。

另外，"husbands"一词用的是复数。哈姆雷特讨论的是婚嫁中的比较普遍的现象，而不是个案。因此，有学者说这句话暗指王后错嫁，是不对的。像王后这样错嫁的，毕竟是少数，乃至极少数。也因此，如果采用"mistake"，而且只取其本义，即不包括"take"的含义，那么，也是讲不通的。

吧，凶手。瘟病鬼，把你们该死的鬼脸扔到一边儿去，

开始吧！来，乌鸦哇哇地吼叫着一心要复仇。①

鲁西安纳斯：　　心黑手快药性毒，正是好时辰；

时辰亦是我同伙，没别人见证；

你这毒药中的上品，用子夜时分

采来的毒草混合着巫术女神②

那念了三遍、传了三遍的咒语

提炼而成；用你那应有的药力

和可怕的药性，在这健康人身上

　　梁实秋译为"你嫁丈夫也是这样"。"也是这样"只表示婚后比婚前"更好了，更坏了"，即婚姻跟恋爱本质上是一样的，亦好亦坏，两者没有本质上的差异，只有程度上的差别，好的变得更好，坏的变得更坏。但梁没有译出双关语，而且把复数译成了单数，使得哈姆雷特的普遍看法拘泥于奥菲丽娅的个案了。

① 原文是"the croaking raven doth bellow for revenge"，这一句整个来自《理查三世的真正悲剧》(*the true tragedy of Richard III*)。据现代学者考证，这个剧约写于 1591 年，是"女王臣民（Queen's Men）剧团"的常备剧目。同年，莎士比亚创作了历史剧《理查三世》，因此有人说《理查三世的真正悲剧》是《理查三世》的对台戏。其作者姓甚名谁至今尚未考证确知。此人应该跟莎翁很熟悉，甚至可能是"女王臣民剧团"的同事（沙翁在 1592 年才离开这个剧团）。

　　"croaking"是象声词，模拟的是乌鸦的叫声。但是，不同的译者用的中文模声词却很不一样。梁实秋用的是"呱呱"；朱生豪和卞之琳用的是"哇哇"，孙大雨用的是"哑哑"，黄国彬用的是"嘎嘎"。北京是一个乌鸦比鸽子还多的城市。笔者在北京生活了 25 年，时常听见它们鸣叫，其声音是"啊啊""啊啊"。因此，最接近的是"哇哇"。它们之所以用【g】音，可能是对"croaking"进行了音译处理。

　　原文中"Croaking"与"bellow"、"raven"和"revenge"都押头韵，笔者译文也尽量多押行内韵。如"乌"与"复"、"鸦"与"啊"、"吼"与"仇"都相互押了韵母。

② "Hecate（黑卡忒）"是希腊神话中的兽头女神，主管巫术、黑夜与魔法等。

发作，好让他转眼间就把命丧。

[把毒药倒入睡者耳中。]

哈姆雷特：　他毒害了公爵的生命，为的是谋取公爵的财物。那公爵
　　　　　　名叫贡扎果。这故事的原文还在世，是用精美的意大
　　　　　　利文写的。一会儿您会看到凶手如何赢得公爵夫人的
　　　　　　爱情。

奥菲丽娅：　国王站起来了。

哈姆雷特：　哦！是被空炮吓着了吗？

王后：　　　怎么啦，陛下？

泼娄聂斯：　别演了。

国王：　　　给我点火！滚开！

众人：　　　点火，点火，火！

[除了哈姆雷特和霍雷修，其他人都下。]

哈姆雷特：　嗨，让那头被击中的母鹿

　　　　　　去哭吧，^① 没受伤的公鹿

　　　　　　照样玩；有人失眠有人睡，

　　　　　　世道就是这样转。^②

---

① 据说麋鹿中箭后会飞跑到隐蔽处独自哭泣而死。
② 哈姆雷特的这段话一共四行，没有统一用五音步，而是交叉使用四音步和三音步；莎翁的目的
可能是为了表示当时情况紧急，让哈姆雷特的话也说得急些。

　　　　　　　　　老兄，如果往后"运气"变成土耳其人背叛我，我能不

　　　　　　　　　能凭着这等排戏的本领①，帽子上插满羽毛，再在镂花

　　　　　　　　　鞋②上装饰两朵普罗旺斯的玫瑰，③在戏班子里入股跑龙

　　　　　　　　　套？④

霍雷修：　　　　　半股吧。

哈姆雷特：　　　　我得要全股！

　　　　　　　　　你要知道，我的达蒙一样的挚友，⑤

　　　　　　　　　这被篡夺的是天帝

　　　　　　　　　朱比特的王国；现在当道的

　　　　　　　　　是恶毒之极的孔雀。⑥

---

① 哈姆雷特亲自参与排练戏中戏，从而证明鬼魂所言非虚，暴露了国王的罪行。

② 羽毛和镂花鞋是莎士比亚时代演员的两件主要装饰。

③ "普罗旺斯（Provins）"是法国西南部省份，盛产硕大的粉色玫瑰。

④ 由于剧本太不值钱，莎士比亚时代的剧作家都不以创作剧本为生，而是通过在戏班子里入股做股东或当演员养家糊口。莎士比亚自己就曾是"内务大臣剧团"的剧作家、演员兼股东，一身三任。按照行规，只有正式成员才能入股分红，临时演员则不享受此权利。

⑤ "达蒙（Damon）"是公元前四世纪希腊人，与"皮提阿斯（Pythias）"为刎颈之交，类似于蔺相如和廉颇之间的友谊。皮提阿斯曾被暴君狄奥尼索斯（Dionysius）以间谍罪错判死刑。他请求缓刑两个月，回去处理家务；期间达蒙自愿作为人质被扣留，如果皮提阿斯过期不来受刑，则达蒙甘愿代以受死。皮提阿斯回返时，达蒙已经被拖到了法场。两人在刽子手面前争着要死。狄奥尼索斯为其情谊所感动，释放了他们。达蒙遂成"挚友"的代称。

⑥ "pajock"，一般注家如 18 世纪英国文豪蒲伯认为是"peacock"的异体字（苏格兰北部的老百姓称之为"peajock"）。在莎士比亚时代，雌孔雀象征着华丽外表下的愚蠢与虚荣，而雄孔雀则象征荒淫兼残暴，竟至于会啄破雌孔雀产下的蛋卵。孔雀尾巴象征的是"毒眼（evil eye）"。有人说孔雀"有魔鬼的声音、毒蛇的脑袋和蟊贼的步态"。这与中国文化语境中的孔雀形象完全相反。

　　这段五行没有统一用五音步。除了第一行用两音步，后面四行也是交叉使用四音步和三音步；作者用意和效果同前段。

　　哈姆雷特对叔叔国王恨得咬牙切齿——几乎牙齿都要被自己咬碎了！？他竟然一时想不起用哪个词最能表达这种厌恶之情；而是连用了两个表示很高程度的最常见的副词——"very, very"

霍雷修:	您本可以用来押韵的词是"驴子"。①
哈姆雷特:	哦,好朋友,我愿意出一千英镑购买那鬼魂的话!你刚才看清楚了吗?
霍雷修:	看得很清楚,殿下。
哈姆雷特:	在说到下毒的当口?
霍雷修:	我的确看得很清楚。
哈姆雷特:	啊哈!来,来点音乐!来点 欢快的笛子乐!要是国王不喜欢 这出喜剧,② 也许他真是不喜欢, 那又何妨?去他的吧,来点音乐!

[罗森克冉茨与吉尔登斯登重上。]

吉尔登斯登:	好殿下,请允许我跟您说句话。

（非常,非常）。

　　假如直译为"一只非常非常的孔雀",会让汉语读者发生严重的甚至与原作背道而驰的理解。因为在中国文化语境中,孔雀形象整个儿是正面的、美好的,象征着吉祥如意、白头偕老和前程似锦,与英语文化语境中的形象完全相反。中国读者很可能会在心里在两个"非常"后面填上"善良"或"聪明"乃至"高尚"或"典雅"等褒义词,从而化恶为美。因此译者在这里必须出手阻止这种倾向,最有效的方法是补上哈姆雷特一时语塞没有说出来的词语,这个词应该类似于"可恶""恶毒"等贬义词,而且光是一个词肯定程度上还不够,因此笔者加上了"之极"表示"无以复加"。

① 按照原文的音韵格律,前面四行的韵式是abab。第二行的韵脚是"was（本是）",与之同韵的十有八九是"ass（驴子）",而不是"pajock（孔雀）"。在当时英国人的心目中,可能"驴子"比"孔雀"更加可恶,可见霍雷修跟哈姆雷特对国王恨之入骨。译文中"驴子"与两行前的尾词"天帝"正好押韵。

② 　无论是本剧还是剧中剧,都是悲剧。哈姆雷特此处说的是反话。

哈姆雷特:	先生，您讲整段历史都可以。
吉尔登斯登:	国王他，殿下——
哈姆雷特:	哎，先生，他怎么啦？
吉尔登斯登:	他回到了寝宫，神智都紊乱了。
哈姆雷特:	喝醉了吗，先生？
吉尔登斯登:	不是，殿下；是在发火。
哈姆雷特:	您应该去向御医通告他的病情，才能更好地显示您的聪明；因为，如果我去浇水灭火，也许就是给他火上加油。①
吉尔登斯登:	好殿下，请您别再语无伦次、离题万里了。
哈姆雷特:	我听话着呢，先生；请宣旨吧。
吉尔登斯登:	王后，您的母后，她苦恼不堪，派我来见您。
哈姆雷特:	欢迎您啊。
吉尔登斯登:	不，殿下。您这礼数不合适啊②。如果您愿意给我一个正儿八经的答复，我就宣读您母后的懿旨；如果您不愿意，那么请您原谅，我这就回去交差。
哈姆雷特:	先生，我不能。
吉尔登斯登:	什么，殿下？

---

① 这几句原文虽然是散文体，但具有丰富的音韵技巧和效果；而且"purgation"一词还是双关语，兼有"浇灭怒火"和"洗脱罪孽"二义。译文也用了相当密集的押韵，既有双声词，如"御医"，也有押声母的，如"浇""就""给"和"加"，还有押韵母的，如"病情"和"聪明"等。同时，"浇水灭他的孽火"语涉双关。
② 哈姆雷特说话时的语调不太热情，表示他并不真的欢迎。吉尔登斯登感觉到了他的冷漠。两处译文加了个语气助词"啊"，希望能表达这种微妙效果。

哈姆雷特：	不能给您一个正儿八经的答复；因为我的脑子坏了。不过，先生，我能给您我能做出的答复，您就发布您的命令吧；或者，正如您所说，发布我母后的命令。因此，让咱们言归正传！我的母后，您说——
罗森克冉茨：	呃，她是这样说的：您的行为让她既惊疑又惊诧。
哈姆雷特：	哦，真是一个好儿子，居然能让他的母后如此惊呆！ ① 但是，我的母后惊疑之后，又有什么样的后果呢？快说。
罗森克冉茨：	她想让您在就寝前去她的寝宫，她要跟您说话。
哈姆雷特：	就算她十次做本官的母后，② 我也会服从她的。您跟本官

---

① 这里两句的原文是 "Then thus she says : your behavior hath struck her into amazement and admiration." 哈姆雷特的回答是："O wonderful son, that can so astonish a mother!" 这一问一答中 "amazement" "admiration" 和 "astonish" 这三个词押了头韵，很难找出三个声母相同的汉字。

梁译为："她是这样解说的：你的行为使得她颇为诧异。""啊好古怪的儿子，能这样的使一个母亲诧异。""诧异"重复了一次，而且与"古怪"既不押声母，也不押韵母；显然没有译出头韵。

朱译为："她这样说：您的行为使她非常吃惊。／居然会叫一个母亲吃惊！"只把"吃惊"重复了一次。

卞之琳敏感到了头韵的存在，所以译为："她这样说：你的行为使她又惊又怪。""噢，惊人的好儿子，居然能惊动母亲！"连用三个"惊"，而且"行"与"惊"、"为"与"怪"押韵；卞译颇有韵感，但略嫌单调。况且，原文三个词的含义虽然相近，但 amazement 侧重于"疑"，astonish 侧重于"惊"，admiration 则兼而有之（基本没有现在的含义即"惊服"）。Amazement 的"疑"的内涵没有译出来，"怪"也并不对应于 admiration。

孙译为"那么，她这样说：'您的行止使她惊愕诧异。'""啊，惊人的儿子，居然能那么样使母亲吃惊！"也是拿"惊"字做文章，但是，首先，"疑"的意思没有译出来，其次，wonderful 译为"惊人"，也不妥；事实上，这个词是反语，以"好"说"坏"，内涵是哈姆雷特是个"不孝之子"。

在汉语里，我们也会说这样的反语，因此，笔者以为还是翻译为"好"比较合适。

② "were she ten times our mother"（假如她十次做我们的母亲）一句用了虚拟语气，语含讥刺。母子关系本来只能说一次。但哈姆雷特的母亲此时改嫁给了他所讨厌的叔叔，因而他内心

还有什么交易？①

罗森克冉茨：　　　　殿下，我曾蒙您厚爱。②

哈姆雷特：　　　　　凭着这些个扒儿手起誓，我对你依然如此。③

里甚至都有点不愿意承认那是他的母亲；可血缘关系是永恒不变的，亲身母亲纵然改嫁十次，也还是母亲。

　　另外，这里哈姆雷特不说"我的母亲"，而说"我们的母亲"。从剧中看，他没有兄弟姐妹，为何要说"我们的"？有学者解释说，英国的帝王在特别严肃的正式场合，喜欢用"我们"代替"我"。罗森克冉茨越是想跟哈姆雷特套近乎，哈姆雷特越是要用这样的"皇室复数大词"（royal plural）疏远他。所以，此处译文不用"母亲"，而用"母后"；不用"我"或"我们"，而用"本宫"。

① 原文为"Have you any further trade with us?"哈姆雷特尽管还是用第二人称敬语"you"（您）来称呼罗森克冉茨，但整个句子和调子是不客气的，尤其是"交易"（trade）一词，与普通说的"事情"（"business"或"thing"）不同，显得公事公办，甚至带有一定的贬义。而且，此处，哈姆雷特也没有用"我"（me），而是用了"我们"（us）。这些措辞分明是要让罗森克冉茨难堪。因此，我们在翻译时不能把"我们"翻译成似乎更加顺溜的"我"，也不能用解释法把"交易"翻译成似乎更加顺当的"事情"。

　　梁实秋译为"你还有什么事和我说吗？"朱生豪译为"你还有什么别的事情？"卞之琳译为"你还有什么事情吗？"孙大雨译为"你还有别的事吗？"这五个人的翻译基本雷同，都没有译出"您""我们"和"交易"，即没有表现出哈姆雷特表面客气实质上不耐烦甚至蔑视的态度。只有黄国斌的译文比较符合他的原意："你跟我们还有什么交易吗？"但他也没有译出"您"。

② 原文为"you once did love me."直接用了"爱"（love）这个词，而且还用"的确（did）"一词特地加以强调，好像两人以前感情深得不得了似的，亲如兄弟似的。对此处原文的理解是没有任何问题的，但如何在汉语中转换出来，却费思量。首先，英国人虽然"保守"，但他们随便可以把"爱"挂在嘴边上，说给异性听，也说给同性听；说给自己真正爱的人听，也说给自己不爱的人听。此处，罗森克冉茨和哈姆雷特两个大男人可不是同性恋，两人本来可能互相还有点喜欢，自从罗森克冉茨甘愿当了国王的狗腿子之后，哈姆雷特对他只有厌恨和鄙视，哪有爱可言？

　　但是，传统中国人不仅"保守"，还"害羞"，一男人是不会在公共空间（哪怕是文学作品这样的虚拟空间里）跟另一个男人说"我爱你"的，对女人这么说的都极为罕见。哪怕哈姆雷特以前真地喜欢过罗，在汉语里，我们也不会让一个男人对另一个男人说"爱"。其次，不直接用爱，却还要保留"爱"的情感特征。这就需要转换语境或词语搭配，使"爱"偏离男女之间的"爱情"；或者用另外一个词，但又在某些元素上保留与"爱"的关联。

　　所以，笔者用的词是"厚爱"，既保留了"爱"，又不专指男女之爱，且比一般的爱还更多更强。

③ 原文为"by these pickers and stealers"典自基督教圣公会的《公祷书》（*The Book of Common Prayer*）中的《教义问答》（Catechism）："这双手不去偷采，不去盗窃。"（to keep my hands

罗森克冉茨：　　　　　好殿下，是什么原因使您这样神智紊乱？^① 如果您对朋

---

from picking and stealing.）

　　"凭着这手发誓"（by this hand）是惯常的誓言，发誓者一般边举手边说。哈姆雷特没有用习惯用语，而是用了这个典故，可能暗示他叔叔是窃国大盗的罪行，之所以用复数（these pickers and stealers），是因为他叔叔身边还有一帮帮凶或扈从，从而指桑骂槐到了眼前这两位"叭儿狗"（与"扒手"正好谐音）。

　　这两个表示窃贼的词都是由动词演变而来，这与汉语中的"扒手"和"窃贼"类似。在汉语中，名词本身没有表达复数的形式，所以此处译文如果只用"扒手"，不用"窃贼"，至少不能省去"这些"。如果按照原文直译，既译出"扒手"，又译出"窃贼"，则又离开了"以手起誓"的习俗。不如只用"扒手"，然后突出"手"（以语气助词"儿"略微分开，演员在念的时候中间可有较长时间的停顿），更紧扣这个习俗，再加上"这些"，就比较全面。之所以不用"这双"，是因为"这双"表示的只是一个人，而不是一帮人。

　　一般人都会认为，这指的是哈姆雷特自己的双手。也有学者指出，哈姆雷特在说这句话时，他举起手，却指向罗森克冉茨的手。

　　在翻译时，如果我们用"这双"（these two 或 the pair of），而不是"这些"（原文中的"these"），即如果哈姆雷特嘴里说的是"这双'扒'手"，那么读者就会以为他所意指的是"罗森克冉茨这一个人是'扒'手"，而不是指向以国王为首的一帮人。只有把"这双"改为"这些"，才能既指哈自己的也指罗森克冉茨的手，又指更多人的手。

　　梁实秋译为"我敢以手为誓"。他没有说"这双"，以免读者理解为一个人的手；但也没有进一步指向原文有意要指向的多人之手。另外，梁没有译出什么样的手，即没有译出"pickers and stealers"。

　　在梁之后，几乎所有译者都用了"这双"。

　　朱生豪译为"凭着我这双扒儿手起誓"。他在这里加了"儿"这个没有实质意义的虚字，是天才的译法，使它两边的"扒"和"手"，都凸显了出来；既简洁又全面。笔者从善学之。

　　卞之琳译为"就凭我这双扒手的爪子起誓！""爪子"这个意象有点多余且恐怖，而且不知其来源的依据何在。

　　孙大雨译为"凭这双摸窃的朋友"。哪怕原文中真有把"手"比作"朋友"的意图，那也不能不用"手"而用"朋友"；因为，古今中外，没有一个地方的人是凭朋友起誓的。另外，"picker"没有"摸"的含义。他可能是在用吴方言资源，因为在吴方言中，"摸"可以指"偷窃行为"；但外地人恐怕不能懂。

　　黄国斌译为"这双偷窃手作证"。尽管窃贼常常用手偷盗，但"偷窃手"却是一个生造的词语组合。

① 哈姆雷特怒不可遏，不顾宫廷礼仪，直接将国王及其走狗罗森克冉茨等斥责为"扒手"；这使罗森克冉茨有点惊慌失措，但他不敢回击，只好发出疑问"是什么原因使您这样神智紊乱？""神智紊乱"在此处没有贬义性的影射，罗森克冉茨只是问了一个大家都想问的问题，因为大家都知道或者说在传闻哈姆雷特神智不清，甚至哈姆雷特自己也希望别人怀疑乃至径直相信他神智不清。

	友都拒绝说出您不幸的心事，那您就是自己关闭了自由
	的大门。①
哈姆雷特:	先生，我晋升无望啊。
罗森克冉茨:	这怎么可能呢，国王不是亲口说过，您将继承丹麦王
	位吗?
哈姆雷特:	哎，先生，可是"草儿长着，"——连这谚语都发霉了。②

［演员们持笛子上。］

	哦，笛子来了! 让我看一看。您二位让一让 ③——你们
	为什么要这样挡在我的上风口，就好像是要把我赶进罗
	网似的? ④
吉尔登斯登:	哦，殿下，如果说我的职责执行得太鲁莽，那么我对您
	的敬爱之情表达得太粗鲁了。
哈姆雷特:	我听不太懂。您会吹笛子吗?
吉尔登斯登:	殿下，我不会。

---

① 这句话带有威胁性的语调，即罗森克冉茨暗示或者透露国王可能会派人把哈姆雷特软禁起来。可见罗森克冉茨的狐假虎威，自以为有国王在后面撑腰，就可以对王子颐指气使。哈姆雷特根本不吃他这一套。

② 这句谚语的后半句是"马儿饿着"。含义是: 不让马在草长的过程中吃草，等草儿长好了，马儿都可能已经饿死了; 国王兑现诺言即哈姆雷特继承丹麦王位恐怕要到猴年马月了。类似于汉语中的"远水不解近渴""等得花儿都谢了"。

③ 这是哈姆雷特对罗森克冉茨的威胁的应战和嘲骂。"让一让"云云不妨理解成"给我滚开吧"。听到王子的怒言，吉尔登斯登马上出来打圆场，替罗森克冉茨道歉，说他们自己既鲁莽又粗鲁。由此，可看出两人性格之差异，罗森克冉茨是个直筒子，而吉尔登斯登比较圆滑。

④ "罗网 (toil)"云云还是上承罗森克冉茨威胁哈姆雷特所说的"自己关闭了自由的大门"。"recover the wind"是捕猎术语，相当于说"get to the windward"(到上风口去)。捕猎者先在猎物的下风口布置好罗网，然后到上风口去驱赶猎物，猎物就会被吓得后退，直至落网。

哈姆雷特:	我求您了。
吉尔登斯登:	我说的是实话，真的不会。
哈姆雷特:	我恳求您了。
吉尔登斯登:	我一窍不通啊，殿下。①
哈姆雷特:	吹笛跟说谎一样容易。用您的拇指和其他手指按着这些孔眼，再用您的嘴吹气，它就会发出最最美妙的音乐。您瞧，这些就是音孔。
吉尔登斯登:	不过，我不会命令它们发出和谐的乐音啊。我没那本事。
哈姆雷特:	嗨，您瞧，您把我看得连一根笛子都不如！② 您一直想拨弄我；您似乎了解我的心窍，似乎能从中采集我的秘密；您想从最低音到最高音试遍我的音域；可是，在这个小小的乐器里，有着很丰富美妙的乐音，而您却不能把它吹响。哼，您以为我比笛子更容易玩弄吗？随便您把我叫作什么乐器好了；尽管您可以拨弄我，但您休想玩弄我。③

〔泼娄聂斯上。〕

---

① 这个成语中的"窍"本指"心窍"，但"窍"者，"洞"也，"孔"也，也可指向"笛孔"。这个成语比喻"一点儿也不懂"，此处可妙指吉尔登斯登"一点儿也不懂吹笛子"。

② 原文"pipe（笛子）"指的是"recorder（因其音色高亮，笔者以为不妨音译之为'雷高德'）"，一种装有舌簧的八孔直笛，起源于 15 世纪的意大利。哈姆雷特的含义是：你都不会玩笛子，还想把我当笛子玩？！

③ 原文"fret"本指在弦乐器琴颈上用于定音的档子，也指把弦压在档子上进行弹拨，发出刺耳之声；所以引申为"使人烦心"。此处是双关语。哈姆雷特一开始说的笛子是管乐器，而弹拨是弦乐器的演奏法；他意识到了这个问题，所以加了一句"随便您把我叫作什么乐器好了"。

	上帝保佑您，大人！
泼娄聂斯：	殿下，王后娘娘要跟您说话，马上。
哈姆雷特：	您看那边的那朵云是不是很像一头骆驼？①
泼娄聂斯：	哎哟，真像一头骆驼。
哈姆雷特：	我觉得它像一只黄鼠狼。
泼娄聂斯：	它弓着背，是像黄鼠狼。
哈姆雷特：	还像一条鲸鱼。
泼娄聂斯：	很像一条鲸鱼。
哈姆雷特：	那好吧，我一会儿就去见我母亲。——[旁白]他们把我愚弄到了极点。——[大声地]我一会儿就来。
泼娄聂斯：	我这就去禀告。

[下。]

哈姆雷特：	"一会儿"一张口就说出来了。——你们先走吧，朋友们。

[除了哈姆雷特，众人下。]

现在是夜晚最为恐怖的时刻，

坟墓张开口，地狱呼出了凶气

蔓延到我们这世界。现在我能

---

① 在莎士比亚时代，剧院都没有屋顶，所以演员在舞台上手向上真的会指向一片天上的云。

喝下热血①，做得出白日里我看着
都要发抖的狠事。等等！现在
我得去找母后！心啊，你可不要
失掉了天性；千万不要让尼禄②
那弑母的暴君的灵魂进入我这
坚固的胸膛。让我残忍些，但不要
让我没有人性；我会对她说一些
匕首一样尖刻的话，但不会对她
动用匕首。让我的舌头和灵魂
做一回伪君子——无论我用什么话
羞辱她，灵魂决不同意伤害她！

［下。］

---

① 指从活着的人或动物身上流出来的血。"饮热血"被认为是吸血鬼或女巫才有的行为。此处指哈姆雷特复仇心切，胆子也变得特别大了。
② "Nero（尼禄，37–68 年）"乃古罗马的暴君，曾弑母、杀妻、屠师，曾纵火焚烧罗马城，然后嫁祸于人。

第三场

城堡中一室

[国王、罗森克冉茨和吉尔登斯登上。]

国王：　　　　　寡人不喜欢他那样的行为，如果
　　　　　　　　放任他疯疯癫癫，我们大家
　　　　　　　　都不会安全。因此，你们去准备
　　　　　　　　一下；寡人马上要派你们出远差，
　　　　　　　　让他跟你们一起去英国。他的
　　　　　　　　疯病时时生发出危险，这样近地
　　　　　　　　威胁着我们，使我感到自己的
　　　　　　　　宝座都快要坐不稳。

吉尔登斯登：　　我们随时会做好准备。
　　　　　　　　您的疑惧最最神圣而虔诚；
　　　　　　　　因为您要保证这么多子民的
　　　　　　　　安全，他们的生养全靠陛下啊。

罗森克冉茨：　　每一个生命都会竭尽心力
　　　　　　　　用心灵的武器保护自己远离
　　　　　　　　危险；陛下更应该如此，因为

　　　　　　　　　　许多的生命都仰赖您的福祉。

　　　　　　　　　　君王的驾崩可不是个人的死亡，

　　　　　　　　　　而是像一个旋涡，会把近旁的

　　　　　　　　　　一切都席卷进去；它又像一个

　　　　　　　　　　巨大的车轮，固定在最高的山顶，

　　　　　　　　　　在它粗大的轮辐上，接连着成千

　　　　　　　　　　上万个小物件；它一旦轰然倒下，

　　　　　　　　　　所有那些小东西都会随之崩溃；

　　　　　　　　　　国王的一声叹息从来不会自生

　　　　　　　　　　自灭，而会引发普天下的呻吟。

国王：　　　　　　　寡人请求你们去准备这次

　　　　　　　　　　紧急航行；我们要给这种

　　　　　　　　　　恐惧感戴上脚镣，因为它现在

　　　　　　　　　　走得太自由。

罗和吉：　　　　　　我们会加紧准备。

　　　　　　　　　　　　　　　　　　　　　　　　［二人下。］

　　　　　　　　　　　　　　　　　　　　　　　［泼娄聂斯上。］

泼娄聂斯：　　　　　陛下，他正要去他母亲的寝宫呢。

　　　　　　　　　　我会把自己安置在挂毯后面，

　　　　　　　　　　偷听他们的谈话。我保证王后

　　　　　　　　　　会狠狠教训他。而且，正如陛下

　　　　　　　　　　所说——说得真英明——由于天性

　　　　　　　　　　常会使母子间相互偏心，所以

有个第三者从旁偷听，既合适

又有益。再见了，主公。在您就寝前

我会来叫您，向您汇报我的见闻。

国王： 谢谢爱卿。

[波娄聂斯下。]

哦，我罪恶的臭气熏到了天庭；

背负着人类最初最老的诅咒，

兄弟之间的谋杀！^①我甚至不能

祷告，尽管我的意愿跟我的

意志一样强，但我的罪孽更强，

它击败了我强大的意愿。就像

一个人同时被两件事情碍手

碍脚；我踯躅不前，不知该先从

哪件事着手，结果两件事都没

做成。这只该死的手因为沾染了

---

① 原文为 "A brother's murder"，指《旧约圣经·创世纪》第 4 章第 10–12 节中所说的该隐
（Cain）杀死其弟亚伯（Abel）而受到上帝的惩罚之事。该隐是人间第一个人亚当的第一个儿子。
亚当和夏娃被上帝赶出伊甸园后生下了该隐和亚伯。兄弟俩一个种地，一个放羊。有一回，兄弟
俩同时给上帝献礼。上帝漠视该隐的果品而喜欢亚伯的羔羊，该隐对亚伯由嫉而恨。他不顾上帝
的警告杀害了亲兄弟，从而受到上帝的诅咒，被赶出了家门。
　　亚当和夏娃是因为对上帝犯罪而被赶出伊甸园，该隐是对人类犯罪而赶出家门；这两种犯罪
都受到上帝的惩罚，因为对人类犯罪也是间接的对上帝的犯罪。遗憾的是，上帝对该隐的惩罚并
没有起到惩前毖后的效果；该隐和该隐的后代们继续在犯杀亲之罪，有的居然还侥幸逃过了上帝
的惩罚。

兄弟的鲜血，比以前更加厚了。

难道甘美的天国里没有足够的

甘霖能把它洗得像雪一样白吗？

难道慈悲除了照临罪恶的

面容，没有别的功德吗？难道

祷告不是具有双重的功效：

在我们堕落之前先得到预防，

或者一旦堕落还能得到原谅？

所以我要祈求：我的过失已经

过去；① 但是，哎，什么样的祷告

能使我由有罪变成无罪，能赦免

我这恶劣的谋杀罪名呢？那绝对

不可能，因为我现在依然占有着

那些我进行谋杀的罪果② ——王冠、

自己的野心，还有王后。一个

保留赃物的罪人能得到宽恕吗？

在这人世腐败的潮流里，罪恶的

黑手镀上金，就可以推开正义，

我们常常能看到那黑金本身

---

① 国王明明知道，谋杀，尤其是谋杀兄弟是重罪；但在这段独白里，他两次用"过失（fault）"一词代替"罪过（crime）"，企图减轻自己的罪行。

② 此词为译者所造，意为"罪恶的效果"；原文为"effects"，原义为"效果"或"成果"，而此处之"效果"是由谋杀行为造成的。"罪果"可让观众一下子就联想到"罪过"，而且跟接下来国王妄想通过忏悔就得到的"效果"和"结果"毗连。

就能买走法律；天上却不会
这样。那儿不会有坑蒙拐骗，
那儿人们的行为只在事实
真相的基础上接受法律的审判，
人们甚至必须直面自己的
过错，自动供出详细的罪证。
那么怎么办？我还能做什么？
试试忏悔的效果吧。什么是忏悔
都不能带来的呢？当一个罪人不能
忏悔时，又会出现什么结果呢？
哦，悲惨的境遇！哦，死亡一般
黑暗的心胸！哦，这被粘住了的
灵魂，越是挣扎着想要自由，
就被粘得越牢！救救我，天使们！
让我试试看。弯下吧，僵硬的膝盖；
还有这颗盘绕着钢筋的心脏，
但愿你能柔软得如同新生儿的
筋骨！但愿一切都可能好转。

　　　　　　　　　　　　　　〔退一步，然后跪下。〕

　　　　　　　　　　　　　　〔哈姆雷特上。〕

哈姆雷特：　　　　　此刻他正在祈祷；我正好可以
　　　　　　　　　下手。对，我现在就干，让他
　　　　　　　　　就这样上天堂，我也就报了仇。

我要好好想一想。一个恶棍

杀了我的父亲，我作为独生子，

却把这个恶棍送上了天堂。

嗨，这简直是在给他付佣金

和报酬，不是报仇！他是一下子

就要了我父王的命。那时父王

酒足饭饱，所有的罪恶就像

五月的花朵一样，正开得旺盛，

正开得漫山遍野；除了上帝，

谁知道他是如何结算他一生的

总账的？不过，按照我们的世道

人情，我得承认他罪孽深重。

这个恶棍用祈祷洗涤着他的灵魂，

如果我此刻结果他的性命，他就

进了天堂，我这还能叫复仇吗？

不。①

收起来，我的剑，你要知道咱们

有一个更加凶狠的目的；在他

喝醉酒睡着的时候，或者在他

大发淫威的时候，在他乱伦

取乐、赌博赌誓或者做一件

---

① 原文如此。单列一行是为了强调哈姆雷特坚决否定了前面一剑结果国王性命的想法。

没有救赎希望的事情的时候；

我再撩倒他，那样他的脚后跟

就可能向着天空乱踢，而他那

地狱一样黑暗而该死的灵魂

必将堕入地狱。我母亲还在

等我呢。这剂祈祷的药方只会

使你延长些苟延残喘的时日。

[下。]

[国王站起来，往前走。]

国王： 我的话飞上了天，心却留在尘寰；

无心的话啊永远不可能上天。

[下。]

第四场

王后的寝宫

[王后与泼娄聂斯上。]

泼娄聂斯：　　　　他很快就来。娘娘要好好教训

教训他，告诉他：他的恶作剧实在

太过分，叫人无法容忍。就说

娘娘您已经为他包庇，替他

顶住了许多压力。我会在这儿

屏息静听。请您好好地盘问他。

哈姆雷特[在内]：　母亲，母亲，母亲！

王后：　　　　　　我向您保证；您不用担心；您走吧；我听见他来了。

[泼娄聂斯躲在挂毯后面。]

[哈姆雷特上。]

哈姆雷特：　　　　您好，母亲，有什么事吗？

王后：　　　　　　哈姆雷特，你把你父亲大大得罪了。

哈姆雷特：　　　　母亲，您把我父亲大大得罪了。

王后：　　　　　　来，来，你居然用这样无所谓的口气回答我。

哈姆雷特：	去，去，您居然用这样恶狠狠的口气询问我。
王后：	喂，这是怎么啦，哈姆雷特？
哈姆雷特：	是啊，这叫怎么回事？
王后：	难道你连我都不认识了吗？
哈姆雷特：	不，凭着十字架起誓，还不至于这样！您是王后，您的丈夫的兄弟的妻子。您还是——但愿您不是——我的母亲。
王后：	那么好，我去找能跟你说话的人来跟你说。
哈姆雷特：	来，来，您坐下来，您别动！ 您先别走，我要在您面前竖一面 镜子，让您看看自己的内心。
王后：	你想干什么？你想杀了我吗？救命啊，救命！
泼娄聂斯 [在挂毯后]：	哎呀，哇！救命，救命，救命！
哈姆雷特 [拔剑就刺]：	怎么着？一只耗子？① 你这贱货，你死吧，死吧！

[用宝剑刺穿挂毯。]

泼娄聂斯 [在挂毯后]：	哦，杀人啦！
王后：	哦，我的天哪，你干了什么？
哈姆雷特：	没什么，我也不知道。那是国王吗？
王后：	这是多么鲁莽而血腥的行为！
哈姆雷特：	血腥的行为——好母亲，这跟杀害

———————————

① "耗子"有"奸细"的含义，表示哈姆雷特的轻蔑语气。

一个国王再嫁给他的兄弟一样坏。

王后：　　　　　杀害一个国王？

哈姆雷特：　　　哎，母后，就是这么回事。

[拉开挂毯，看见波娄聂斯。]

你这鲁莽的、好管闲事的倒霉蛋，

永别了！我还以为是你的主子呢。

你就认命吧。你现在该知道好管

闲事的危险了。（对王后）别那样老是绞动

手指，安静点！坐下来，让我绞痛

您的心^①；如果它不是用铁石做成，

如果该死的习惯还没有把它变成

连知觉都穿透不了的铜墙铁壁；

---

① 此处莎翁巧妙地用同一个动词"wring（绞）"表示手的慌乱的动作和心的痛苦的感受："Leave wringing of your hands"和"And let me wring your heart"。由于"wring"在汉语里有"绞""扭"和"拧"等含义，中文译者各有表现。

梁实秋和孙大雨用"绞"字，梁译为"你不用那样绞手"和"让我绞你的心"，孙译为"不要尽绞着一双手"和"让我来绞你的心肝"。

朱生豪和卞之琳都用"扭"字，朱译为"别尽扭着你的手"和"让我来扭动你的心"。卞之琳的译文几乎跟朱的一样："你也不要尽扭着一双手"和"让我来扭动你的心"。

黄国彬译为"不要扼腕悲号了"和"让我扼住你的心"。"扼"的含义是"用力掐住"，"扼腕"的含义是自己以一手握持另一手的腕部，而"wring"的含义是两手互握，而且交叉转动。显然，"扼"字用得不妥。

那么，"绞"和"扭"哪个更合适呢？笔者以为，"扭"虽然力道也不小，但比"绞"字还是小。"扭"字显得比较平淡，没有表现出王后看到哈姆雷特杀人后自然而然表现出来的极端紧张心态。而且，在汉语中，尤其当"绞"字跟"心"连在一起时，很容易让读者想起"心绞痛"。让平日里麻木愚钝的王后敏感起来乃至心痛，正是哈姆雷特要的效果。"绞"字更能表达这种效果。

那么我想我会让它感到绞痛的。

王后： 我做了什么啊？你敢这样摆动着
舌头、对着我粗鲁地大声詈骂？

哈姆雷特： 您做的好事污损了您的稳重、
贤惠和羞愧①，也使得您的美德
成了假正经。您的可爱的额头
原本是纯洁无瑕，但被摘下了
玫瑰花冠，又被打上了通奸罪的
烙印。②这等好事使婚姻的盟誓
变得像赌徒的戏言一样虚伪，
其实是掐掉了婚约的灵魂，使它
变成了一具空壳一样的一纸
空文，使美好的信仰变成一堆
狂想的空话！就连上天的脸面
都因为恼羞成怒而晕红。就连
这坚硬而混杂的土地也愁容满面，
就好像遭遇了末日审判；这事情
让整个世界的人们都染上了心病。

王后： 天哪，到底是什么事情使得你

———————

① 原文中"blurs"（污损）和"blush"（羞愧）两个词既是双声又是叠韵（近韵），译文以"贤惠"（grace）和"羞愧"替代性实现这种音韵效果。
② 额头上烙印是古代英国对娼妓和通奸罪犯的惩罚措施之一。这一措施曾由亨利八世于 1513 年颁布；但也有学者指出，这一措施并未真正实施。

在念诵这段引子时雷霆似的怒吼？

哈姆雷特：　您看看这儿的这幅肖像，再看看

这一幅；兄弟俩的形象多么不同。①

您看这额头有着何等样的优雅。

这是太阳神的卷发；这是天帝的

前额；这是战神的眼睛，充满了

威慑力，像是在发布命令；这身姿

多么像神使，傲立在高可亲吻②

苍穹的山巅，沐浴着新鲜的阳光。

这形象汇合了所有天神的优点，

真正是男人的典范；因为每一个

天神都似乎在他的身上打上了

印记，让世人确信他身上有着

他们的影子。这是您以前的夫君。

您再来看这一个，这是您目前的

丈夫，就像一株发霉的麦穗，

简直有损他兄弟健壮的形象。

您长眼睛吗？您舍得离开这座

---

① 从 19 世纪开始，英国舞台上经常让哈姆雷特先从自己胸前拿起父亲的小像，再从母亲胸前拿起叔叔的小像，让王后比照。也有人说这两幅小像都放置在王后内室的某个地方，哈姆雷特先后指给王后看。

② "Hyperion（海皮里恩）"乃希腊神话中的原始太阳神，象征男子的健美；"Jove（乔武）"乃罗马神话中的"天帝"，希腊神话中叫作"宙斯"；"Mars（马尔斯）"是罗马神话中的战神，希腊神话中叫"阿瑞斯"（Ares）；"Mercury（墨丘利）"是罗马神话中的神使，希腊神话中叫"赫尔墨斯"，主管交通、商业以及偷盗等。

供养您的美好的高山，却让这片

沼泽地来把您养胖吗？唵！ ①

您长眼睛吗？您不能称之为爱情；

以您的年龄，您应该能够驯服

并且压制血液中的欲火，应该

听从理智的判断了；什么样的判断

使您从这一个走向那一个？您当然

有感觉，要不然您就不会有行动。

可是您的感觉想必是麻痹了；

因为即使是疯狂也不会这样

错乱，更不会使您成为迷狂的

奴隶。哪怕疯狂也会给您保留

一点起码的鉴别力，使您至少

能鉴别这对兄弟的差异。什么

魔鬼蒙住了您的眼睛，跟您玩起了

蒙眼捉迷藏游戏？弄得您有视觉

而没有触觉，有触觉而没有听觉，

有听觉而没有双手或双眼，有嗅觉

而其他什么都没有；只要您有

一点点真切的感觉，哪怕这种

感觉染上了病，您也不至于这样

---

① 原文"batten"的原义是"因贪吃而长胖"（可能由"fatten"讹变而成），与前面的"feed"
（进食）相应，都是"吃喝"意象。

鬼迷心窍。羞耻啊！您的羞耻感
到哪儿去了？地狱里造反的魔鬼！
如果你能在半老徐娘的骨髓里
煽动起背叛的欲火，那么就让
贞操像蜡一样地在青春的熊熊
烈火里熔化殆尽。当那股不可
遏制的情欲向着我们冲过来，
我们再也别谈什么羞耻；因为
连冰霜都会自燃，连理智都会
投合情欲，主动帮着她拉皮条。

王后： 哦，哈姆雷特！不要再往下说了；
你使我的眼睛看透了我的灵魂，
使我看到了灵魂深处的这些
黑色的斑点，却无法抹去它们。

哈姆雷特： 不对，您没有努力过。您一直生活
在油腻汗臭的床上，闷头在堕落里，
在污秽不堪的猪圈里调情做爱！

王后： 哦，不要再说了！这些话像匕首
一样扎入我耳朵，别说了，亲爱的
哈姆雷特！

哈姆雷特： 一个杀人犯、恶棍！一个奴才，
还不及您以前主子的二十分之一；
一个国王中的败类；一个窃取了
王国和王权的小偷，他从架子上

	盗走了无比珍贵的王冠，塞进了
	自己的腰包!
王后:	别说了!

[鬼魂上。]

哈姆雷特:	红一块绿一块，一个穿着像小丑的①
	国王! 哦，你们，天国的护卫啊!
	救救我，快让你们的翅膀在我的
	头顶盘旋。英明的父王，有何指教?
王后:	哎呀，他疯了!
哈姆雷特:	难道您是来责骂我这办事
	拖拉的儿子，怪我任凭时间
	流逝、激情降温，慢怠了您那
	可怕的命令，耽误了紧要的大事?
	哦，说话呀!
鬼魂:	不要忘记。我今番来造访只是
	为了磨砺你快要钝了的决心。
	可是你瞧，你的母亲坐在那儿，
	一脸惊疑的样子。哦，快过去
	帮助她那斗争着的内心! 在最最
	柔弱的身体里，幻想最能兴风

———————

① 宫廷小丑往往穿着红一块绿一块连缀起来的花衣裳。此处哈姆雷特着重在将国王比成小丑。

作浪。跟她说话呀，哈姆雷特。

哈姆雷特：　　您这是怎么啦，母后？

王后：　　　哎哟，你这是怎么啦？眼睛朝着

空中，瞪得如同拉满的雕弓，

还对着无形的空气絮絮叨叨？

你的魂魄狂野地向前窥看着

你的眼睛，[①] 而你那偃卧的头发

---

① 这行原文为 "Forth at your eyes your spirits wildly peep"，可能是莎剧中最难理解的一行。这里的眼睛不是看的主体，而是被看的客体；最难理解的是，看的主体是"魂魄"。这对于很多习惯于固定的常规思维的现代读者来说，好像是有悖常理的，他们首先不承认魂魄的存在，其次哪怕魂魄存在，也只能是被看的客体。但对于伊丽莎白时代的英国人来说，这是再正常不过的一种观念和思维：人有魂魄，魂魄与肉体在某些特定的时间可以分离，即魂魄会离开肉体。这行诗说的就是：魂魄离开了肉体，所谓"灵魂出窍"者也，甚至会让旁人看见（如，王后就看见了哈姆雷特的跑出肉体的魂魄）；但灵魂并没有远走，而是隔着一小段距离，回望着肉眼，或者说，哈姆雷特自己的灵眼与肉眼对视。

从语法上说，这句话的结构其实很简单，就是一个倒装句，正过来应该是：your spirits wildly peep forth at your eyes. 其主谓宾是非常清楚的。

梁实秋译为"你的眼里光芒四射"。朱生豪译为"你的眼睛里射出狂乱的神情"。卞之琳只把朱译改了一个字，译为"你的眼睛里显出狂乱的神情"。三人的译文的共同点是：眼睛由被看者被译成了看的主体。梁没有译出"spirits"这个词。朱与卞把"神情"（spirits）由施动者译成了动词宾语。这与原文的动作关系正好相反。

中国古人（尤其是汉朝之前）相信，人的肉体里精神性的存在不止有魂，还有魄，甚至还有别的。莎士比亚时代的英国人大概也有这种观念，所以笔者主张把"spirits"翻译为"魂魄"。

莎翁作品中用"spirits"的不止这里一处。《特洛伊罗斯与克瑞西达（Troilus and Cressida）》一剧第 4 幕第 5 场第 56 和 57 行云："her wanton spirits look out/ At every joint and motive of her body."

梁实秋译为"她身体上每一活动关节都流露出淫荡的神气。"朱生豪译文的思路和结构跟梁如出一辙："她身上的每一处骨节，每一个行动，都透露出风流的心情来。"他俩都把施动者"spirits"（"神气"或"心情"，这两个译文都不准确或者说简单化了）变成了受动者，相应地，把真正的受动者"every joint and motive"（"每一活动关节"或"每一处骨节，每一个行动"）变成了施动者；这跟原文正好相反。这都是为了使中文显得更加所谓正常，更能迎合中文读者对现存语法惯常性的思维和期待；但与原文正好相反。"joint"与"motive"之间是并列关系，梁

就像熟睡的士兵听到了警报，

却译成了修饰"活动"与被修饰"关节"的关系；原因在于他并没有好好理解"motive"这个词。这个词的含义不是"活动"（movable，表面的），而是"动机"（内在的，可通过表面活动显现出来）。朱生豪意识到两者之间的并列关系，但他在梁的基础上直接把"活动"改成了"动作（action）"。

历代英语诗人都热衷于把抽象名词具象化、拟人化，从而用作施动者，用作主语。莎翁是这方面的突出代表。比如，就在紧接着此处的后边，哈姆雷特对他母亲说："不要太确信那说话的是我的疯癫／而不是您自己的罪愆。""疯癫"和"罪愆"这两个抽象名词居然会说话，成了施动者。

梁和朱的共同之处是：竭力避免把似乎是抽象的"spirits"当作施动者，从而当作主语。而他们甚至不惜把抽象的心理名词"动机"改成具象的外化的"动作"。这从某种程度上表明中国诗人比较不喜欢也不擅长抽象思维的特点。另外"神气"和"心情"云云也没有译出"spirits"成分的复杂性和存在的主动性。

笔者以为：这句话应译为"她放荡的魂魄向外望着／她自己肉体的每一个关节和动机"。

笔者以为，这句话非常有助于我们理解《哈姆雷特》里的这一行。克瑞西达的魂魄可能尚未跳出她的肉体——主要指"眼睛"，所谓"眼睛是灵魂的窗户"也；她的魂魄似乎通过（through）或借由（with）她的眼睛探出了脑袋，其目的是更好地审视她自己。

王后眼中的哈姆雷特则不同，首先，他的魂魄仿佛真的飞出了肉体，不过呢，其目的还是反观自身，所以并没有远离。本来身体是魂魄的寓所，魂魄寄居于身体之中。然而，由于魂魄已经处于身体之外，对魂魄来说，身体俨然成了一个外在之物（互外），所以魂魄要回望，才能窥见身体。有学者认为，"Forth"在这里的含义是"向外"，"peep forth"的含义就类似于"look out"。笔者以为，也可解释为"向前"，即哈姆雷特的魂魄的目光向前探看着他自己的眼睛。站在魂魄的角度来理解是没有问题的。

综上所述，这行诗就可"迎刃而解"，可译为"你的魂魄狂野地向外窥视着你的眼睛"。

孙大雨和黄国彬译比较"大胆地"依据原文把"spirits"译为了主语，但他们的译文离原文的含义和结构还是相当有距离。

孙译为"你神魂向你瞳仁外惶恐地窥视"。黄译与孙译基本雷同："你的灵魂在眼中惊惶外望"。

"神魂"和"灵魂"当然比"神情"更接近"灵魂"和"魂魄"，但恐怕不会让读者联想到原文的复数所指向的丰富内涵。

"wildly"没有"惶恐"或"惊惶"的含义。

"at your eyes"是介词宾语组合，"眼睛"是被窥视的对象，不是灵魂寄居的场所。孙和黄都译成了表示位置的状语。"向瞳仁外"的含义是神魂本来在瞳仁里面，正如"灵魂在眼中"。诚如是，我们要问：神魂如何向瞳仁外窥视瞳仁？灵魂在眼中又如何惊惶外望眼睛？这里我们中国译者只有学习西方诗人，更大胆地想象魂魄已经夺眶而出，才能设想它们回望自己的眼睛。

就像牛粪上疯长的鲜花 ① 惊跳

起来，直直地站着。我的好孩子，

在你狂热的炎炎烈火上，多多

喷洒冷静和耐心吧！你在看什么？

---

① "like life in excrements" 这个短语中最难处理（不是理解，因为理解并不难）的当然是
"excrements" 这个词，它的含义是 "粪便"，因而它是所谓的 "污言秽语"。众所周知，莎翁是
几乎没有 "词禁" 的作家，从不避忌 "脏话" 和 "俗语"。但是有些所谓文雅的尤其是自以为高雅
的读者却接受不了，于是，他们曲为之讳，做了种种 "去俗" 的注解，离本义愈行愈远，误导了
普通读者数百年。比如，有人说，这个词的含义是 "outgrowth（of hair）"，即 "毛发等在人的
身体上长出来"，这样的解释相当于没有解释。培根说 "excrements" 指的就是毛发、指甲等人
身上的本身没有生命的东西。

中国的文化环境过早就被 "净化" 和 "雅化"，因此中国读者很难接受那些 "污言秽语"。很
多译者往往在翻译过程中要么干脆避开不译，要么进行 "净化" 和 "雅化" 处理。

梁实秋译为 "仿佛突然有了生命"。朱生豪译为 "像有了生命似地"。卞之琳译为 "像忽然醒
了"。孙大雨译为 "像活了起来"。这四种翻译基本上都只译了 "like life"，而（应该是故意地）
丢了 "in excrements"。卞把 "life" 译为 "醒"，更是转弯了。

黄国彬注意到了这个问题，认识到把 "in excrements" 翻译出来的必要性，他把整个短语
译为 "仿佛毛发也有了生命"，即把 "excrements" 译成了 "毛发"。他应该是取了培根的解释。

我们姑且同意培根的说法，认为 "excrements" 指的是毛发。但 "like" 云云是一个比喻的
说法。而比喻的 "根本大法" 是 "以彼物言此物"（朱熹语）。亚里士多德说："欲为善喻，必直观
其不类之类"（"an intuitive perception of similarity in dissimilarities"）。只有思钝者才会以
此物喻此物；而莎翁这样的善喻者，必定不会以 "毛发" 比喻 "头发"。所以，翻译成 "毛发"，
相当于贬低了莎翁的才华。

这个短语的本义其实很直白："粪便中的生命"，或者 "粪便供养的生物"。要知道，粪便是最
肥的肥料，粪便供养的生物往往长势最茂，所谓 "牛粪上的鲜花" 者也。以前，在自然主义农业
生产阶段，人的粪便作为有机肥都是直接浇到蔬菜上去的，不数日蔬菜就长得肥硕而鲜嫩，洗洗
就可以上饭桌；这是非常自然的做法。"粪便中的生命" 也是非常自然的说法。

或许有人会问：这样的秽语怎么能出自堂堂王后之金口？也许，在朝堂之上，在正常情况下，
王后是不会那么口吐秽语。但是，此处，王后是单独在跟她的儿子说话，而且他儿子之前已经用
了许多不堪入耳的话污水一样地喷向她，就不允许她用一个只是稍稍有点不雅的词来回击一下
吗？

笔者一方面主张保留这个所谓不洁之词，同时用 "鲜花" 指代 "life"，用花香中和一下
"excrements" 一词似乎会散发出来的臭气，从而不至于招致读者更大的不快。也就是说，笔者
在反对过度雅化的同时，做了适度的净化处理。

哈姆雷特：　　　　　　看他，他！您瞧，他的目光
　　　　　　　　　　　是多么苍白！要是我把他那模样
　　　　　　　　　　　和导致那模样的祸根告诉石头，
　　　　　　　　　　　连石头都会呼号。——不要那样
　　　　　　　　　　　哀怨地看着我，您会使我背离
　　　　　　　　　　　严厉的行动，我就会没有真正的
　　　　　　　　　　　决心去从事我必须做好的事情——
　　　　　　　　　　　甘愿流泪，却不愿意去流血。

王　后：　　　　　　　你在跟谁说话？

哈姆雷特：　　　　　　您在那儿什么都没看见吗？

王　后：　　　　　　　什么都没有啊；但凡有的，我都看见了。

哈姆雷特：　　　　　　那么您什么也没听见？

王　后：　　　　　　　没有，只有咱俩的谈话。①

哈姆雷特：　　　　　　哇，您看那儿！看，它正在
　　　　　　　　　　　悄悄地隐退！我的父王，穿着
　　　　　　　　　　　他生前习惯穿戴的便装！看啊，
　　　　　　　　　　　他就在门口，正在慢慢走出去！

[鬼魂下。]

---

① 王后为何能看见她儿子的魂魄，却看不见也听不见老国王即她前夫的亡魂？有学者认为，那是因为老国王还是爱惜她，原谅她，以免她看见自己可怕的样子而受到惊吓乃至吓坏。也有学者认为，那是因为她不配看见老国王的鬼魂，她虽然未必知情或参与小叔子对老国王谋杀篡位的罪行，但她毕竟那么仓促地改嫁给了小叔子，对老国王哪怕没有罪，至少有愧。

在稍晚于莎翁的托马斯·海伍德（Thomas Heywood，1574？—1651）的剧作《铁器时代》第五幕第一场中，有类似的描写：攻打特洛伊时的希腊联军统帅阿加门农凯旋后，被自己的妻子伙同其奸夫杀害，他人能看见他的亡魂，唯独其妻看不见；因为她对阿加门农有罪。

王后：	这都是你的脑子里迷狂的
	产物；造出一个无形的东西，
	这正是迷狂最擅长的拿手好戏。
哈姆雷特：	迷狂？
	我的血脉跟您的一样保持着
	适当的节律，奏出健康的音乐。
	我刚才所说的不是疯话；我会
	把事情复述出来，而疯子说起
	话来往往会不着边际。母亲，
	如果您还爱着上帝，您就不要
	在您的灵魂上涂抹安慰的油膏，
	不要太确信那说话的是我的疯癫
	而不是您自己的罪愆。油膏只会
	使您溃疡的伤口长上一层皮、
	结上一层膜；恶臭的脓血会挖空
	或感染体内看不见的五脏六腑。
	您向上苍坦白吧，忏悔您过去的
	罪过，以免将来再犯。您不要
	给毒草施肥，那样它们会变得
	更加恶毒。请您原谅我的这种
	美德；这时代像个气喘吁吁的
	胖子；在这虚胖的时代里，美德
	反而要乞求罪恶来原谅自己，

还要卑躬屈膝地恳求罪恶

能开恩允许自己为它做点好事。

王后：　　　　　哦，哈姆雷特，你把我的心掰成了两半。

哈姆雷特：　　　哦，那就扔掉那坏的一半，

保留另一半来过干净一点的

生活。晚安——可是不要再上

我叔父的床。纵然您没有美德，

也装得有吧。习惯是一个怪物，

它会吞噬掉我们所有对邪恶

习气的知觉；但它同时也是

天使，对于美好而善良的行为，

也会赐予一套合身的制服。

熬过了今夜，下一次节制起来

就容易多了，再下一次就更容易；

习惯几乎能改变天性的烙印，

要么控制魔鬼，要么用惊人的

力量把他扔出去。让我再一次

向您道晚安；当您渴望得到

祝福的时候，我将求您祝福我。

——至于这位大人，我后悔杀了他；

但是上苍喜欢我这么做，上苍

用他来惩罚我，也借我来惩罚他，^①

我只是执行天意的刽子手和工具。

我会把他安放到合适的地方，

是我杀了他，我会对此案负责。

让我再道一声晚安。我得残暴些，

但目的是仁慈；坏事开了头，

更坏的在后头。还有一句话，母亲。

王后：　　　　你要我做什么？

哈姆雷特：　　不要，绝对不要做这样的事情：

任由那大肚子国王再次引诱您

上床，放肆地捏弄您的脸颊，

把您叫作他的小耗子；任由他

用恶臭的嘴巴一再地亲您，还用

该死的手指抚摸您的脖子；弄得

您把所有这些事都和盘托出，

告诉他我本来没疯，只是装疯。

您让他知道这一切也好，因为

您是这样的一位王后，美丽、

冷静而聪明，您怎么会把如此

性命攸关的事情瞒着一只

癞蛤蟆、一只蝙蝠、一只阉猫呢？

---

① 哈姆雷特误杀了泼娄聂斯，一方面心里感到内疚，另一方面也使国王有了驱逐他的理由。

	有谁愿意这么做呢？没有。尽管
	您有理智，知道该保守秘密；
	但是您会像那只传说中的猴子，
	拔掉屋顶上笼子的插销，让鸟
	飞走后，自己也想试一试，于是
	爬进了笼子，结果摔断了脖子。①
王后：	我向你保证，如果话语来自
	呼吸，而呼吸来自生命；那么
	我宁愿丧命也不会泄露你的话。
哈姆雷特：	我得到英国去；您知道吗？②
王后：	啊，我忘了！这事是这么决定的。
哈姆雷特：	公文已经封好，还有我的两个
	老同学，我得信任他们，就像
	信任露着尖牙的毒蛇；他们
	领受了国王的命令，先是为我
	把道路扫清，然后把我引向
	陷阱。随便他们怎么玩；因为
	如果爆破手把他自己给炸飞，
	倒是好玩。这事不好办。不过，

---

① 这则寓言的出处已无从查考，故事的梗概是：猴子把鸟笼拎到屋顶，打开门，鸟儿飞了出来；他羡慕鸟儿飞出笼子的行为，于是决定模仿：自己也钻了进去，结果连笼子带自己一起从屋顶上摔下去，死了。
② 国王决定让哈姆雷特去英国并且暗中企图借他人之手除掉他，这绝对是针对他的阴谋，怎么会让哈姆雷特知道的？剧中没有交代。

我会在他们的雷管底下埋设

地雷，把他们炸上月亮。哦，

真是太美妙了，狭路相逢，短兵

相接。我要像收拾行李似的收拾

这家伙，把这堆下水拖进隔壁 ①

房间——母亲，晚安。真的，这位

大臣现在多安静，多谨慎、严肃，

他活着的时候是个夸夸其谈的、

无聊的笨蛋。来吧，先生，让咱俩自行去处。

晚安，母亲。

　　　　[各自下，哈姆雷特把泼娄聂斯的尸体拖进去。]

---

① "下水"者"内脏"也。估计哈姆雷特下手很猛，用佩剑挑开了泼娄聂斯的胸腹，以至于内脏（guts）都摊出来了。

第四幕

第一场

城堡中一室

[国王、王后、罗森克冉茨和吉尔登斯登上。]

国王：　　　　　　在你深重的叹息中肯定有着

　　　　　　　　深远的意味；你必须给我解释，

　　　　　　　　我有权了解。你的儿子在哪里？

王后［对罗和吉］：　让陛下和我在这儿单独呆一会儿。

　　　　　　　　　　　　　　　　　　　［罗和吉下。］

　　　　　　　　哎，我的陛下啊，你猜我今晚看到了什么！

国王：　　　　　　你看到了什么，格楚德？哈姆雷特怎么样了？

王后：　　　　　　疯了，疯得像大海和飓风在比赛 ①

　　　　　　　　谁更有疯劲。在他那无法无天的

　　　　　　　　疯病发作的时候，他听见挂毯

　　　　　　　　后面有动静，就拔出长剑，高喊：

----

① 王后是聪明人，而且也还镇静。在她自己知道哈姆雷特装疯之后，竭力在国王面前假装她感知哈姆雷特是真疯，以免加重国王的疑心，从而保护自己的儿子。

　　　　　　　　　　"耗子，耗子！"他的头脑失去了

　　　　　　　　　　理智，杀死了那个躲藏着的老好人。

国王：　　　　　　　哦，多么深重的罪行！如果

　　　　　　　　　　寡人在那儿，可能也会遭受

　　　　　　　　　　他的毒手，他的为所欲为已经

　　　　　　　　　　对所有人构成威胁——对你本人，

　　　　　　　　　　对寡人，对我们大家。唉，该如何

　　　　　　　　　　解释这桩血腥的罪行？这责任

　　　　　　　　　　会落到寡人的头上；寡人应该

　　　　　　　　　　早就有所防备，早就应该把这个

　　　　　　　　　　年轻的疯子关起来，不让他接触

　　　　　　　　　　别人，不让他神出鬼没地乱走。

　　　　　　　　　　可是，寡人对他如此恩爱有加，

　　　　　　　　　　还真不知道拿什么办法处置他。

　　　　　　　　　　不过，就像一个人感染了恶病，

　　　　　　　　　　如果一直不让毒素排泄，那病毒

　　　　　　　　　　就会吞噬掉他的生命的元气。

　　　　　　　　　　他去哪儿了？

王后：　　　　　　　他拖着那尸体走了；就像矿层里

　　　　　　　　　　蕴含的那点稀有金属，他的疯病里

　　　　　　　　　　也还有真纯。[①] 他为他的行为哭了。

———————————

① 疯病中的理智如同矿层里的稀有金属。

国王：　　　　　　　　　哦，格楚德，过来！

但等太阳一落山，我们就打发他

上船；至于这桩邪恶的罪行，

我们得用尽权力和权术，为他

圆场，替他开脱。喂，吉尔登斯登！

[罗森克冉茨与吉尔登斯登上。]

两位朋友，你们去找几个帮手。

哈姆雷特在他发疯的时候，杀了

泼娄聂斯。他把尸体拖出了王后的

寝宫；你们去找着他，跟他好好

说话，然后把尸体弄到教堂里去。

我请求你们，快点把这事给办了。

[罗森克冉茨与吉尔登斯登下。]

来，格楚德，我们要把最明智的

朋友召集起来，让他们获知

咱们的意图和这桩突发的事件。

也许各地会传遍诽谤的流言，

像大炮向着空中发射出带毒的

炮弹——但愿它偏离咱们的名誉，

只击中那不会感到伤痛的空气。

过来啊！我心中满是混乱和惊惧。

[下。]

第二场

城堡中另一室

[哈姆雷特上。]

哈姆雷特：　　　　　安置妥了。

罗、吉〔自内〕：　　哈姆雷特！哈姆雷特殿下！

哈姆雷特：　　　　　哦，轻点！什么声音？谁在喊哈姆雷特？哦，是他
　　　　　　　　　　们俩。

[罗森克冉茨与吉尔登斯登上。]

罗森克冉茨：　　　　殿下，您把尸体弄哪儿去了？

哈姆雷特：　　　　　和到泥土里去了，泥土是他的本家。①

罗森克冉茨：　　　　告诉我们尸体在哪儿，我们要把它移到教堂里去。

哈姆雷特：　　　　　别相信。

罗森克冉茨：　　　　相信什么？

哈姆雷特：　　　　　别相信我会保守你们的秘密，而泄露自己的。还有，面

———————————

① 《圣经·创世纪》第3章第19节：人"本是尘土，仍要归于尘土"。

	对海绵的提问，作为王子，我该给出什么样的答复呢？
罗森克冉茨：	您把我看成一块海绵吗，殿下？
哈姆雷特：	哎，先生，海绵吸干国王的宠爱、赏赐和爵禄。不过，这样的臣子最终会竭尽效忠。国王豢养他们，像猴子嘴角含着果子，先是含着，最后是一口吞掉。当他想要回你们吸收了的东西时，就会把你们榨干。海绵，你会再度干巴。
罗森克冉茨：	我听不懂您说的话，殿下。
哈姆雷特：	你不懂，那我很高兴：没正经的言语在一个傻瓜的耳朵里睡大觉。
罗森克冉茨：	殿下，您必须告诉我们尸体在哪儿，必须跟我们一起去面见国王。
哈姆雷特：	尸体跟国王在一起，可是国王没有跟尸体在一起。[①] 国王是一件东西——
吉尔登斯登：	是一件东西，殿下？
哈姆雷特：	不是东西的东西。带我去见他吧。狐狸藏起来，大家都去追。

〔下。〕

---

① 哈姆雷特故意说的疯话，所以费解。有学者解释说：尸体在宫殿里，而整个宫殿都属于国王，故而可以说"跟国王在一起"；但又不在国王所处的房间里，故而说"国王没有跟尸体在一起"。

第三场

城堡中另一室

［国王上。］

国王：　　　　　我已经派人去找他和那具尸体。

让这年轻人为所欲为是多么
危险啊！但是我们又不能把严峻的
法律加在他身上。他受到糊涂的
群众的爱戴；他们喜欢他，不凭
理智的判断，只凭眼睛的愉悦。
因此，他们关注的是罪犯所受的
惩罚，而从来不是犯罪本身。
为了摆平这件事，我们这回
突然之间送他出国，必须像是
故意安排的结果。当疾病发展
成绝症，要靠绝好药械来疗救。①

---

① 原文为 "Disease desperate grown/ By desperate appliance are relieved." 可能改自英国
谚语："A desperate disease must have a desperate cure."（绝症必有绝治）。因为这句话的含

否则，一点疗效都没有。

[罗森克冉茨上。]

怎么样？事情落实了吗？

罗森克冉茨： 尸体所放的地方，陛下，我们无法从殿下那儿得知。

国王： 那么他在哪儿？

义有点像中国的习语"猛药治沉疴"，所以几乎所有译者都把"desperate appliance"翻译成了"猛药"。不过，"appliance"可能指"药物"，但更多地指"药械"；"cure"更是指"疗法"（因此有时换之以"remedies"）。译文如果用"药"，似乎没别的疗法了；因此不太完全符合原义。

其实，"desperate"这个词在修饰"appliance"时的含义并不是"绝望的"，"病"可以"绝望"，"药械"怎么能说"绝望的"呢？"绝望的药械"还能治病吗？"desperate"在这里是指程度无与伦比的高。这是一种特殊但普遍的修辞策略，即用表示特别不好甚至贬义的词来表达顶级的程度，姑且命名为"反话正说"。此处"desperate"的含义与"绝望的"正好相反，是"顶好的"。因为"绝"字比"顶"还要程度高，而且跟"绝望"关联，因此，笔者顺手牵羊，用了"绝好"，以在音、义两方面与"绝症"相对应。

另外，原文中有押头韵的，如"Disease"与"desperate"；还有押行内韵的，如"Disease"与"relieved"。译文应该要尽量体现这些音韵特点。如押头韵的有"疾病"与"绝症"、"绝症"与"绝好"、"疗救"与"疗效"等；押尾韵的则有"疗救"与"没有"等。另外，"靠""好""药"和"疗"等都押了内韵。

梁实秋译为"险症必要猛剂才能治疗"。他大概是化用了中国的习语"猛药治沉疴"。"猛剂"者"猛药"也。不过，此处梁倒是注意押了"内韵"，如"险症"与"才能"、"必要"与"治疗"。

朱生豪则完全用了意译法："应付非常的变故，必须用非常的手段。"译文中既没有"疾病"的意象也没有"治病"的意象。不过，朱用的是散文诗体，所以也有音韵的讲究，比如"应付"与"变故"押的是韵母。

卞之琳译为"病发得急了，／一定要使用急药来医治才对"。急病可能包括一些比较普通的病，比如霍乱、急性盲肠炎、急性胃炎等，这些急性病的英文是"acute disease"，而不是"desperate disease"，因为它们发作恶化的程度还没有达到"绝望""致命"的程度。因此，用"急"来翻译"desperate"并不是太合适。卞之琳在翻译时一贯注意并重视音韵特征，在这里他主要用了两处"内韵"："病"与"定"，"急"与"治"。

孙大雨译为"病情一危急，／便需使用猛药来医治才有效，／否则就没救。"

黄国彬译为"疾病极重时，／极重的猛药才能把疾病治好，／不然就无药可救。"他也用了"猛药"。其实，"猛药"已经包含"极重的"含义，黄大概只是为了学原文重复使用"desperate"一词。

罗森克冉茨:	在外边，陛下；有人看守着他，我们听候您的旨意。
国王:	宣他来见寡人。
罗森克冉茨:	喂，吉尔登斯登。请殿下进殿。

[哈姆雷特和吉尔登斯登及官役若干上。]

国王:	喂，哈姆雷特，泼娄聂斯在哪儿？
哈姆雷特:	在吃晚宴的地方。
国王:	吃晚宴？在哪里？
哈姆雷特:	不在他吃的地方，而在他被吃的地方。一群政客蛆虫正

在开议会会议吃他呢。^①蛆虫是食客中唯一的皇帝^②。我

---

① 原文为 "a certain convocation of politic worms are e' en at him." 此处 "worms" 一语双关，一是明指它的本义 "虫子"（小写），二是暗指德国历史最悠久的城市之一沃尔姆斯（Worms），1273 年成为神圣罗马帝国的自由城市。

此处 "convocation（大会）" 影射的是：1521 年 1 月 28 日至 5 月 25 日在沃尔姆斯紧急举行了一次神圣罗马帝国议会会议，由帝国皇帝兼西班牙国王查理五世亲自主持。正是在这次会议上，马丁·路德被宣判为 "异端"，并被判处死刑。莎翁这句话隐含的意思可能是：从神圣罗马帝国皇帝到与会的所有政客都是蛆虫，他们聚在一起，以宗教正统的名义，"吃掉"马丁·路德这位伟大的宗教改革家。他借这句话对那次会议和卫道士们进行了嘲讽和抨击。

我们当然不能把这段影射的复杂历史内容明确翻译出来，那么，如何才能让读者隐约觉察到莎翁的良苦用心呢？这需要译者在克制与显露之间取得一种平衡。

梁实秋译为 "一群贤明的蛆虫正在吃着他"。首先，"politic" 的本义是 "精明的"，而不是 "贤明的"。两者有区别，"贤明的" 肯定 "精明"，但 "精明的" 未必 "贤明"，"贤明" 应该 "德才兼备"，而 "精明" 只就 "才智" 而言，这种 "才智" 可能只为某人自己、家庭或小集团利益服务，而 "贤明" 必须是为国家社会乃至人类服务。其次，此处 "politic" 应该暗指 "政客（politician）"。"politic worms" 名为 "政客似的虫子"，实为 "虫子似的政客"，是对政客（politician）的精妙比喻或莫大蔑称。因此，不宜用其本义来翻译。再次，梁未译出关键性的 "convocation" 一词，从而断绝了读者联想起那次神圣罗马帝国会议的任何可能性。

朱生豪译为 "有一群精明的蛆虫正在他身上大吃特吃哩"。他虽然把梁实秋的 "贤明" 改成了更加准确的 "精明"，但没有译出 "politic" 和 "convocation"，从而失去了这句话中丰富的政治寓意。

卞之琳译为 "一大群官虫正在开会议对付他"。用 "对付" 一词吃掉了 "吃" 这个生动的意象。"开会议" 太普通了，没法让听众联想起那次神圣罗马帝国举行的特殊的议会会议。"官虫" 是很精彩的一个创造性的译法，表示莎翁在嘲讽官僚。笔者借用这种译法，但把 "泛泛" 的 "官" 具体化为 "政客"，以更符合 "politic"。

孙大雨也把 "convocation" 译为 "开会议"，即 "一大伙政治蛆虫正在开会议啃他"。

黄国彬译为 "一群精明的蛆虫正在开议会吃他"。也许为了在译文中暗示在沃尔姆斯举行的那次会议，黄没有简单译成 "开会"，而是 "开议会"；但是，"议会" 是组织的名称，而不是会议，"开议会" 听着颇为别扭。笔者以为，翻译成 "议会会议" 既能保持影射，又能听着顺耳。

② 原文为 "Your worm is your only emperor for diet"，原义是 "蛆虫是你们饮食界的唯一皇帝"。这句话改自蒙田的名言："The heart and life of a mighty and triumphant emperor, is but the breakfast of a seely little worm."（皇帝大权在握、连连得胜，但他的心和生命只是可怜的蛆虫的早餐）莎翁改得更加简洁，当然寓意的倾向也有了变化：吃皇帝的蛆虫成了皇帝。

梁实秋译为 "蛆虫才是筵席上唯一的皇帝"。

卞之琳译为 "蛆虫是会餐的皇帝"，漏掉了 "唯一的"。更加严重的问题是："会餐" 顺接的是上一句中的 "会议"。卞之琳可能以为这句话是顺承上一句的。其实，上一句的结尾是句号，即跟

	们养肥其他生物是为了养肥我们自己，我们拿养肥了的自己去喂养蛆虫。肥国王和瘦乞丐，只是两道不同的菜——端上同一张筵席。那就是结局。
国王：	啊，啊！
哈姆雷特：	一个人可能会用那条吃了国王的蛆虫去钓鱼，而他会吃那条吞吃了蛆虫的鱼。
国王：	你说这话是什么意思？
哈姆雷特：	只是想告诉您国王是如何在乞丐的肠子里巡视的。
国王：	泼娄聂斯在哪儿？
哈姆雷特：	在天上。您这就派人去看吧。如果您的使臣在那儿找不着他，那您就自己到天堂的对面①去找他吧。不过，要是您这个月内实在找不着他，那么您在上楼梯进大殿时就会闻到他。
国王［对宫役］：	去那儿找他。

这句没有直接的关系。而这一句的结尾是冒号"："，即，跟它有关系的，用来解释它的是后面的句子。因此，这句话的内容跟那个会议（包括由此引申出来的聚会、餐会、宴会）都没什么关系。

"diet"这个词指的是比较日常的饮食，而不是较为特殊的宴会饮食；也就是说，这一句离开了前面的某一个会议影射，而开始谈论更加普遍的关于人类生命的话题：肉体意义上的所有生命，包括人类的，皇帝也不例外，都将腐烂，都将成为蛆虫的食物，人算是处于整个食物链的顶端，而蛆虫连人都吃，因此他们是所有食客中最高最后的获取者，形同皇帝。因此，我们不宜把"diet"翻译成"会餐"，也不宜翻译成"筵席"（规模比"会餐"更大，更缺乏日常性）。

朱生豪译为"蛆虫是全世界最大的饕餮家"。"全世界最大"云云似乎特别强调了蛆虫的厉害，但不如"皇帝"一词概括性强。

黄国彬译为"蛆虫是食物的唯一皇帝"。此处"emperor for diet"指向的是享用食物者，而不是"食物"本身（of diet）。因此，不宜直接翻译为不伦不类的"食物的皇帝"（emperor of diet）。

① 地狱。这是哈姆雷特在诅咒国王早点死而且死后立即就下地狱。

哈姆雷特：　　　　　他会呆在那儿，等着你们的。

［官役下。］

国王：　　　　　　　哈姆雷特，寡人非常关注你做的
　　　　　　　　　　这事

　　　　　　　　　　痛心，另一方面又要为你的安全

　　　　　　　　　　担心；寡人决定必须此刻

　　　　　　　　　　就送你出去。你去准备一下吧，

　　　　　　　　　　帆船已经备好，天风也作美，

　　　　　　　　　　随行人员正在恭候你，此去

　　　　　　　　　　英国的万事俱备，只欠你动身。

哈姆雷特：　　　　　去英国？

国王：　　　　　　　是啊，哈姆雷特。

哈姆雷特：　　　　　好啊。

国王：　　　　　　　如果你明白我们①的用心，就好了。

哈姆雷特：　　　　　我知道有一个小天使了解你们的用心。②不管怎么样，

　　　　　　　　　　走吧，去英国！再见了，亲爱的母亲。③

国王：　　　　　　　还有爱你的父亲，哈姆雷特。④

哈姆雷特：　　　　　我母亲！父亲和母亲是夫妻；父妻是一体的；所以，是

---

① 指国王自己和王后。

② 小天使（cherub）是爱与美的象征，与国王口蜜腹剑的险恶用心恰成对照；另外，天使是无所不知的。哈姆雷特之所以这么说，是因为他不能直接说自己看透了国王的居心叵测和阴谋诡计。

③ 哈姆雷特只跟母亲告别，不打算搭理国王。

④ 被哈姆雷特冷落，国王觉得没趣或没面子，主动来靠近。

我母亲。①

走，去英国！

[下。]

国王：　　　　　　　紧紧地跟着他；诱导他尽快上船；

不得耽搁，我要他今晚就走人。

去吧！跟这事有关的其他一切

都准备好了。请你们快点去落实。

[罗森克冉茨与吉尔登斯登下。]

英王啊，如果你不把我的爱放在

眼里，——你也该见识我的威力，

因为贵国还留着丹麦的利剑

砍出的伤疤，而且依然红艳；

我给你自由，但是敬畏应使你

加倍向寡人表达敬意，——相信

你不敢漠视我的旨意，我的意思

已全在信中说明，我要的结果是：

你马上给我了结哈姆雷特的

性命。英王啊，他的疯癫就像我

血液中的热病，你必须帮我治疗。

————————

① 哈姆雷特虽然在那种场合不好严词拒绝，但巧妙地模棱地予以了回绝。"父妻是一体"的说法来自《圣经》，如《创世纪》第 2 章第 24 节说："男人要离开父母，与妻子连合，二人成为一体。"

在我确切知道这热病被消灭
之前，不管我的运气有多好，
我的快乐却永远不会有开端。

　　　　　　　　　　　　　　　〔下。〕

第四场

艾尔西诺城堡附近一地

［福丁布拉斯带着他的部队上。］

福丁布拉斯：　　　　　队长，你去替我觐见丹麦王，

告诉他由于他先前恩准过，现在

福丁布拉斯恳求他允许挪威的

部队穿越丹麦的国土。你知道

咱们会合的地点。如果丹麦王

有事要跟我商量，我会入朝，

当着面向他说明我们的使命，

就向他禀告这些吧。

队长：　　　　　　　得令，殿下。

福丁布拉斯：　　　　部队慢慢前行。

［除了队长，所有人下。］

［哈姆雷特，罗森克冉茨、吉尔登斯登和其他人上。］

哈姆雷特：　　　　　长官，这都是谁的部队？

队长：　　　　　　　是挪威王的，先生。

哈姆雷特:	我请问您，长官，你们此行有什么目的?
队长:	去攻打波兰的某个地方。
哈姆雷特:	谁是统帅，长官?
队长:	挪威老王的侄子，福丁布拉斯。
哈姆雷特:	是去攻打整个波兰呢还是某一段边境?
队长:	说真话，一点都不虚夸；我们要去 夺取的是一块小得像补丁的土地，① 只有虚名，没有一丁点儿实利。 让我出五个大洋的租金，五个， 我都不愿意去那儿耕种；哪怕 把它卖给挪威王或者波兰王， 它也不会产出更多的利益。
哈姆雷特:	那么说来，波兰人绝对不会保卫它了。
队长:	不，波兰人已经在那儿驻防了。
哈姆雷特:	两千个生灵加上两万块大洋， 也解决不了这个稻草似的问题。 这是过多的财富和太久的和平 造成的脓肿，因为里面溃烂， 连人都死掉了，外面却还没显示 一点儿病症。——真心谢谢您，长官。

---

① 此处影射 1601 年 7 月 2 日至 1602 年春英国与西班牙为一片毫无价值的沙丘地带（名为 Ostend）而开战之事。战事一直持续到 1604 年，英国军队抵抗西班牙军队，伤亡很大。

队长：　　　　　　愿上帝与您同在，先生。^①

　　　　　　　　　　　　　　　　　　　　　　　［下。］

罗森克冉茨：　　殿下，请您走吧？

哈姆雷特：　　　你们先走一会儿，我马上就来。

　　　　　　　　　　　　　　　　　　［除了哈姆雷特，全体下。］

　　　　　　　　所有的事情都在谴责我、刺激我，

　　　　　　　　说我的复仇心理太迟钝！如果

　　　　　　　　一个人一生主要的德行和营生

　　　　　　　　只是睡眠和吃饭，他还是人吗？

　　　　　　　　一头牲口而已。上帝创造了我们，

　　　　　　　　赐予了我们这么广大的智性，

　　　　　　　　使我们能瞻前顾后；他赋予我们

　　　　　　　　各种能力以及他自己一样的

　　　　　　　　理智，可不能还没用就在我们

　　　　　　　　身体内霉烂啊。唉，这是由于

　　　　　　　　牲口的健忘呢还是由于对这事的

　　　　　　　　思考过分精密——怯懦使顾虑

　　　　　　　　变成了顾忌；我这种思虑如果

　　　　　　　　分成四份，那其中只有一份

────────────

① 哈姆雷特没有暴露自己的王子身份，所以那个军官称他为"先生"，而不是"殿下"。

是智慧，其他三份全是怯懦。——

我不知道为什么我一直在说：

"我要做这事"；其实我有行动的

因头、意志、力量和手段。像大地

一样显明的榜样在劝我。看看

这支部队吧，人数如此众多，

粮草如此丰足，而统帅却是

一个稚嫩的小王子；他的精神

鼓鼓的，充满神圣的雄心，向着

那不可预见的结局撅着嘴；哪怕

是为了一个鸡蛋壳，他也会面对

命运、死亡和危险，大胆暴露出

自己致命的弱点和不定的前途。

没有大事情，就不会轻举妄动；

这点是重要。但是，当荣誉受到

威胁，哪怕是为一根稻草而争吵；

这也很重要。那么，我如何忍受

得了父亲被杀害、母亲被污辱。

我的理性和血性都已经兴奋

起来。让所有人都沉睡吧，羞愧

使我难眠；我看到两万名勇士

视死如归，只为了一个幻想、

一点虚名，他们就走向坟墓，

就像我们走向床铺。他们

争夺的那块地方实在太小，
不足于作为战场让双方士兵
展开战斗，甚至不足以作为
坟场掩埋阵亡的战士。从此时
此刻开始，我的思想将充满
血腥，否则将没有任何价值！

　　　　　　　　　　　〔下。〕

第五场

艾尔西诺城堡中一室

[王后、霍雷修和一朝臣上。]

王后：　　　　　我不想跟她说话。

绅士：　　　　　她胡搅蛮缠，真是疯了；

　　　　　　　　她那神态也真叫可怜。

王后：　　　　　她想要什么呢？

绅士：　　　　　她喋喋不休地谈着她的父亲，

　　　　　　　　说她听闻这世上有许多阴谋。

　　　　　　　　她老是哼哼，捶着自己的胸口，

　　　　　　　　有时会无端地踢打阿猫阿狗。

　　　　　　　　她说话迟疑，只有一半意思。

　　　　　　　　她的话全篇虽然没什么意思，

　　　　　　　　但她那些支离破碎的词句

　　　　　　　　却能让听者连缀起来，再加上

　　　　　　　　他们的猜测，也能附会他们

　　　　　　　　自己的想法；她在说话时，眨眼、

　　　　　　　　点头、做出各种姿势，这让人

以为她的疯话里可能有意思；

即使真的没意思，也是很不幸。

霍雷修：　　　　　　有人跟她说说话，有好处；因为

她可能会在那些缺乏教养的

人心里引发各种危险的猜测。

王后：　　　　　　那就宣她进殿吧。

[朝臣下。]

[旁白]　　　　　　对于我这颗生来就有罪的灵魂

来说，每一桩小事似乎都是

某一场大难的序曲；罪人心里

充满了难堪的疑虑；在他害怕

泄露时，偏偏自己先就露了馅。

[朝臣引领奥菲丽娅上。]

奥菲丽娅：　　　　美丽的丹麦王后在哪儿？

王后：　　　　　　你怎么啦，奥菲丽娅？

奥菲丽娅[唱]：　　我该如何从另外一个人身上，

凭着他那镶有海扇壳的草帽，

凭着他那系着稻柴的芒鞋

和朝圣的拐杖，认出你的情郎。①

———————

① 草帽、拐杖和芒鞋都是朝圣香客的典型装束，他们的帽子上之所以装饰着海扇壳，是因为圣地一般都在海外或海边。在浪漫主义以前的诗歌中，诗人常常把女郎比成女神，而把对女郎的追求比成朝圣。

王后：	哎哟，亲爱的小姐，你怎么学唱这样的小曲？①
奥菲丽娅：	您在说话么？嘘，您请听好。
[唱]	他死了，走了，姑娘；
	他死了，走了。
	他头上，一块葱茏草皮；
	他脚边，一块冰冷岩石。
	哦，嗨！
王后：	喂，可是，奥菲丽娅——
奥菲丽娅：	您请听好。
[唱]	裹尸布白得啊，像山上的积雪。

[国王上。]

王后：	喂，陛下，您瞧她这样子。
奥菲丽娅[唱]：	撒满鲜艳的花朵；
	到坟头去哭的人
	没有一个是真心。
国王：	你好吗，漂亮的小姐？
奥菲丽娅：	好，愿上帝报答您！他们说猫头鹰是面包师的女儿变的。②陛下，我们知道我们现在是什么，却不知道将来

---

① 奥菲丽娅是大家闺秀，应时时保持庄重矜持的样子，不应该唱这种俗滥的乡野情歌。她肆无忌惮地一支支唱着这样的谣曲，表明她对它们的内容是没有意识的，表明她真的发了疯。

② 面包师的女儿变猫头鹰的故事是这样的：救世主耶稣行乞，有一天走过一家面包房，里边正在烤面包；他上前去讨要一点面包。老板娘立即把一块面团放进烤炉，但她女儿说那团面太大了，于是只烤了一小块；但出炉时，那一小块面团变成了非常大的一块。她女儿惊讶得直叫唤，而她

	会变成什么。愿上帝与您共进晚餐！①
国王：	她是在想念她父亲。
奥菲丽娅：	唉，咱们别提这事了；不过，如果他们问您这是什么意思，您就这么说：
［唱］：	明儿就是情人节，②
	大家都要早起身；
	我将在你窗跟前，
	愿来做你小情人。
	他起身穿上衣服，
	帮我打开房间门；
	进去时我是处女，
	出来不再女儿身。③
国王：	奥菲丽娅好孩子！
奥菲丽娅：	真的，啦，连誓言都不用发，我来给它编个尾巴。

――――――――――

发出来的声音像是猫头鹰的。大概救世主已经因为她的吝啬而把她变成猫头鹰了。另一个版本说那女孩因为拒绝给耶稣面包而被变成猫头鹰。

① 含义是"被上帝召去"。《圣经·启示录》第 19 章第 9 节："那些被上帝召去参加羔羊的喜筵的人有福了。"

② "St Valentine Day（圣瓦伦丁日）"即 2 月 14 日的情人节。在这一天，男女青年们各自用抽签法或占卜法挑选情侣。圣瓦伦丁是公元三世纪基督教的一名殉道者。有人考证，这一习俗可以追溯到古罗马的牧神节（Lupercalia），原来是 2 月 15 日。据说这一天连禽鸟都要寻找伴侣交配；人呢，出门碰到的第一个成年异性便是情人，不管是熟悉还是陌生。

③ 奥菲丽娅所唱的是民间歌谣。根据中国歌谣体的音韵特点，笔者尽量翻译成七言体，而且模仿歌谣体的节奏模式。

[唱]　　　　　　　　耶稣基督圣人们①

哎呀谁知我羞愧！

小伙就爱占便宜，

他们就该受责备。

她说：

你把我掀翻之前，②

答应跟我结姻缘。

他说：

你若不是自愿来，

我愿与你把婚配。

国王：　　　　　她这样子有多久了？

奥菲丽娅：　　希望一切都变好。我们要有耐心；可是，想着他们把他
放进冰冷的地下，我就禁不住流泪。我哥哥会知道这
事；谢谢你们的好主意。来，我的马车！晚安，夫人
们。晚安，可爱的小姐们。晚安，晚安。

[下。]

---

① "Gis" 是 "Jesus（耶稣）" 的讹变或缩略写法，用于誓词。
② "before you tumbled me" 中 "tumbled" 一词的原义是 "翻滚"，这里做使动词，男方使女
方翻滚，类似于中文里的 "颠鸾倒凤"。民歌中女方的自述带有弃妇的哀怨，但并没有强烈的控
诉。译文需要把握好这个度。
　　梁实秋译为 "你害我以前"。"害" 字用得恐怕有点过度，而且只是一个结论性的判断，不如
"翻滚" 那么生动地展示动作。黄国彬的译文与梁的类似，是 "你干我之前"。卞之琳译为 "你把
我弄到手以前"。孙大雨译为 "你欺负我之前"。他们用的几乎都是抽象名词，几乎没有具体动作
可言。朱生豪译为 "同枕席" 则略嫌太雅。笔者以为还是直译比较适宜。

国王：　　　　　　　　请你紧紧地跟随她；好好地看护她。

[霍雷修下。]

哦，她这是受了深悲巨痛的

毒害，一切都是因为她父亲的

惨死。格楚德啊格楚德，哀伤来时，

从不是单行的探子，而是大部队！

先是她父亲被杀，接着是你儿子

离去；他是最最残暴的凶手，

我们放逐他，是出于正义的考虑，

他这叫自作自受。民众的脑子

一塌糊涂，像一团稠密的糨糊；

他们对老好人泼娄聂斯的猝死

有着种种猜想和流言。而我们

所做的只是草率地将他秘密①

---

① "greenly" 的本义有两个：绿和嫩。

　　此处被有些学者注释为 "foolishly"（蠢笨地）。笔者不敢苟同。尽管哈姆雷特由于仇恨的情绪，总是骂国王愚蠢无能；但国王并非真的蠢笨，从他的言行来看，有时还相当精明。再说，堂堂一国之君，非常自负，怎么可能说自己的行为 "蠢笨" 呢?！况且，其本义也不是 "愚蠢"。

　　大部分中文译者都被这个不太准确的解释牵着鼻子走。如梁实秋和孙大雨都译为 "太笨"，卞之琳译为 "糊涂"（他在这句话的后面用了 "草草率率" 一词，但那个词对应的原文是 "hugger-mugger" 而不是 "foolishly"。"hugger-mugger" 有两个基本含义："秘密地" 和 "杂乱地"。卞之琳分别译为 "偷偷摸摸" 和 "草草率率"）。

　　"嫩"（引申自 "嫩绿"）指某个人本身性格不够成熟，或者做某事准备得不够充分，即在条件不成熟的时候贸然去做。国王急急下令草草埋葬泼娄聂斯，并不因为他不成熟，也并不因为具体办事人员手脚笨拙；而是因为他想早点低调处理这件棘手的事，大事化小，以免节外生枝；如果让外人知道泼娄聂斯死于哈姆雷特之手，进而暴露出他自己的弑兄行为，那就闹大了，就会不可

埋葬。可怜的奥菲丽娅失去了
自我，失去了良好的理性；没有
理性，我们都只是画影图形，
都只是走兽飞禽。最后，和所有
这一切同样麻烦的是：她的哥哥
悄悄从法国回来了，把自己关在
云雾里，使疑惑日益增长。我们
这儿可不乏碎嘴子，他们会拿
关于他父亲猝死的致命的流言
去毒害他的耳朵。这些流言
当然都缺乏事实根据；但是
也正因此，老百姓传来传去，
到最后都把责难推到我一个人
身上。哦，亲爱的格楚德，这些
流言就像开花炮似的，在许多
地方，都会给予我致命的打击。

［内有吵嚷声。］

王后：　　　　　　哎哟，这是什么声音？

收拾。这正是他老谋深算的表现。因此，在这里也不能理解为"嫩"。

　　还是让我们回到这个词的最初含义吧："还是青色的时候"。含义是：还没有成熟。比如，桃子还是青色的时候，就被摘了。因此，它有"仓促"的含义。在汉语中，跟"绿"或"青"字组合在一起的词里实在没有表达"仓促"这个含义的，"绿"主要是用来描写"草"，而"草率"恰恰是"仓促"的近义词。

国王：　　　　　　　　朕的瑞士卫队呢？① 叫他们去把住宫门。

[一位绅士上。]

出了什么事？

绅士：　　　　　　　请您自卫吧，陛下。

大海泛滥，冲垮自己的堤岸，

吞噬平坦的沙滩，也不如年轻的

雷俄提斯那样又猛又急，他带领

一帮武装暴民，压制了您的卫兵。

这群乌合之众称他为王，就好像

这世界刚刚才起源，他们忘了

远古、丢了习俗，别人说什么，

他们都表示认可和支持。他们

高喊着："我们选举雷俄提斯来做

我们的国王！"帽子、手臂和舌头

---

① "Where are my Switzers？"（原义是"我的瑞士人在哪里？"）雷俄提斯纠集并率领的暴民马上就要攻入宫殿了，情急之下，国王把平日里拿腔拿调的"寡人的"都说成了"朕的"。

　　"瑞士人"指的是"瑞士雇佣兵"（Swiss mercenaries）"，他们因忠诚和勇敢，为欧洲各个王室所欢迎和信赖，从 16 世纪初到 19 世纪中叶，瑞士雇佣军在欧洲各地存在长达 300 年左右，以至于马基雅维利在他著名的《君主论》里对他们有过专门的介绍。丹麦王室也不例外，因此国王身边有"瑞士卫队"；不过，当时，似乎没有贴身保镖在他身边，所以，他有此急问。

　　梁实秋译为"我的卫兵在哪里？"卞之琳译为"我的警卫队呢？"孙大雨译为"我的校尉们何在？"他们都把瑞士人的身影给译掉了，从而也掩盖了在欧洲活跃了 300 年的瑞士雇佣军制度。孙译中的"校尉"是中国古代对"军官"的称呼，并不一定指"卫队"。

　　黄国彬译为"瑞士卫兵去了哪里？"他把"朕的"给译漏了，从而丢失了通过国王自我称呼上的微妙变化所显示出来的当时危急的情形和国王急怕的心态。此处，还是朱生豪译得相对最靠近原文："我的瑞士卫队呢？"不过，"我"字也表现不出危急的情形和心态。

都在赞同，欢呼声响彻云霄，

"雷俄提斯将做国王！雷俄提斯王！"

[内有吵嚷声。]

王后：　　　　他们在错误的道路上狂呼乱叫！

　　　　　　这是造反啊这群虚伪的丹麦狗！ ①

————————

① 原文为 "How cheerfully on the false trail they cry!/O! this is counter, you false Danish dogs!" 王后在上一行用的是 "they（他们）"，下一行用的却是 "you（你们）"。难道她说话的对象在短短两行之间就有这么大的转变：先是对着国王和信使说暴民，转而直接对着暴民喊话？但是，从接下来国王、雷俄提斯和众人的对话中，可知：王后在说第二行话时，暴民们还在宫殿的大门外，王后应该是坐在靠里的椅子上，不可能直接对着他们喊话。因此，第二行不适合用第二人称复数。笔者以 "这群" 代之，避免了 "你们" 被误用的嫌疑，保留了群氓的形象。

莎士比亚似乎对 "群众" 尤其是 "暴民" 鲜有好感。就在这一幕第三场的开头，国王说 "哈姆雷特" "受到糊涂的 / 群众的爱戴，他们喜欢他，不凭 / 脑子的判断，只凭眼睛的愉悦"。群众虽然不是群盲，他们眼力不错，但往往只看表面，甚至以貌取人，而不会透过现象看本质。他们没有脑子，看而不见，见而无解，是为 "糊涂"。

有人说，王后身为丹麦国母，怎么能如此骂丹麦子民呢？难道她不是丹麦人？笔者以为，她咒骂的偏重点在于走狗一样的 "暴民"，而不是 "丹麦"。如果她骂的是老百姓，则表明她是势利小人。平时在上流社会里，她表现得尊贵而高雅，但面对底层群众，则凶相毕露。

王后一向懦弱、娴静、温和，此处为何爆粗口骂人？难道她在指桑骂槐，真正骂的是在她面前的国王？这种可能性是存在的，因为之前她已经从哈姆雷特那里得知，国王是毒死她的丈夫，再来娶她的，是一个欺瞒了她的坏透了的家伙。她趁此混乱之机，骂一声也是合情合理的。如果她骂的是国王，表明她的良知已经苏醒。

原文中 "false" 一词重复两遍，前面用于形容事物，后面用于形容人物。并且，这个词跟 "cheerfully" 押头韵 [f]。"Cry" 与 "counter" "Danish" 与 "dogs" 也押了头韵。

梁实秋译为 "听听他们多么快乐的向着迷途喊叫！啊，你们走错路了，你们这些糊涂的丹麦的狗！" 原文 "counter" 的含义是 "相反的，反方向的"，王后指责民众造反，比 "走错路" 严重得多。"false" 一词没有 "糊涂" 的含义。梁用的虽然是散文体，但这里 "么" "乐" "这" 和 "些" 等押了韵母，"途" "路" "糊" 和 "涂" 等也押了韵母。此所谓 "散文之韵" 也。

朱生豪译为 "他们这样兴高采烈，却不知道已经误入歧途！啊，你们干了错事了，你们这些不忠的丹麦狗！" 他把 "counter" 译成 "错事"，也化重为轻了。音韵上则讲究不够。

卞之琳译为 "嗅错了足迹，还叫得这么高兴！ / 你们找反了方向，造反的丹麦狗！" 他译出了 "counter" 的 "反" 意。"Trail" 虽然有 "足迹" 的含义，但此处的含义是 "路径"，"on the

| 国王: | 宫门都被攻破了。 |

[雷俄提斯率众人上。]

| 雷俄提斯: | 狗王在哪里？^①——诸位，你们统统都站在门外。 |
| 众人: | 不，让我们进来！ |

---

false trail"的含义应该是"在错误的道路上"，而不是"嗅错了足迹"。卞之所以这么翻译，可能是太注重狗的嗅觉了。在音韵上，"叫""高""找"和"造"等押了声母。"找反"与"造反"谐音，则更加高明。

孙大雨的译文为"嗅错了脚迹，还喧嚷得这么高兴！／你们弄反了方向，糊涂的丹麦狗！"与卞的高度近似。他也译出了"counter"的"反"意，也把"Trail"错译成了"脚迹"。跟梁一样，它也把"false"一词错译成了"糊涂"。在音韵上，"喧""反"与"丹"押尾韵，"方向"与"糊涂"则都是叠韵词。

黄国彬译为"真得意呀！背信弃义的丹麦狗！／嗅错臭迹了——啊，是逆臭迹乱吠！"译文在词序上跟原文倒过来了。跟卞之琳和孙大雨一样，黄国彬也注重狗的嗅觉。"Trail"在词典里固然有"臭迹"的含义；但此处连"足迹"都不是，何来"臭迹"？"嗅错臭迹"和"逆臭迹"云云似乎在文字表面（字形和字音）有讲究。笔者仔细琢磨，觉得这都是比较拗口的词语组合，一是因为半文不白，二是语义纠绕。"嗅错臭迹"到底"错"在哪里呢？是把原来"香"的"嗅"成"臭"的还是相反？"逆"字在文言文里有两个相互辩证的含义："顺着"和"反着"。在这里，是用来翻译"counter"的，所以应该理解成"反着"。但是，若理解为"反着臭迹"，是否就是"顺着正道"了？这又与原文的本义相反了。在音韵上相当讲究，"臭迹"复沓，而且"迹"与"意"和"义"（此二者还同音）等押尾韵，另外，"狗"与"嗅"和"臭"也押尾韵。

笔者的译文在音韵上，"误""路"和"呼"押尾韵，"道""叫"和"造"也押尾韵。

① 笔者承认此处译文有点过，但亦合情合理。理由有二。

1. 从戏剧演出效果的角度说，虽然雷俄提斯未必听见王后骂丹麦人为"丹麦狗"；但他在这样喊国王的时候，王后的话音刚落，余响仿佛还在，他这样一接，很顺当；另外，还有针锋相对的戏剧性效果：王室骂百姓为"狗"，百姓似乎在回骂。

2. 雷俄提斯本身就是一个鲁莽的青头鬼，在刚刚得到父亲横死的噩耗之际，火冒三丈。他那时怀疑是国王害死了他父亲，所以"骂架"是完全可能的。

在有的版本里，此处国王前面用的不是定冠词"the"，而是代词"this"。"the"的含义是"这个"或"那个"，与"this"的含义"这个"没有多大区别。但是，在此处，区别很大。"the"所指向的语气和态度都是正常的，而"this"似乎要指向对方的鼻子骂上门去，类似于鲁提辖骂镇关西所说的"这厮"。如果译成"这个国王"，表明作者已经明确谁是国王以及国王在哪里，为什么还要问"在哪里"？所以译文必须要进行转换。

雷俄提斯：　　　　请你们听从我的命令。

众人：　　　　　　好，遵命！

雷俄提斯：　　　　谢谢你们。把好门。

[众人下。]

哦，你这暴君，还我的父亲！

王后：　　　　　　冷静点，雷俄提斯，好孩子。

雷俄提斯：　　　　冷静的血滴将宣称我是杂种；

还将宣告我的父亲是王八；①

我生母的双眉之间贞洁无瑕，

然而会被烙上娼妇的印记。

国王：　　　　　　究竟是什么原因，雷俄提斯，

使你鼓动起巨神族那般的叛乱？②

让他过来吧，格楚德，不用为我

---

① 此处原文为 "That drop of blood that's calm proclaims me bastard,/Cries cuckold to my father……"。"血" 作为 "proclaims" 和 "Cries" 的主语，用了拟人手法，非常生动。其中 "blood" 与 "bastard"、"calm" 与 "proclaims" 既押头韵又押尾韵，"Cries" 与 "cuckold" 押的是头韵，因此，音韵效果非常丰富。

这些修辞及其效果都成功地表现了雷俄提斯冲动鲁莽的性格和愤怒之极的情绪。应该设法尽量多地在译文中保留或展现。

笔者的译文保留了拟人手法，择取了合适的措辞，加强了音韵的效果，以便惟妙惟肖地表现人物的性格和情绪。"宣称" 与 "宣告" 相互谐音，"王八" 与下一行的尾词 "无瑕" 押韵。

② "giant" 一词是小写，所以有人认为，那只是指传说中的一般性的巨人；但此处应该指的是古希腊神话中的巨神族（Titans），他们是老一代神族，被以宙斯为首的新一代神族打败，被罚下凡，在地上做各种苦力，屈辱偷生。而新一代居住在奥林匹斯山，高高在上。巨神族也曾谋反，把佩利昂山叠在奥萨山上，然后爬上去，向新一代神族报仇。宙斯见状，用雷霆把佩利昂山从奥萨山上砸下来，使得他们无从攀登。后面，第 5 章第 1 场再次提到佩利昂山和奥萨山。

担心，会有一道神性的篱墙

护佑本王，判贼能做的只是

窥视。他们的诡计休想得逞。

请你告诉我，雷俄提斯，为什么

你如此愤怒？放他过来，格楚德。

说啊，男子汉。

雷俄提斯：　　　　我父亲在哪里？

国王：　　　　　　死了。

王后：　　　　　　但凶手不是他！

国王：　　　　　　让他问到他满意为止。

雷俄提斯：　　　　他到底是怎么死的？别想诓骗我：

下地狱去吧，效忠！见恶魔去吧，

誓约！掉进无底洞吧，良知与律法！

我什么都不怕。需要坚持的我都会

坚持到底，就让要来的都来吧，

今生和来世我都不在乎。我只要

为我的父亲进行最彻底的报仇。

国王：　　　　　　谁会阻拦你呢？

雷俄提斯：　　　　除了我自己的意志，整个世界

休想阻拦我！至于我的韬略，

我会好好地栽培，要事半功倍。

国王：　　　　　　雷俄提斯好孩子。

如果你知道令尊之死的确切

情况；在你复仇时，你是否还会

　　　　　　　　　敌友不分、输赢不论，无论

　　　　　　　　　谁下赌注，你都会来个通吃？

雷俄提斯：　　　我只想找到先父的仇敌。

国王：　　　　　那你知道是谁吗？

雷俄提斯：　　　我愿意张开双臂拥抱家父的

　　　　　　　　　好朋友，用心血款待他们，就像

　　　　　　　　　慈爱的塘鹅把生命给予幼雏。①

国王：　　　　　好，现在你说话像个好孩子、

　　　　　　　　　像个真正的绅士。令尊的猝死

　　　　　　　　　与我无关。我为此感到最切肤的

　　　　　　　　　沉痛。正如白日照亮你的双眼，

　　　　　　　　　理性将使你彻底了解这事的真相。

　　　　　　　　　　　　　　　　　　　　　　　　　　〔内有吵嚷声。〕

　　　　　　　　　让她进来。

雷俄提斯：　　　怎么回事？那是什么声音？

　　　　　　　　　　　　　　　　　　　　　　　　　　〔奥菲丽娅上。〕

---

① 原文为"like the kind life-rendering pelican"。其中"pelican"另有译名为"鹈鹕"。塘鹅有很大的喉囊，捕食时暂时把食物储存在里面；在喂食时，把喉囊放到胸前，以便小鹅从它的大嘴里啄取食物。在啄取的过程中，偶然地，小鹅的啄可能会啄伤喉囊的内壁，导致流血。而血液关乎动物的身家性命。因此，英国民间传说：这种鸟会用自己的鲜血滋养幼鸟。它象征的是为人父母者奉献与自我牺牲的慈爱精神——最强最深的父母之爱。也因此，雷俄提斯赞誉此鸟："kind"（善良），甚至"不惜舍身"（life-rendering），还说他要学塘鹅用自己的血款待他父亲的朋友们（Repast them with my blood）。

怒火啊，烧干我的脑髓吧！就让

比平日咸涩七倍的眼泪烧毁

我的眼睛吧！我凭着上天起誓：

你的疯病将得到厚重的赔偿，

直到复仇天平上的横梁向你倾斜。

啊，五月的玫瑰，善良的妹妹！

亲爱的姑娘，甜美的奥菲丽娅！

天啊，少女的理智是否跟老人的

生命一样的不堪打击？人类的

天性在仁爱中得到锤炼；在得到

仁爱的锤炼时，天性也会对它

所爱的人奉献最最珍贵的品质。

奥菲丽娅［唱］：　　他们抬他上灵车，

他脸上一无所有，

咳哝哝呢哝呢咳，

泪雨落进他坟头。

再见，我的小鸽子！

雷俄提斯：　　即便你还有理智，劝我复仇，我也不会像现在这样被你

感动。

奥菲丽娅：　　你必须唱"向下，向下"，"把他叫作'向下'吧"。哦，

这歌声的旋律多么像车轮的旋转！是那个不老实的管

家，偷了主人家的小姐。

雷俄提斯：　　这通颠三倒四的废话比有头有尾的叙述更感人。

奥菲丽娅:	这是迷迭香，表示记忆；爱人啊，请你记着我。那是三色堇，表示思念。①
雷俄提斯:	疯狂的说法！思念和记忆确实相配。
奥菲丽娅:	这是茴香，给您的，还有耧斗花。这是芸香，给您的；这些是给我自己的。我们可以把它叫作礼拜日的圣恩草。哦，您必须换一种戴芸香的方式！这是雏菊。我会送您几朵紫罗兰， 不过，我父亲一死它们就枯萎了。②他们说他得了善终。③
［唱］	健美英俊的罗宾是我的亲亲。
雷俄提斯:	她把忧虑、挫折、悲痛和地狱 本身都点化成了可爱和美丽。
奥菲丽娅［唱］:	他会不会再来？ 他会不会再来？ 不，不会，他死了； 你也准备去死吧，

———————

① 奥菲丽娅转着圈，把不同的花朵分给不同的人，不过，到底把什么花分给谁，莎翁并没有明确交代。奥菲丽娅在疯狂状态中可能把自己的哥哥当成了哈姆雷特。迷迭香（Rosemary）据说能增强记忆力，所以象征怀念。"pansy（三色堇）"来自法语的"pensée（思想，思虑）"一词。
② 据说，茴香（fennel）表示阿谀奉承，紫罗兰（violet）表示爱情忠贞，而耧斗花表示忘恩负义，尤其是老婆偷汉。芸香象征忏悔，是给王后的。奥菲丽娅之所以要王后把芸香叫作"天恩草"（herb of grace），可能是因为王后在礼拜天戴着芸香去教堂忏悔乱伦的罪恶而祈求天恩。
③ 基督徒临死必须要在牧师见证下忏悔，并得到牧师（代替耶稣）的宽恕，方能算作善终。奥菲丽娅的父亲是被哈姆雷特无意中突然刺死的，没来得及忏悔，也没有得到宽恕；因此，不能算作善终。这可能让奥菲丽娅耿耿于怀，所以唠叨着说"他们说他得了善终"。

他再也不会回来。

他的胡须白如雪，

他的头发亚麻黄，

他走了，他走了；

让我们抛开别伤心，

愿上帝怜悯他魂灵！

我为所有基督徒的灵魂向上帝祈祷。愿上帝与你们同在。

[下。]

雷俄提斯：	上帝啊，你看见了吗？
国王：	雷俄提斯，让我分担你的悲痛，
	否则你就是否认我的权利。
	你可以先离开这儿，到外面选来
	几个你认为最明智的朋友，他们
	会听取并评判你我之间的恩怨。
	如果他们发现寡人真插手
	令尊被害这血案，不管是直接
	还是间接；寡人都愿意拱手
	献出王国、王冠、生命以及
	寡人名下的所有财物，直到
	你满意为止。不过，如果这事
	跟寡人无关；那么请你耐心地

听寡人相劝，寡人乐意跟你

一起齐心协力，务必让你满意。

雷俄提斯： 那就这样吧。

他到底是怎么死的，为什么葬礼

要秘而不宣——他的尸骨上没有

墓碑、没有陪葬的宝剑和纹章，

也没有正式隆重的各种仪式，——

从天上到地下都可以听见冤声，

所以我要到这儿来好好问一问。

国王： 那你就问吧；

你让复仇的巨斧落到凶手 ①

头上吧，现在我请求你跟我走。

〔下。〕

---

① 跟中国古代一样，在古代英国，斧头也是杀人尤其是行刑的利器。在第五幕第二场中，哈姆雷特复述丹麦国王给英国国王的密信中的话说，丹麦王"督令英王：/ 我一到英国，就应该砍下我的头，/ 不得浪费一分钟去磨快斧头"。莎翁在《一报还一报》第四幕第三场中说到"刽子手的斧头"（the hangman's axe），在《亨利六世》（第二部）第二幕第二场中说到"死亡的斧头"。

第六场

城堡中另一室

[霍雷修携一仆人上。]

霍雷修: 要跟我说话的是什么样的人?

仆人: 几个水手,少爷。他们说他们有些信件要给您。

霍雷修: 让他们进来吧。

[仆人下。]

如果这些人不是来自哈姆雷特

殿下那儿,我真不知道这世上

还有什么地方会有人来看我。

[水手数名上。]

众水手: 上帝保佑您,少爷。

霍雷修: 也愿他祝福你们。

众水手: 他会的,少爷,如果他高兴的话。这儿有您的一封信,

少爷,——是那位到英国去的钦差捎来的——如果您的

名字就是他所说的霍雷修的话。

霍雷修 [读信] ：　　　　　霍雷修，在你读完这封信后，请引领这几名伙计去面见
国王。他们有几封信要给他。我们在海上航行还不到两
天，一帮全副武装的海盗就来追逐我们。我们发现自己
的船走得太慢，于是就被迫奋起迎战。在搏斗中，我跳
上了他们的船。转眼之间，他们就把我们的船只洗劫一
空；我单独一人成了他们的俘虏。他们像仁慈的贼寇一
样地对待我；不过他们知道他们这么做的好处：我会好
好感谢他们的。你让国王拿到我给他的信之后，你自己
就逃命一样地飞快到我这里来。我有些话要当面地告诉
你。它们会使你目瞪口呆的；不过，比起事情本身来，
它们真是显得太轻。这几位好伙计会把你带到我这儿来
的。罗森克冉茨和吉尔登斯登继续前往英国了。关于他
们我有许多情况要告诉你。再见。

　　　　　　　　　　　　　　　你的知己　哈姆雷特

来，我会给你们想办法把这些信
递上去的，然后请你们尽快带我
到那个让你们带信来的人那儿去。

　　　　　　　　　　　　　　　　　　　　［下。］

第七场

城堡中另一室

[国王与雷俄提斯上。]

国王：　　　　　　现在良知应该已使你解除了
　　　　　　　　对我的怀疑；因为你的聪颖的
　　　　　　　　耳朵已经听到了：那个杀害
　　　　　　　　令尊的凶手也正在追索我的命。

雷俄提斯：　　　　这事是清楚了。可是请您告诉我
　　　　　　　　对于这样性质上深重的罪过，
　　　　　　　　您的安全、英明和其他方面
　　　　　　　　都在强烈地敦促您严厉处罚他，
　　　　　　　　而您为什么对他不加以惩办？

国王：　　　　　　哦，此间有两个特殊的理由，
　　　　　　　　它们对于你来说，可能显得
　　　　　　　　微不足道；不过，对于我来说，
　　　　　　　　它们是有力的。王后是他的母亲，
　　　　　　　　不见他几乎活不了；至于我自己，
　　　　　　　　不管你称之为优点还是惹祸的

弱点，我的生命和灵魂跟她紧紧

相连；如同星星只能在固有的

轨道上运行，我也只能依靠她

行动。① 我不能让公众注意这件

事情的另一个原因是：普通民众

对他爱戴有加；这种爱淹没了

他所有的过错；像一道能把树木

变成石头的泉水，这种爱会把②

他的镣铐变成荣耀；我的箭

太轻，顶不住这样的大风，即使③

射出去也会转回来伤害我自己，

而不是奔向我所瞄准的靶子。

雷俄提斯：　　我就这样发现高贵的父亲没了，

妹妹也陷入了绝境；如果让我

回头赞美她过去的才貌，那真是

十全十美、冠绝古今，不过，

---

① 从这几句话来看，国王似乎深爱并且依赖王后。这可能是实话，不过，他这么说还出于实际利益的考虑。按照正常的王位承袭制，老国王去世之后，首先可继承的是王子哈姆雷特；即使哈姆雷特当时不在丹麦国内，也应该由王后临时摄政，不应该由国王的弟弟来掌权，所以克罗迭斯说要依靠王后行事，这恐怕也是他急急与王后结婚的实际原因。

② 有一位与莎翁同时代的作家说，在古代小亚西亚西南部的卡里亚，有一条河能使喝过它的水的人变成石头。也有学者考证出：在莎士比亚时代的英国，有多条泉水因为富含石灰而能把里面的东西变得像石头似的，莎翁家乡沃里克郡（Warwickshire）就有这样的一个温泉。

③ 国王的意思是，如果哈姆雷特被捕入狱、处以刑罚，民众对哈姆雷特的爱可能会更强烈。他如果一意孤行，违背民意，去处罚哈姆雷特，那么有可能是搬起石头砸自己的脚，自食其恶果。

	总有一天，我会替他们报仇。
国王：	你可别因此而睡不着觉，你可
	别以为寡人是平庸而迟钝的货色，①
	寡人决不会任凭别人揪着胡子
	威胁寡人，还以为好玩。很快，
	你就会有所耳闻。② 寡人爱令尊，
	也自爱。我想指导你好好谋划——

[一信使携书信数封上。]

现在怎么样？有什么消息？

信使：	这儿有几封信，陛下，是哈姆雷特殿下写来的；
	这封是给陛下的；这封给王后。
国王：	哈姆雷特写来的？谁带来的？
信使：	水手，陛下；是别人告诉我的，我自己没见到这些
	水手。
	克罗狄奥③ 把信交给了我；他也是从别人那儿拿到的。
国王：	雷俄提斯，你来听听这信。
	[对信使] 你走吧。

[信使下。]

---

① 国王自以为并非平庸懦弱的等闲之辈。他能杀兄娶嫂，也的确有手腕有胆量。
② 国王乐观地以为他借英格兰国王之手除掉哈姆雷特的阴谋很快就会得逞，当然真正的结果令他大出意外，头疼不已，于是再生一毒计。因此，这句话可谓"伏笔"。
③ 这个人的名字（Claudio）跟国王的名字（Claudius）只相差最后一个音。因此，有人认为这是莎翁疏忽导致的，他在开头给国王取名之后，在剧中一直没再用，所以写到这第四幕就淡忘了。

| [读信] | 高贵而伟大的陛下，——您将知道我净身回到了您的地盘。我请求明天能面见陛下；我这趟归来，很突然，很奇怪；我首先请求您原谅，然后我会向您汇报事情的始末。 |

哈姆雷特

这是什么意思？所有其他人也都回来了吗？或者只是

有人冒名顶替，实际上压根儿就没这么回事？

雷俄提斯：	您认识笔迹吗？
国王：	"净身！"这是哈姆雷特的字。在信末署名的地方，他说是"单独一人"。你有何高见？
雷俄提斯：	我一无所知，陛下。不过，让他来吧！想着我居然能活着、当着他的面跟他说："你干的好事！"我这郁闷的心里也变得热血沸腾了。
国王：	要真是这样；怎么会是这样？可如果不是这样，又能怎样呢？雷俄提斯，你愿听从我的指挥吗？
雷俄提斯：	愿意，陛下。这么说来，您不会再逼我跟他和解吧？
国王：	我要你自己先安下心来。倘使他现在就回来，那可能是因为他在半途上受到阻碍，不想再

	继续出行；有一条妙计已经 在我的头脑中成熟，我要让他 做件事。除了陷入我的圈套， 他将无从选择。关于他的死， 没有人会传出风言风语，甚至 他母亲也无从指控，只当是意外。
雷俄提斯：	陛下，我愿意受您调遣；假使您 谋划好了，您可以差我去执行。
国王：	这话正合我意。 由于你经常出外旅行，大伙儿 常常谈到你。哈姆雷特曾经听说， 你曾表演过一套绝活。你所有 解数的总和也不及那套绝活 那样让他妒忌；而在我看来， 那是最最没有价值的玩意儿。
雷俄提斯：	那是什么啊，陛下？
国王：	那只是青春帽檐上的一条缎带—— 当然也是必需品；因为青年人 适宜穿着轻便而随意的衣裳， 正如老年人适宜穿丧服一样的 黑衣；前者显得健康，后者 显得庄重。两个月之前，这儿 来了一位诺曼底人。我曾亲眼 见过法国人，还跟他们较量过。

他们都擅长骑马；不过，这一位

侠客的马术中仿佛有巫术。一坐上

鞍子，他就精彩地拨弄他的坐骑，

仿佛他跟那匹烈马融为了一体，

仿佛他的本性中有一半就是马。

这远远超出了我的想象；因为

我曾经想象过各种各样的姿势

和动作，全都逊色于他的表现。

雷俄提斯：　　　　是一个诺曼底人吗？

国王：　　　　　　是诺曼底人。

雷俄提斯：　　　　我拿性命保证，他是拉殁。①

国王：　　　　　　正是他。

雷俄提斯：　　　　我跟他很熟。他的确是整个

法国的国宝。

国王：　　　　　　他说认识你；他对你评价极高，

说你在剑术方面是行家里手，

你在长剑方面尤其出神入化；

---

① 原文为 "Upon my life, Lamord." 有学者指出，"Lamord" 这个法文名字的发音跟 "La mort"（死亡）听起来是一样的（在法语中，字尾辅音字母不发音）。因此，雷俄提斯这么说，可能语含双关。他可能向国王表态要誓死听从国王。如果观众真的听成了 "La mort"（死亡），这句话的字面意义便成了 "凭着我这条命，要他死！" 这很像是一位被洗脑之后的死士在发毒誓。而他的暗箭所指向的自然是他的杀父仇人哈姆雷特。他显露要置哈姆雷特于死地的心声。因此，这个 "死" 的隐义得想法译出来。

　　黄国彬用 "拉殁" 来译 "Lamord"，非常巧妙，因为他不仅紧扣专有名词音译法，而且把隐含的 "mort" 的含义翻译出来了。笔者从善。

最后他宣称：假如有人跟你

比试，那肯定会是一大盛况。

他赌誓说，假如你跟他们国家的

剑客对阵，他们会眼忙手乱，

没有招架之功。先生，哈姆雷特

听了他这番陈述，仿佛中了

嫉妒的剧毒，一心只希望、乞求 [①]

你能早点回来，好跟你比试。

因此么——

雷俄提斯：　因此怎样，陛下？

国王：　　雷俄提斯，令尊对你来说真的

重要吗？或者你只是画了一脸

悲伤，有面无心？

雷俄提斯：　您为何问这个？

国王：　　不是我不相信你对令尊的爱戴；

不过，我知道爱心来自时间；

通过经验的证实，我也知道，

时间会减弱爱的星火，正是

在爱的火焰内部，存在着某种

---

① 原文"envenom with his envy"的字面含义是"因为嫉妒而中毒"或"中了嫉妒的毒"，"envenom"与"envy"相互之间押了头韵。译文用"嫉妒"和"剧毒"，加强了这里的韵感。国王为了自己的阴谋能够得逞，即借雷俄提斯之手除掉哈姆雷特，刚才把他哄抬上了天，这里又挑唆说哈姆雷特对他的剑术嫉妒得要死同时又不服气，不管哈姆雷特是否真的表达过对雷俄提斯剑术的妒忌，国王这样怀着谋杀目的的挑拨离间本身就很恶毒。

灯芯或灯花，它们会减弱火焰

本身。没有一件事物能一直

保持良好的状态；因为良好

会变成太好，然后就会自灭。

我们想要做什么，就应该立即

去做；因为"想要"意味着会变，

有多少舌头、手势和意外，就有

多少衰颓和拖延；因此，"应该"

就像是一声挥霍的叹息，会被

安乐挫伤。还是让我们回到

目前这个敏感问题的症结吧！

哈姆雷特回来了。你想采取什么

举措，而不仅仅是口头说说，

从而表明你是你父亲的孝子？

雷俄提斯：　　　　在教堂里割断他的喉咙！

国王：　　　　　　实际上没有任何地方会使谋杀

变得神圣；复仇不该有任何

地域的限制。① 雷俄提斯，好汉，

你真想复仇吗？那你最好待在

国内。哈姆雷特一回来就会知道

---

① 国王同意雷俄提斯在教堂里杀害哈姆雷特的想法，表明他已经不择手段、迫不及待地要除掉哈姆雷特，也显现了他在宗教信仰上的虚伪。与此恰成对照的是：在第三幕第三场中，国王在祷告时，哈姆雷特本有机会趁其不备杀了他，但没有那么做；那表明哈姆雷特的宗教信仰是虔诚的。

你也正好在国内。寡人会怂恿人

去当着他的面赞美你的优秀，

比那个法国人在你的名誉上所加的

修饰还要多一倍；最后把你俩

拉到一起，一决高低。他一向

大意，而且最为大方，想不到

这些阴谋诡计；所以他不会

细看那些钝剑①；而你呢，可以

轻而易举，或略施小计，挑选

一把开了口的利剑，从而在一招

之内，就能为令尊雪恨报仇。

雷俄提斯：　　　我愿意依计行事！为了达到

复仇的目的，我还要在剑上涂点

毒药。我已经从一个江湖郎中

那儿买来了一种毒药。只要

拿剑刃在这毒液里蘸一下，只要

擦破一点皮，毒液一碰到血液，

便可以致命，没有一种药物

能够起死回生，哪怕是月光下

---

① "foils" 是比赛用剑，尖头被磨钝，或者上面装上小圆球，总之，这种剑没有锋利，以避免伤人。现在作为体育用语，一般译作"花剑"。国王的阴谋之一是在这些钝剑中藏着一把利剑，即后面他所说的 "sword unbated"（本义是"没有做钝化处理的剑"），让雷俄提斯在哈姆雷特不注意的时候，拿起那把利剑，跟哈姆雷特比赛，以保证打赢甚至刺杀哈姆雷特。这完全是无耻小人玩弄的勾当。

采集的功效稀罕的灵丹妙药，

全部一起用都不行。我要在剑尖上

涂抹这种毒药，只要我轻轻

伤着他一点皮，便会要了他的命。

国王：　　　咱们来进一步算计计计。掂量

一下在什么时间、用什么方式

最方便、最适合咱们下手。假使

这一招失败，假使咱们的意图

只因为咱们自己做得糟糕

而被人看透，那么不去尝试

还可能更好。因此这条妙计

应该有一个后援或替补；这样

即使它失败，咱们也能成功。

且慢！让朕想想，你俩的剑术，

都很精湛，寡人要下个赌注——

有了！

你们交锋的过程中肯定会又热

又渴——为使他又热又渴，你下手

要狠些——那他就会要水喝，我会

以某个特殊的名目为他准备

一杯毒酒。即便他侥幸逃过

你狠毒的击打，他只要喝一口，

咱们的目的照样能够达到。[①]

——可是，等等，是什么声音？

[王后上。]

现在感觉怎么样，亲爱的王后？

王后：　　一桩桩不幸接踵而至，紧紧

相随。你的妹妹淹死了，雷俄提斯。

雷俄提斯：　淹死了！哦，在哪儿？

王后：　　一棵柳树生长在小溪边，弯向

水面，在镜子一般的溪流里映照出

银灰色的叶子。你妹妹来到柳树旁，

手里边拿着几个奇异的花环，

是用金凤花、荨麻、雏菊和长紫兰[②]

编成；放浪的牧民有时粗俗地

称呼长紫兰为睾丸[③]，冰清玉洁的

姑娘则把它叫做死人的手指。

---

① 国王与雷俄提斯密谋了三招：利剑、毒药、毒酒，招招都要哈姆雷特的命，显现国王的阴险毒辣。

② "crow-flower"的字面含义是"乌鸦花"。有人把它解释为"buttercup"（毛茛，这个词的字面含义是"黄油杯"，因其"开杯状有光泽的小黄花"而得名），"黄油杯"又名"金凤花"，诨名为"法兰西美少女"，象征失意；荨麻象征剧痛；雏菊又名"童贞花"，象征失恋。"long purple"的字面含义是"长紫"，有学者认为是"ORCHIS MASCULA"（一种野生兰花）；但笔者不知其确切的中文名，故姑且直译为"长紫兰"。

③ 原文"give a grosser name"的原义为"取了个比较粗俗的名字"。莎翁没有说出这到底是什么名字。英文读者可能通过那个"又长又紫"的玩意儿能约摸感知到其所指。中文读者却丈二和尚摸不着头脑，译文有必要进行补充。"ORCHIS"（兰花）有睾丸状的块茎，因此粗俗（gross）的牧羊人干脆称之为"睾丸"。这就是所谓"比较粗俗的名字"。

她爬上外挑的树枝，想把花冠

悬挂在上面。一根妒忌的枝条

折断了，她连人带花一同落入

那呜咽的溪流。她的衣服铺展

开来，暂时把她托举在水面；

她像美人鱼一样，哼唱着一段段

古老歌谣的片段，就像她感觉

不到自己的危难，又像是生于

水中、习于水性的生物；可是

这种情形持续没多久，她的裙裾

就喝饱了水、沉重起来，最后

把这可怜的苦命儿从美妙的歌声

拽到了水底满是污泥的死地。

雷俄提斯：　　　啊，那么说来她真的淹死了吗？

王后：　　　　　淹死了，死了。

雷俄提斯：　　　可怜的奥菲丽娅，你已经喝下

太多的水；所以我要忍住泪水，

可我又怎能遏止这人类的天性；

天性摁住它派生出来的习惯，

羞于说它要做的事。

[抽泣] 当眼泪流干，①

---

① 这两行原文分别为三音步和二音步，可能为了表现雷俄提斯的急躁和急切。

我的女人气也就耗尽了。^①再见，

陛下，我本有满腔怒火乐意

被话语点燃；可是愚蠢的泪水

却使它燃烧不起来。

[下。]

国王： 咱们必须跟着他，格楚德。刚才

我费了多大的力气才算平息了

他的怒气！现在我怕他又要

动怒。因此咱们还是跟着他吧。

[下。]

---

① 原文是 "when these are gone/The woman will be out"。莎翁时常把"眼泪"说成是女人
特有的专利和武器。如《李尔王》第二幕第二场中说："泪滴是女人的武器，/可别玷污了我这男
子汉的脸颊。"不过，他同时认为，男子有时也弹泪，因为男人身上也有所谓的"女人气"。什么
时候男人不再掉泪了，他身上也就不再有女人的软弱。

第五幕

第一场

墓地

[两个小丑手持铁锹和锄头上。]

小丑甲：　　　她自寻短见想得到拯救，会用基督教的仪式入葬吗？①

小丑乙：　　　我告诉你，会的；因此咱们赶紧挖坟吧。验尸官都已经
　　　　　　　看过了，说可以用基督教的仪式。

小丑甲：　　　那怎么可能呢，她又不是在自卫中淹死的？

小丑乙：　　　嗨，他们是这么说的呗。

小丑甲：　　　她肯定是自危，②不可能是别的。这事的关键在于：假

----

① 基督教反对自杀。《圣经·旧约》中的"十诫"之一是"不可杀人"。自己也是人，也不可杀。
圣·奥古斯丁甚至认为："杀父母比杀人要邪恶，但是自杀是最邪恶的。"因为你不能从自杀中得
到解脱，而且还会下地狱。因此，古代教会一般拒绝为自杀的人举行葬礼。也因此，后面，主持
奥菲丽娅葬礼的牧师才会说："她的葬礼已远远超出我们的／权限。她死得可疑；如果不是／因为
国王的金口重于教规，／她本该下葬于教堂外边的墓地，／直到末日的号角吹响。"
② 掘墓工甲前面用英文说"in her own defence"（自卫），接着想卖弄拉丁文，但又不是真懂，
结果弄巧成拙，将"se defendendo（自卫）"说成了"se offendendo（自犯——自我冒犯）"。
这两个词组既押头韵又押尾韵，译文也应该相互之间在音韵上相似才能出效果。
　　笔者以前的译法取了"自毁"一词，与"自卫"相配，倒是挺般配。但是，"自灭""自毁"
和"自戕"都跟"自杀"密切相关，而原文两处说的不是自杀本身，而是自杀的原因：表面上
两者都是"自卫"，但实际上"se offendendo"的含义是"冒犯"，与"自卫"不仅不同，而且
恰恰相反。从"人不犯我，我不犯人"这个成语中的"犯"字来理解，"自犯"的含义是"自己

使我存心淹死自己，我就可以对她的行为进行推论；一件行为包含三个部分：那就是，去行，去为，然后是去成。因之，① 她是自己淹死的。

小丑乙： 不是，你听我说，你这个老好人！

小丑甲： 你让我先说。这儿流着水：好；这儿站着个人，好。如果那人自己跳到水里、淹死了。不管他是不是自愿，他跳了——你要注意这一点。但是，如果那水流到他那儿，把他淹死，那么他就不是自己淹死的。因之，他对自己的死没有责任，他也不是自寻短见。

小丑乙： 但这是法律上说的吗？

小丑甲： 圣母啊，这是——验尸法说的。

小丑乙： 你想知道其中的原委吗？假如她不是一位绅士人家的小姐，就不会用基督教的仪式入葬。

小丑甲： 嗨，这你就说对了！更加可惜的是，在这个世界上，大人物有投河自溺或上吊自杀的权利②，而他们广大的基督

侵犯自己"，与"自己保护自己"正好相反。因此，这个"se offendendo"在语音上应与"se defendendo（自卫）"尽可能相近，在语义上又要与"自卫"相反，但还没有到自杀的地步。如果在吴方言中，"自犯"是一个不错的译法，既符合原义，又与"自卫"押韵（"犯"的发音近似于"fei"）。但在普通话中，两者并不押韵。

"自危"在语音上接近"自卫"，而且，"自危"与"自卫"在语义上相反，危及生命尚未危害或毁掉生命。因此，权衡再三，笔者将其分别译成"自卫"与"自危"。
① 掘墓工想卖弄蹩脚的拉丁文，结果还是弄巧成拙，把"ergo（因此）"念成了"argal"，译文仿造了"因之"一语，庶几近之。
② 此处"大人物"可能指1554年投河自尽的詹姆斯·海尔斯爵士（James Hales）。爵士位继承自他的父亲，他本人为法官。

教兄弟姐妹们却没有。① 来,我的铁锹!② 绅士可不是什么古老职业,只有园丁、挖沟的和掘坟的才是,他们操持的是亚当的活计。

小丑乙: 亚当是绅士吗?③

小丑甲: 他是第一个臂膀上佩戴臂徽的人。④

小丑乙: 胡说,他没有臂徽。

小丑甲: 没有?你是个异教徒吧?你是怎么读《圣经》的?《圣经》上说亚当挖过沟。如果他没有臂膀,那怎么能挖沟呢?我要问你另外一个问题。如果你的答案对不上号,你就自己忏悔,然后上吊吧——

---

① 原文为 "their even-Christen",含义是"他们的基督教同人",但说话者想要说的是"广大普通人士";由于在中国基督教还没有那么普遍,基督教徒还不能代表广大人士,所以加了"广大的"一词。

② 原文为 "Come, my spade."小丑甲似乎直接在跟铁锹说话。

③ 此言改自英国谚语:"When Adam delved and Eve span,/ Who was then the gentleman?"(亚当耕田夏娃织,何来绅士称其时?)

④ 其中 "arms" 一词具有"家徽"和"胳膊"两个含义。掘墓工在玩弄双关语游戏。按照西欧中世纪的封建制度,武士家族都有族徽。据说亚当的族徽就是一把铁锹。

可能由于太难,朱生豪没有译出这一"双关谐语"。吴兴华在给朱译校改时,添译为"有两手"和"两手"。卞之琳自己的译文是在"家徽"和"家伙"之间添加了过渡性的"家灰"和"家火"。他英雄相惜地承认吴的改译比自己的要好——"好在简单直接"。相比而言,卞译确实显得拐弯抹角。

笔者认为,两人的译文都有改善的余地。吴兴华"两手"(hands)还算接近"arms"(手、臂不分家嘛),但"有两手"跟"家徽"或任何徽都没有关系。卞之琳的译文"家伙"则跟"臂"没有关系。也就是说,严格意义上来论,两人都只译出了双关语的一关。

笔者译为"臂徽"与"臂膀",族徽原先就在罩于铁甲外面的短褂上,所以"臂徽"是合理的译法。在汉语里找到一个同样的双关语词或两个发音完全相同的有这两个含义的词,都绝对不可能,笔者退而求其次,找到了这两个谐音词。

小丑乙：	去你的！
小丑甲：	跟泥瓦匠、造船匠和木匠比起来，哪一行的师傅造的东西更牢固？
小丑乙：	制造绞刑架的师傅，那个架子不会因为上面死了一千个住户而变坏。
小丑甲：	我非常喜欢你的机智，真的。"绞刑架"这个答案是不错，但我们怎么能说它好呢？对于那些做错事的人来说，绞刑架的确是不错。现在，你居然说绞刑架比教堂还牢固，你就说错了。因之，绞刑架对于你来说可能是蛮不错的耶。来呀，你再回答一次！
小丑乙：	跟泥瓦匠、造船匠和木匠比起来，哪一行的师傅造的东西更牢固？
小丑甲：	就这问题，你要是能告诉我答案，我就饶了你。
小丑乙：	圣母啊，现在我知道答案了！
小丑甲：	说啊。
小丑乙：	天主啊，我还是不知道。

[哈姆雷特与霍雷修上，与掘墓人保持相当的距离。]

| 小丑甲： | 别再为之拍打你的脑门了，你这头蠢驴，打你你也跑不快；如果下次有人再问你这个问题，你就说是"造坟的"。他建造的房子一直能保存到末日。去，你到约翰 |

的酒馆去，给我弄杯酒来！^①

[小丑乙下。]

小丑甲 [边掘边唱]： 年轻时我曾恋爱，曾恋爱，

我觉着非常甜美，非常美；

消磨——嚯——时间——哈——有好处，

嚯，我觉着——哈——没一样——哈——令我满足。^②

哈姆雷特： 这家伙在挖坟的时候还唱歌，难道他对自己的工作没任

何感觉？

霍雷修： 这是习惯造成的，他觉得唱歌能使他轻松一些。

哈姆雷特： 是啊，我们的手是用得越少越敏感。

小丑甲 [唱]： 时间偷偷迈着步，

一把就把我抓住，

把我送进这黄土，

似我从来没活过。

[扔上来一个骷髅。]

哈姆雷特： 那骷髅里还有条舌头呢，活着时也许挺能唱歌的；现

---

① "约翰"是环球剧院附近一家小酒馆的主人。

② 此节情歌原为一名叫作沃克斯的男爵（Lord Vaux）在临终之榻上的作品《老年情人断绝爱》
中的一节。莎士比亚在借用时可能故意做了些修改。

	在却被这流氓随意往地上一丢，① 就好像是历史上第一个杀人犯该隐的颚骨！② 被这头蠢驴肆意摆弄的这颗脑袋，可能是某个政客的，他曾经瞒天过海，难道不是这样吗？
霍雷修：	是这样的，殿下。
哈姆雷特：	也可能是某个朝臣的，他可能会说"早上好，敬爱的大人！您一向可好，大人？"我所说的这位大人在赞美另一位大人的马时，是在向对方讨要那匹马——难道不是吗？
霍雷修：	是的，殿下。
哈姆雷特：	嗨，现在却到了这地步！成了蛆虫夫人的美食，连下巴颏都没了，还被一个工役用铁锹在脑袋上乱敲。如果我们有办法看透的话，这真是革命性的变化啊。这些骨头的长成需要花费多少本钱啊，难道到头来就只是让人用木棍敲打着玩么？一想到这里我就头疼。
小丑甲 [唱]：	一锄一锹再一锹， 还有一块裹尸布； 挖好一个黄土坑，

---

① "jowl（摇动）"和"ground（大地）"两词中的元音相同、首音也相近，译文用与"地"谐音的"丢"字，庶几近之。
② 亚当和夏娃生二子，该隐和亚伯，该隐杀亚伯，开启了人类中兄弟残杀的恶例。据说，该隐所用的凶器是驴子的颧骨。

客人来了正好住。

［又扔上来一个骷髅。］

哈姆雷特：　　　　又是一个。我们为什么不可以说这是颗律师的骷髅呢？他的遁词、他的托词、他的案子、他的职位以及他的诡计，现在都去哪儿了呢？他怎么能忍受这个粗鲁的家伙用一把肮脏的铁铲在他的头上乱敲？难道他不会去告他个殴打罪？哼！这家伙活着的时候可能是个土地的大买主，有他的法规、保证书、罚款、双保凭证、赔偿。他这好使的脑瓜里如今塞满了好大一堆土，难道这就是对他的"罚款"的惩罚、对他的"赔偿"的补偿？难道他的担保人只能担保那一式两份犬牙骑缝的契约的纸型,^①却不能担保他购置的土地？难道双重保证人都不行？他总不至于把那份买卖土地的契约装到这盒子里吧^②；那么这位买主自己真的是一无所有了吗，哈？

霍雷修：　　　　一点都没有了，殿下。

哈姆雷特：　　　　我们的纸张是用羊皮做的吗？

霍雷修：　　　　是的，殿下，也有用小牛皮做的。

哈姆雷特：　　　　那些在牛皮纸和羊皮纸里寻求保险的人本身就是牛和羊。我要跟这家伙聊一聊。这是谁的坟啊，老乡？

---

① 在莎士比亚时代，这种一式两份的合同本来不是写在两张纸上，而是写在一张纸上。中间剪成犬牙交错的样子，将来以是否吻合来检验真假。这是否是骑缝盖章的源头？
② "box"一语双关，既指装契约的盒子，又指装尸体的棺材。

小丑甲：	我自个儿的，先生。
[唱]	挖好一个黄土坑，
	客人来了好安顿。

哈姆雷特：	我相信是你自己的，因为你就在里边。①
小丑甲：	您是在外边说谎，先生；所以不是您的。至于我呢，我没有在里边说谎，但它的确是我的。②
哈姆雷特：	你就是在里边嘛；因为你在里边，所以说它是你的。它是埋死人的，不是埋活人的；所以你是在说谎。③
小丑甲：	这是个快活的谎言，先生；它会从我这儿转回到您那儿。
哈姆雷特：	你是在为哪个人掘墓？
小丑甲：	不是男人，先生。④
哈姆雷特：	那么是哪个女人？
小丑甲：	也不是女人。
哈姆雷特：	谁会被埋在里边呢？
小丑甲：	以前她是个女人，先生；可是，愿她的灵魂安息，现在她是个死人。

---

① "thou liest in't"中的"liest"是"lie"的古旧写法。而"lie"语涉双关：在（某处）兼说谎。此处哈姆雷特只取前意。
② 掘墓工开始玩弄"lie"的文字游戏，故意把它理解为"说谎"。他的意思是：不管他在那坟墓里说不说谎，那坟墓都可以说是他的，因为那是他亲手挖的。
③ 哈姆雷特将计就计，奉陪掘墓工玩文字游戏，把"lie"的两个含义混起来用。
④ "man"有时指"人"，有时指"男人"。掘墓工利用这双关语跟哈姆雷特玩文字游戏。

哈姆雷特：	这混蛋没完没了了！咱们说话得像海图一样准确，否则一有误差就会被他抓住把柄。上帝在上，霍雷修，最近三年我注意到：这年头变得如此文绉绉，连乡巴佬的脚尖都已逼近朝臣的脚跟、快要擦破那脚跟上的冻疮了。①——你干掘墓这行当有多久了？
小丑甲：	一年三百六十五天，是咱们的先王哈姆雷特打败福丁布拉斯那天，我开始干这营生的。
哈姆雷特：	从那时到现在有多久了？
小丑甲：	难道你不知道吗？连傻瓜都知道的。那正好是小哈姆雷特出生的日子②——他疯了，被送到英国去了。
哈姆雷特：	圣母啊，为什么他会被送到英国去？
小丑甲：	嗨，还不是因为他疯了呗。他会在英国恢复他的理智。假如他恢复不了，在那儿也没什么大不了的。
哈姆雷特：	为什么？
小丑甲：	因为在那儿他的疯病不起眼，那儿的人都跟他一样疯疯

---

① 有学者认为，这是指从莎翁着手创作到完成《哈姆雷特》一剧的三年，大概是从 1597 年到 1600 年（一般学者认为，创作于 1599 年至 1602 年间）。之所以说，乡巴佬似乎跟上了朝臣的步伐，是因为 1597 年英国开始实施《贫穷法案》（Poor Law Act），这是一个"劫富济贫"的法案。有此法案调剂和撑腰，底层民众在有钱有势的老爷面前始得微微抬头。

　　莎翁时常在作品中提到冻疮，可能他那时冬天比现在更寒冷，鞋子却不如现在这样保暖。不过，长冻疮的一般是老百姓，此处却说堂堂朝廷大臣脚跟上也有冻疮。是否是受到《贫穷法案》的影响，他们多交了税之后，没有足够的钱买保暖鞋袜了？这是否算是莎翁替富贵者叫了一回苦？

② 小丑说，在哈姆雷特出生的日子，他正好开始干掘墓这营生。这象征着生即是死、从生到死零距离的人生实况。

癫癫。①

哈姆雷特：　他是怎么疯的？

小丑甲：　　听人说，怪得很。

哈姆雷特：　怎么个怪法？

小丑甲：　　真是的，他都失去理智了。

哈姆雷特：　根源在什么地方？

小丑甲：　　嗨，还不是在丹麦！② 我在丹麦干这行当，从年轻时到
　　　　　　现在，已经三十年了。③

哈姆雷特：　一个人在腐烂之前，要在这地下躺多久？

小丑甲：　　实际情况是，如果他死之前没有开始腐烂（因为最近这
　　　　　　些日子里我们发现好多害杨梅疮的尸体，他们在停尸期
　　　　　　间就会撑不住），他可以保持个八九年。皮匠肯定可以
　　　　　　保持九年。

哈姆雷特：　为什么皮匠可以保持得长一些？

小丑甲：　　嗨，先生，他的皮革生意使他自己的皮都成了皮革，可
　　　　　　以在相当长时间里不进水；使这婊子养的尸体腐烂的就

---

① 欧洲大陆人普遍认为英国人的岛民心理比较怪。此处是莎士比亚在调侃自己所属民族的古
怪心理。自此之后，英国有不少作家喜欢说自己同胞是疯子。如约翰·马斯顿在《不满者》
（malcontent）一剧第三幕第一场中写道："老爷您很容易会发现／一百个英格兰人中有九十个是
疯子。"
② 哈姆雷特说的"ground"并不是指某个地方，那个小丑利用这个词的双关语义，偏要理解成它
的本义，继续开玩笑。
③ 有人由这句话推断说，哈姆雷特已经30岁了；但除此之外，剧中有关哈姆雷特的所有描述都
无法印证这一推断。假如他30岁了，为何还在求学？为何还没结婚？还在跟奥菲丽亚谈恋爱？
他母亲为何还是徐娘半老？他的有些想法为何还显得那么不成熟？
　　有人说他大约18岁，这比较靠谱；正如第一幕结尾霍雷修说到"年轻的哈姆雷特"。

是这可恨的水啊。您瞧这个骷髅，它已经在地下躺了二十三年。

哈姆雷特：　是谁的？

小丑甲：　是一个婊子养的疯子。您猜猜是谁？

哈姆雷特：　不，我不知道。

小丑甲：　这个瘟鬼、疯子、流氓！有一回他把一大壶莱茵酒浇到我头上。这个骷髅，先生，它是育里克的，这家伙是国王身边的弄臣。

哈姆雷特：　就是他？

小丑甲：　可不是？

哈姆雷特：　让我瞧瞧。[拿过骷髅。] 啊，可怜的育里克！我了解他，霍雷修。这家伙有说不完的笑话，都是最最好玩的。他曾经上千次把我驮在背上。现在我一想起来就非常难受！我直想吐。这儿曾挂着两片嘴唇；我自己都不知道，我曾经有多少次吻过它们。你的讥笑到哪儿去了？你的嬉闹呢？你的歌谣呢？你那些使大家哄堂大笑的即兴表演呢？现在你没有一个笑话来嘲讽你自己这样露着牙齿的样子吗？你耷拉着脸颊是很沮丧吗？现在请你到小姐的闺房里去，告诉她，任凭她脸上涂抹的脂粉有一寸厚，她也必然会变成你这副样子。你让她笑去吧。请你，霍雷修，告诉我一件事。

霍雷修：　什么事，殿下？

哈姆雷特：　你认为亚历山大大帝在地下也是这副尊容吗？

霍雷修：　也一样。

哈姆雷特：　　　　　气味也一样吗？呸！　①

　　　　　　　　　　［扔掉骷髅。］

霍雷修：　　　　　　也一样，殿下。

哈姆雷特：　　　　　我们会变成什么样卑贱的存在啊，霍雷修！我们为什么
　　　　　　　　　　不可以想象：亚历山大大帝所变的高贵的泥土就是封住
　　　　　　　　　　酒桶口子的那一团？

霍雷修：　　　　　　您这样推想也太离奇了。

哈姆雷特：　　　　　不，一点都不离奇；我们可以毫不夸张地循着他的逻辑
　　　　　　　　　　进行推理，推理的过程可能是这样的：亚历山大死了，
　　　　　　　　　　亚历山大被埋了，亚历山大归于尘土了；这尘土就是泥
　　　　　　　　　　巴，我们可以拿来做成砂浆；亚历山大变成了那团砂
　　　　　　　　　　浆，人们为什么不能拿来封住啤酒桶的口子呢？

　　　　　　　　　　恺撒大帝死了，化成了泥巴，

　　　　　　　　　　糊住洞口，防止狂风的吹刮；

　　　　　　　　　　哦！那团叫全世界敬畏的泥土

　　　　　　　　　　应能补墙，把严冬的大风驱逐。

　　　　　　　　　　可是轻点声！轻点声！咱们到边上避一避，国王到这儿
　　　　　　　　　　来了——

　　　　　　　　　　［国王、王后、雷俄提斯、一具棺材，还有几名神职人员及仆人上。］

---

① 据普鲁塔克记载，亚历山大大帝生前身体一直散发一股香气。

王后、大臣们都来了。他们这是

要给谁送葬？葬礼是如此残缺

不全？这表明他们送葬的那个人

是绝望自杀的，好像还挺有身份。

让咱们躲一躲，从旁观察他们。

[跟霍雷修一起退场。]

雷俄提斯：	还有什么别的仪式吗？
哈姆雷特：	这是雷俄提斯。
	一个高贵的青年。注意他说话。
雷俄提斯：	还有什么别的仪式吗？
牧师：	她的葬礼已远远超出我们的

权限。她死得可疑；如果不是

因为国王的金口重于教规，①

她本该下葬于教堂外边的墓地，

直到末日的号角吹响。本来

扔向她的应该是陶片、石片

和瓦片，而现在我们不仅为她

做了仁慈的祈祷，还破例允许她

享受处女葬礼上的花环和花瓣，

---

① 从这句宗教人士的话中可以看出，当时政、教已经分离，而且政权已经大于教权。

	连丧钟都已经专门为她敲响。
雷俄提斯：	真的再也没有别的仪式了吗？
牧师：	没有别的了。
	假使我们为了她的安息，再像
	对待平安离世的灵魂那么样
	为她唱安魂曲，那就亵渎教规了。
雷俄提斯：	让她入土吧。
	但愿从她那美丽纯洁的身子上
	能有无数的紫罗兰生长！告诉你，
	吝啬的牧师，当你在地狱里哀号时，
	我妹妹早已经成为显赫的天使。
哈姆雷特：	啊，是美丽的奥菲丽娅？
王后：	香花给美人！永别了。① ［撒花。］
	我本希望你能嫁给哈姆雷特，
	我本想拿香花装饰你的婚床，
	甜美的女郎，没想撒在你坟上。
雷俄提斯：	哦，祸不单行，②

---

① 此行三音步，原文如此："Sweets to the sweet : farewell!" 原义是"甜美的花儿献给甜美的人：永别了！"

② "treble woe/Fall ten times treble on that cursed head"。其中"treble woe"的原义为"三重祸"，正如老杜《茅屋为秋风所破歌》中所说"三重茅"之"三重"并非确指，只强调表示"多"，"treble"也有此内涵，莎翁在此还重复用了这个词（几乎是硬嵌入的，相当于说"三三得九"），又加上"ten times"（十次，恐怕也是虚指，也只是为了强调"多次"），其修辞目的是表达雷俄提斯对杀父仇人哈姆雷特刻骨仇恨和切齿诅咒，相当于咒骂"杀千刀的"或"千刀万剐"。由于现代汉语中的"三"或"九"都变成了实数，几乎不能表示"多"，所以我们只能用"千百"

但愿千灾万祸千百次降临

那颗该死的头颅，是他的恶行

夺走了你的最最机灵的神智！

等会儿撒土，我要再次抱抱她。

[跳入墓中。]①

现在卸下泥土吧，连同活人

和死人一起埋了吧，直到你们

从这块平地上堆起一座高山，

高过巨神们堆筑的佩立昂山和奥撒山。②

哈姆雷特[走上前去]：谁的悲痛如此沉重？谁的哀词

像咒语一样能定住漫游的群星，

让它们像是被吓得呆住了的听众？

是我啊，丹麦王哈姆雷特。③

[跟着雷俄提斯跳入墓中。]

来代替。

① 据说莎士比亚时代英国的坟墓比现在的要宽而且浅，所以比较容易跳入跳出。

② 这座圣山名为"Pelion（佩立昂山）"，它是希腊东北部地区的三座大山之一（另外两座是奥林匹斯山和奥撒山），据说它们都是巨神们堆筑起来的。奥林匹斯山有天城，是众神居住的地方。巨神们曾想推翻天城中的天主宙斯的统治，他们把奥撒山堆在佩立昂山之上，从而高过了奥林匹斯山。

③ 原文"Hamlet the Dane"专设一行。只有一国之君才有资格以国家之名作为自己的头衔或称呼，比如丹麦王可以称自己为"丹麦"或"我是丹麦"。哈姆雷特作为王子，而且是被国王驱逐的王子，称自己为"丹麦王"，应该说是不合适的。但是，这又是合乎情理的。这表明：一方面他因为突然知悉心上人的噩耗而变得神志不清、语无伦次，另一方面他这是明确宣称那本该属于他的王位继承权。此时他大概已经终于做好准备与国王决一死战。

所以，此处不宜认为莎翁写错，不能译为"丹麦王子"。

雷俄提斯：　　　　　让恶魔攫取你的灵魂！

[扭住哈姆雷特。]

哈姆雷特：　　　　　你的祈祷有问题。请你把手指

从我的喉咙口拿开。尽管我不会

像你那样地暴躁鲁莽，但是

我也会有危险举动，吓破你脑袋。

松开你的手指！

国王：　　　　　　　把他们分开。

王后：　　　　　　　哈姆雷特，哈姆雷特！

众人：　　　　　　　殿下，公子！

霍雷修：　　　　　　好殿下，冷静点。

[仆人们将两人分开，随后两人跳出坟墓。]

哈姆雷特：　　　　　嗨，为这事我愿意跟他决斗，

直到再也不能转动我的眼球。

王后：　　　　　　　哦，我的儿子，是什么事啊？

哈姆雷特：　　　　　我爱奥菲丽娅。四万个兄弟的爱

全部加起来也不可能有我的多。

你，你想为她做什么？

国王：　　　　　　　哦，他疯了，雷俄提斯。

王后：　　　　　　　看在上帝的情分上，容忍他点。

哈姆雷特：	千刀万剐的！^① 你倒是给我看看
	你想做什么。你会哭吗？打架吗？
	绝食吗？撕破自己吗？大口喝醋吗？^②
	一口气吞掉一条鳄鱼吗？我也会。
	你是来这儿抱怨吗？你跳进墓穴
	是为了让我丢脸吗？跟她一起
	活埋，我也愿意。假使你还要
	空谈什么高山，那就让他们
	把数百万亩泥土抛到咱们身上，
	直到咱们脚下的土地直抵
	那颗燃烧的星球，烧焦它额头，
	直到那高耸入云的神山也被^③
	比下去，渺小得只像一颗肿瘤！
	哼，你会嚷嚷，我也会咆哮。
王后：	他这只是疯病发作；

---

① 原文"Swounds（圣伤）"的含义是"Saint's wounds（圣人的伤）"，实指耶稣受的伤。跟"耶稣的肉""耶稣的血"等说法一样，都是用来赌誓的。这可以看作是哈姆雷特对雷俄提斯的回骂。

② 关于"eisell"一词的意义，学术界尚无公论。有人认为它是"Yssel（丹麦河流名）"一词的讹变，城堡名"Elsinour"即由此而来；有人认为它是"esule（甘遂，一种有毒的植物，其汁液用作催吐剂）"一词的讹变；有人认为它是"eysell（醋，人们吃鳄鱼肉时配用的调味品）"的讹变，莎翁《十四行诗集》第 111 首中有"potions of eysell（几许醋）"的字眼，《圣经·马太福音》第 27 章 34 节中说，基督在被钉上十字架前喝了一口醋。莎士比亚时代的青年男女性格比较粗犷、率直，为了证明自己的爱情，他们往往能做出过火的举动，比如大口喝难以下咽的醋。此处不能翻译为"吃醋"，因为这个词表示嫉妒，而这里没有这个含义。

③ 指堆在佩立昂山顶上的"Ossa（奥撒山）"。

	这样的发作不会持续长久，
	一会儿他就会平静下来，就像
	母鸽哺育她那对黄毛小鸽 ①
	那样安宁，自个儿驯顺地坐着。
哈姆雷特：	听着，先生！
	是什么原因使你这么样地待我？
	我曾经爱惜你，但是现在不了。
	就让大力神爱干嘛就干嘛吧，
	猫儿总要叫，狗儿也总会叫好！ ②

[下。]

国王：	我请求你，好样的霍雷修，帮我照应他。

[霍雷修下。]

[对雷俄提斯]

想想咱们昨晚的谈话，多忍耐

一下吧。寡人会让这事尽快

解决。亲爱的格楚德，好好盯着

你的儿子。这坟上将立起一块

———————

① 鸽子通常只孵化两个卵，雏鸽破壳时身上长着浅浅的金黄色的毛。在孵化后的头三天里，雌鸽是寸步不离窝巢的。

② 原文为 "dog will have his day"，改自谚语 "every dog has his day."（人皆有得意时）。哈姆雷特的意思是：既然雷俄提斯喜欢像大力士赫拉克勒斯那样斗勇，就让他逞强吧；他自己的复仇计划定将完成。

活的墓碑。① 不久我们会看到

太平的日子，眼下要耐心安排。

［下。］

---

① 原文为 "This grave shall have a living monument"。"活的墓碑" 是关键，但到底指什么？
各家的解释不同。有人解释为 "恒久的纪念碑"，奥菲丽娅由于是自杀，墓上不能有碑；待雷俄提
斯杀掉哈姆雷特，为父亲和妹妹报了仇，或许会立碑。

比较合理的是：国王在预示（尤其是向雷俄提斯暗示）哈姆雷特将要死去，他现在 "活着"
（living），很快就要成为 "墓碑"（monument）。哈姆雷特没有跟奥菲丽娅成婚，死后不会合
葬，他的墓碑也不会立在奥菲丽娅的坟头；所以，此处的坟墓与其说是实指奥菲丽娅的坟头，还
不如说是指向即将开挖的哈姆雷特的坟茔。笔者采用直译，由读者自己去揣摩此中深意。原文中
"grave" "have" 和 "living" 三个词都含 [v] 音，译文中 "上" 与 "将"、"立" 与 "起"、"块"
与 "碑" 都押韵。

第二场

城堡中一大厅

[哈姆雷特与霍雷修上。]

哈姆雷特：　　　　这事就这样，老兄，现在让我来

告诉你另一件。你还记得详情吗？

霍雷修：　　　　当然记得，殿下！

哈姆雷特：　　　　老兄，那时我心里预感到要有

一场战斗，这让我不能安眠。

我觉得自己的处境比那些戴着

脚镣的叛乱的水手还要凄惨。

我要鲁莽些——鲁莽恰恰能得到①

称道；你要知道：当我们的深谋

远虑走漏风声时，轻举妄动

有时反而会立大功；所以我们

要明白：无论怎样历尽艰辛；

---

① "bilboes" 的原义是"比尔波阿镣"，这是一种脚镣似的铁条，用于禁锢船上叛乱的水手。它源于西班牙的锻冶之都比尔波阿（Bilboa）。

	是否能达成目标，还得看神灵——
霍雷修:	那是千真万确的。
哈姆雷特:	我从船舱里爬出来，身上披了件
	海船上穿的长袍，摸黑找到了
	他们的住处；如我所愿，我用
	手指从他们的口袋里拨出了那封
	公文，又成功退回自己的舱房；
	疑惧使我忘记了法度，我鼓足
	勇气，开启了那封堂皇的国书；
	霍雷修，我从公文中发现那个
	恶棍国王的一道严厉的训令，
	里面列举了五花八门的理由，
	说到了丹麦和英国的利益关系；
	还说，噢，只要我活着，就会有
	妖魔鬼怪——所以他督令英王：
	我一到英国，就该砍下我的头，
	不得浪费一分钟去磨快斧头。
霍雷修:	这可能吗？
哈姆雷特:	这就是那封国书；有空的时候，你可以读一读。不过，
	你想不想听听我是如何逃脱的？
霍雷修:	请您说说。
哈姆雷特:	由于我已被奸贼们团团包围，——
	在我能够理出个头绪来之前
	他们已经开始运作了。我让

　　　　　　　　　　　　自己坐下来，另外杜撰了一封

　　　　　　　　　　　　国书；字迹很工整。以前我跟

　　　　　　　　　　　　我们的政治家一样，认为字迹 ①

　　　　　　　　　　　　工整是下等小技，所以我花费

　　　　　　　　　　　　很大的力气想忘掉这门手艺。

　　　　　　　　　　　　不过，老兄，那时节书法可是

　　　　　　　　　　　　帮了我大忙。你想不想知道

　　　　　　　　　　　　我在那封国书里都写了些什么？

霍雷修：　　　　　　　　想知道，好殿下。

哈姆雷特：　　　　　　　先是丹麦王对英王的诚挚问候，

　　　　　　　　　　　　由于英国是丹麦忠诚的藩属国，

　　　　　　　　　　　　由于两国的友谊棕榈般繁茂，

　　　　　　　　　　　　由于和平应一直戴着用麦穗 ②

　　　　　　　　　　　　编成的冠冕，像逗号连接两个

　　　　　　　　　　　　友好的邻邦；③ 还有许多像毛驴

　　　　　　　　　　　　负担般郑重的"由于"。④ 英王

---

① 许多莎士比亚时代的大人物的手迹现在依然保存着，他们的书法确实让人不敢恭维；而他们的
秘书的字迹则相当工整。

② 棕榈树象征胜利和繁荣。《圣经·诗篇》第 92 章 12 节说："义人要兴旺如棕榈树。"

③ 对"comma（逗号）"一词的讨论莎学家们也是众说纷纭。有人认为它是"commere（媒婆）"
的讹变，有人认为它是"co-mate（同伴）"的讹变，也有人认为它是"cement（水泥，黏合
剂）"的讹变。实际上逗号的似断实连的含义用在这儿正合适。也有学者认为，由于这不是国王自
己写的国书，而是哈姆雷特的仿造之作；此处"comma（逗号）"一词语含双关或讽刺，暗示两
国之间友好和平局面之短暂。

④ 从谐音的角度来说，"'As'es of great charge（郑重其事的由于）"或可听成"沉重负担的驴
子（asses）"，用于嘲讽那两个不堪重负的走狗罗森克冉茨和吉尔登斯登。也算是一语双关，很难

在看到并明白这些内容后，应该

立即处死那两个送信人，不得

再弄什么廷议，多少都不行；

也不得赏赐给他们忏悔的时间。

霍雷修： 这信是如何盖印的呢？

哈姆雷特： 嗨，甚至在那个方面，我都

得到了老天的保佑，我的袋子里

正好带着我父王的玉玺，那是

现在那位国王的玉玺的模型；

按照原信的样子，我把这封

假国书折叠了起来，签名、盖印，

然后安全地放回了原处，绝对

翻译，大多数译者只译出其中一关。

梁实秋译为"严重的条款"，没有翻译"'As'es"这个最关键的小词。

朱生豪译为"重要理由"，把"'As'es"译作"理由"。

卞之琳译为"严重万分的因为"，把"'As'es"译作"因为"。

孙大雨译为"沉重的既然"，把"'As'es"译作"既然"。

"理由""因为"和"既然"这三个译法都与"驴子"没有谐音的关系，因此读者无论如何也联想不到这里还有"驴子"。

黄国彬力图表现双关，译为"难以消化的鱿鱼"。他的解释是："'鱿鱼'与'由于'谐音，译'as'；'难以消化'有'沉重'之意，与'great loads'所指相近。"笔者以为这种译法效果存疑。首先，"鱿鱼"岂能与"驴子"互换？它能表示"愚蠢"从而表示哈姆雷特对他们的蔑视和驱使吗？它作为食物让食客吃到肚子里不好消化，能等同于驴子背上的负重吗？其次，"great charge"是指"由于"（"As"es）后面所列举的那些理由所负载的重要内涵。"难以消化"这个说法根本无法表达这层含义，也就是说，它只能用来描述"鱿鱼"作为一种食物的特性，而与"由于"所带出的理由离题太远。这是典型的以释义代替本义的译法。

笔者以"毛驴"近似性地谐音"由于"（这四个字全都是第二声），以"郑重"暗示性地谐音"沉重"（在中国的许多方言或方言普通话中，这两个词发音相同）。

	没有人知道我这样的偷换行为。
	接着就是第二天的海上战斗；
	下边的事情你都已经知道。
霍雷修：	所以罗森克冉茨和吉尔登斯登赴死去了。
哈姆雷特：	嗨，老伙计，他们自己喜欢
	这样的活计！他们自取灭亡，
	这都是他们爱管闲事的下场，
	所以并没有使我的良心不安！
	在两位高手剑来剑往激战时，
	无能的小人插进来是自讨危险。
霍雷修：	嗨，天下竟然有这样的国王！
哈姆雷特：	你觉得我现在是否应该站出来？——
	他杀害了我的父王，玷污了
	我的母后，还发动政变毁灭了
	我即将被推选为王的希望，甚至
	抛出了钓钩要我的性命。他既然
	使用这些阴谋诡计——那么
	我拿起武器阻止他，难道不是
	良知的完美体现吗？如果我继续
	让这个本性恶劣的流氓更多地
	为非作歹，难道我不该被诅咒吗？
霍雷修：	在英国发生的事实真相肯定
	很快就会传到他的耳朵里。
哈姆雷特：	是很快，但是这段时间属于我。

一个人的一生只够用来数"一"下。

但是我很难受，霍雷修，因为我

对着雷俄提斯发怒时，忘了自己

其实跟他一个样，我从他的形象

看到了自己的模样。我一向看重

他的友爱。刚才是他那悲痛中

表现的孟浪劲逼得我火冒三丈。

霍雷修:　　　轻点声! 有人来了，谁啊?

[年轻朝臣奥斯里克上。]

奥斯里克:　　欢迎殿下回到丹麦。

哈姆雷特:　　在下谢谢您，大人。[对霍雷修旁白] 你认识这只水

苍蝇吗? ①

霍雷修 [对哈姆雷特旁白]: 不认识，殿下。

哈姆雷特 [对霍雷修旁白]: 不认识更好; 因为如果你认识他，

你就有问题。他广有良田，假使

我们让某一头牲口成为所有

牲口的主子，那么他的食槽

可以安在国王的餐桌旁。这是

一只红嘴老鸹; 不过，我刚才 ②

----

① 一只水苍蝇在水面上跳来跳去，往往无缘无故，而且也没有什么目的; 它象征那些无事忙者。年轻的奥斯里克跟年老的泼娄聂斯一样，也是一个多管闲事者。
② 奥斯里克多嘴如老鸹之聒噪。

说过，他拥有幅员辽阔的土地。

奥斯里克： 亲爱的殿下，如果殿下有空，陛下让我给您传个话。

哈姆雷特： 我会集中精力、洗耳恭听。大人，请您把帽子用在正途，戴在头上。

它应该是用来戴在您头上的。

奥斯里克： 谢谢殿下，这天很热。

哈姆雷特： 不，相信我，这天很冷；刮的是北风。

奥斯里克： 这种冷无关紧要，殿下，真的。

哈姆雷特： 不过，对于我的体质来说，这天似乎非常闷热。

奥斯里克： 闷热极了，殿下；这天非常闷热，热得像是，我无法形容。不过，殿下，陛下让我来告诉您，他已经在您身上下了个大赌注。殿下，事情是这样的，——

哈姆雷特： 我请您记住——

[促使他戴上帽子。]①

奥斯里克： 不，好殿下；我这样舒服些，真的。殿下，雷俄提斯最近回到了国内；相信我，他可是一位完美的绅士哪。他浑身上下都让您觉得出类拔萃、与众不同。他待人和蔼、为人慷慨。实际上，如果说得透彻一点的话，他是贵族们的指南针和模本②；因为在他身上，我们

---

① 在莎士比亚时代，一般人在屋内都有戴帽子的习惯；只有在对尊者或长者表示尊敬或逢迎时，才脱下帽子。
② 原文为"the card or calendar of gentry"。有学者把"card"注释为"chart"（海图），把

可以发现有许多东西都是贵族所应该表现出来的。

哈姆雷特：　　　　大人，您的神吹没让您受什么损失吧。尽管我知道，要把他的优点分开来一一说明，会弄乱我们的记忆、影响我们的计算能力；而且我们都已经因偏离了航线而落后，没法跟他的快船相比。但是，我真的要称赞他一番，我把他看成是一个具有伟大天才的灵魂人物，他的性格也是稀世罕见。为了对他作一番真实的描写，让我来打个比方。能跟他媲美的唯有他的镜子，其他任何想要追摹他的人，都只是他的影子而已。

奥斯里克：　　　　殿下对他的描写真是一点不差。

"calendar" 注释为 "directory"（导引图）。海图是精确测绘海洋水域和沿岸地物的专门地图，是所有船只所需要遵循或赖以正确行驶的保障之一。导引图一般是指陆地上帮助寻找一个地方的地图。总之，这两个词都是比喻的说法，即奥斯里克非常夸张地意指雷欧提斯应该是贵族青年们所争相效仿的榜样，他身上体现了贵族社会的法则。

但是，在汉语文化语境里，"card" 和 "calendar" 的本义译文即"罗盘"和"历本"都没有"榜样"的寓意。

有些译文直奔喻体，如黄国彬译为"榜样跟典范"。

大多数译者通过转个弯来保留意象。"card" 本身有"罗盘"的含义，而罗盘最重要的组成部分是"指南针"；于是，多数译者把 "card" 甚至 "the card or calendar" 译为"指南针"。如梁实秋和朱生豪把整个短语分别译为"绅士气派的南针"和"上流社会的南针"，把 "card" 和 "calendar" 合并成了一个词"南针"（"指南针"的简写形式）。卞之琳分别译为"指南针"和"历本"。孙大雨译为"礼貌的指南，谦让的条规"，把 "gentry" 分解成了"礼貌"和"谦让"两个词，"指南"也是"指南针"的简写。

但是，无论如何使出浑身解数，也无法在"历本"里找到一个内含的意象，而且在中文里还具有英文中"历本"所承载的象征含义。于是乎，译者要么保留原名，如卞之琳译为"历本"；要么完全意译，如孙大雨译为"条规"；要么干脆不译，如梁实秋和朱生豪。

笔者主张在译文中保留意象和原义，因此，把 "card" 翻译为"指南针"，把 "calendar" 翻译为"模本"。这个译法的好处在于，模本保留了"本"字，意思是让别人模仿的样本，合乎原意。而且这两个汉词还押韵。

哈姆雷特： 　很中肯吗，大人？我们为何把这位绅士包裹在我们的气息中呢？

奥斯里克： 　殿下的意思是？

霍雷修 [对哈姆雷特旁白]：难道不能用另一种方式跟他说话吗？[①] 您能胜过他，殿下，真的。

哈姆雷特： 　那么您提到这位绅士的大名，有什么用意？

奥斯里克： 　是雷俄提斯吗？

霍雷修： 　他的语言的钱包已经空了；他所有的好词都像金币一样花光了。

哈姆雷特： 　说的就是他，大人。

奥斯里克： 　我觉着您不是不知道啊——

哈姆雷特： 　我希望您也知道，大人；不过，即便您真的知道，对我也没多大影响。是不是，大人？

奥斯里克： 　您不是不知道雷俄提斯有什么特长，——

哈姆雷特： 　那我倒不敢说知道了，以免被人抓住话柄，要我跟他比试特长；不过，要想真的了解一个人，最好先了解你自身。

奥斯里克： 　我说的是，殿下，他的兵刃；他在兵刃方面的名声和才

————————

① 整个宫廷里，从国王到朝臣，大家说话都夸饰而做作；哈姆雷特憎恶这种风气，有时他以戏仿的方式来嘲讽它。他对奥斯里克所用的说话方式就是故意的戏仿，以达到嘲讽乃至颠覆对方观点的效果；奥斯里克"神吹"雷俄提斯，哈姆雷特把雷俄提斯吹得更加神乎其神——"我把他看成是一个具有伟大天才的灵魂人物"，这反而使雷俄提斯本来还不错的形象根本没有立足的基础和可能。可惜，奥斯里克因为蠢笨而不明就里，居然拍马屁似的回应说："殿下对他的描写真是一点不差。"

能啊，真可谓举世无双。

哈姆雷特： 他使什么兵刃？

奥斯里克： 长剑和短剑。

哈姆雷特： 那是他擅长的两件兵器——好啊。

奥斯里克： 殿下，国王已经把六匹北非良马作为赌注押在他这边；另一边的赌注呢，根据我的了解，是六把法国的长剑和短剑，连同带子、钩子等等附件。其中有三把的架子真的是美妙极了，跟剑柄非常相称，设计精美、图案可爱。

哈姆雷特： 你说的架子是什么东西？

霍雷修 [对哈姆雷特旁白]：我知道，在你了解之前，你得先看看旁注。

奥斯里克： 架子么，殿下，就是钩子。

哈姆雷特： 如果有朝一日我们腰间能够挂一门大炮的话，你的叫法会更符合实际一些；不过，现在么，我觉得你还是叫它钩子为好。你继续说！六匹北非良马对六把法国宝剑及其所有的附件，外带三个图案可爱的钩子：那就是法国货对丹麦货了。你为什么把这些东西叫作赌注呢？

奥斯里克： 殿下，是国王已经颁布赌誓，说如果你跟雷俄提斯大战十二回合，他不会赢您三招以上；还下赌说比分将是十二比九。如果殿下愿意迎接挑战的话，咱们立即可以试一下。

哈姆雷特： 如果我不接受，又能怎样呢？

奥斯里克： 我的意思是，殿下，如果您愿意亲自比武的话。

哈姆雷特： 大人，我要到大厅里去散步了。愿陛下心情好，现在是

	我一天中的休息时间。让人去买剑吧，让那位绅士做好准备，让国王牢记他的目的。如果我能赢的话，我会为他去争取的；如果我不能，那也不过是丢一次面子，多几次挨打罢了。①
奥斯里克：	要我就这样去帮您回禀吗？
哈姆雷特：	大概就这意思，大人，您爱用什么辞藻修饰就用吧。
奥斯里克：	我愿意为殿下效劳。
哈姆雷特：	谢谢，谢谢。[奥斯里克下。] 好在他自己这么说；没有别人会帮他夸口的。
霍雷修：	这只小野鸭头还顶着蛋壳就跑掉了。②
哈姆雷特：	他在喝奶之前会先向奶头致敬。因此，我知道，我们这个浮渣似的时代宠爱他和他的许多同类。他所拿手的只是这个时代的一些油腔滑调和社交场上的一些繁文缛节——这些都是充满泡沫的混合物，帮助他们一再地逃过了最最详审而精严的批评；不过，只要你试着一吹——那些气泡会立即破毁。

[一朝臣上。]

朝臣：	殿下，陛下刚才派年轻的奥斯里克来见您；奥斯里克回

---

① 哈姆雷特对国王的阴谋及自己的危险有预感，但或许他没有预估到国王现在就要置他于死地。
② 据说野鸭（lapwing）一生下来就能顶着蛋壳走路，因此它象征"孟浪"。小奥斯里克当时还年轻，却装出一副朝廷重臣的架势，浮薄而冒失。也有人解释说，他当时头戴的帽子可能挺像一枚蛋壳。

	禀说，您就在这大厅里恭候圣驾。所以陛下派我来了解一下，看您是否仍然乐意现在就跟雷俄提斯比武呢，还是过一段时间再说？
哈姆雷特：	我没改变主意。我这些主意会让国王龙颜大悦。^①只看他方不方便，我随时可以奉陪；只要我这身子骨还可以，现在或将来任何时候都行。
朝臣：	国王、王后以及所有朝中人士都快来了。
哈姆雷特：	来得真及时。
朝臣：	娘娘想让您在开始比武之前，先对雷俄提斯表示一下友好的态度，让他高兴高兴。
哈姆雷特：	她教导得很有道理。

〔朝臣下。〕

霍雷修：	您会输掉的，殿下。
哈姆雷特：	我不这么认为。自从他到法国去之后，我一直在坚持训练；我会凭实力赢他的。不过，你不知道我这心口有多难受。但是，没什么大不了的。
霍雷修：	别去了吧，好殿下——
哈姆雷特：	你真傻，怎么能这样想呢；我这只是一种患得患失的心理，也许它会使一个女人烦恼。
霍雷修：	如果您内心不喜欢，那就听从内心吧。我这就去叫他们

———————

① 果然不出哈姆雷特所料，国王听奥斯里克回去禀告说哈姆雷特当场就同意比武，龙颜大悦；他甚至有点不太相信哈姆雷特会答应得如此爽快，所以又派一位朝臣来确认。

別来了，就说您现在不适于比武。

哈姆雷特：　千万别那么做，我才不在乎预兆呢；一只麻雀的生死
　　　　　　是由天意决定的。①假如是现在，就不会是将来；假
　　　　　　如不是将来，就必然是现在；假如不是现在，就必然
　　　　　　在将来。唯一要紧的是要做好准备。既然没有人死后
　　　　　　知道他遗留的是什么东西，那么及时离开这人世又有
　　　　　　什么关系？随它去吧。

　　　　　　［国王、王后、雷俄提斯、奥斯里克和众大臣及其他官役
　　　　携长剑若干和护手若干上。舞台上放一桌，桌上放酒壶若干。］

国王：　　　来，哈姆雷特，过来，你俩在我这儿握握手。

　　　　　　　　　　　　［他把雷俄提斯的手放入哈姆雷特的手中。］

哈姆雷特：　请您原谅我，先生。我对您不住；
　　　　　　我只是请您原谅我，您是个君子。
　　　　　　满朝文武都知道，
　　　　　　您肯定也已经听说：剧烈的神经
　　　　　　错乱使我承受着严厉的惩罚。
　　　　　　我的所作所为可能粗暴地损害
　　　　　　您的天性和荣誉，惹得您愤慨。

────────

① 《圣经·马太福音》第十章二十九节："若是上帝不许，一只麻雀也不能掉在地上。"也许哈姆雷特看见国王面露阴谋得逞之色，预感大事不妙；不过，他没有选择退缩，而是勇敢面对，置生死于度外。

我在此声明那都是我的疯病
造成的。冒犯雷俄提斯的家伙
怎会是哈姆雷特？从来不是。如果
哈姆雷特被迫迷失了自我，如果
在他不由自主的情况下冒犯了
雷俄提斯，那就不是哈姆雷特
犯的错，哈姆雷特当然要予以否认。
那到底谁是真凶呢？是他的疯病。
果真如此，那么他也是受害者；
可怜的哈姆雷特的敌人是疯病。
先生，当着众人的面，
我要否认我曾经故意冒犯您，
也请您宽宏大量，放我一马，
权当是我把箭射到自己的家，
误伤了兄弟。

雷俄提斯：　　　　从我的个人情感上来说，我对
您的这番话感到满意；虽然
在这件事情上我本该鼓足精神
报仇雪恨；但是考虑到荣誉
问题，我还得跟您保持距离，
决不妥协，一直到几位德高
望重的前辈告诉我跟您和解的
理由和先例，以保证我的名誉
不受玷污。不过，从现在直到

	那时，我都会用爱意来接受您所
	表达的好意，不做对不起您的事。
哈姆雷特：	我要舒心地拥抱这番话。
	我要跟这位兄弟真诚地赌一把，
	给我们剑，拿过来吧。
雷俄提斯：	拿过来，每人一把。
哈姆雷特：	我这不入流的剑术只配充当
	您的陪衬，雷俄提斯，与您的高明
	相比，就像是黑夜衬托着明星。
雷俄提斯：	您是在取笑我，殿下。
哈姆雷特：	没有，我凭着这手起誓。
国王：	把剑给他们，小奥斯里克；哈姆雷特贤侄，你知道比赛
	的规则吗？
哈姆雷特：	全都知道，陛下。
	陛下仁慈，把赌注押在弱的一方了。
国王：	我不怕输掉，你俩的武艺我都
	见过；但是既然他的武艺最近
	有所精进，所以你俩有了差异。
雷俄提斯：	这把太沉了，让我看看那一把。
哈姆雷特：	我感觉这把挺好。这些剑的长度都一样吗？

［两人准备比武。］

奥斯里克：	都一样，好殿下。
国王：	给我把酒壶放到那张桌子上，

如果哈姆雷特在第一或第二回合
击中，或者在第三回合反攻，
就让城垛上所有的炮弹都鸣响，
寡人将要为哈姆雷特加油、干杯，
寡人还要把一颗大珍珠投入
酒杯，它比四代丹麦国王所戴的
王冠上的珠宝还要名贵。上酒，
让铜鼓传话给喇叭，让喇叭传话
给外边的大炮，让大炮告诉天空，
让天空告诉大地："现在国王
正在为哈姆雷特干杯。"来，开始，
你们，裁判们，眼睛可得睁大点。

哈姆雷特：　　　　来吧，先生。

雷俄提斯：　　　　来吧，殿下。

〔两人开打。〕

哈姆雷特：　　　　一下。

雷俄提斯：　　　　没有。

哈姆雷特：　　　　裁判！

奥斯里克：　　　　中了一下，很明显中了。

雷俄提斯：　　　　那么，再来！

| 国王: | 等一等，让我喝一杯。哈姆雷特，这颗珠宝是你的了；① |
| | 祝你健康。 |

[内铜鼓与喇叭齐鸣，炮声大作。]

	把这杯酒递给他。
哈姆雷特:	我要先比完这个回合；把它
	放一会儿吧。来，［二人又战。］又一下。您说是吗？
雷俄提斯:	碰着了，碰着了；我承认。
国王:	咱们的儿子会赢呢。
王后:	他因为胖气都快喘不过来了。②

---

① "union"是极为珍稀的圆形珠宝。国王可能真的往酒杯里投了这样的一颗珠宝，也可能只是假装做了个动作，不过，他肯定是趁机下了毒。哈姆雷特应该对此有所疑心，所以到后面发现王后喝酒中毒后，会质问国王："这里可还有你的珍珠？"

② 原文是"He's fat, and scant of breath."按照王后的说法，哈姆雷特不仅胖，而且由于胖，经过一阵打斗，都快上气不接下气了；可见，胖得还挺厉害。但是，在人们心目中，忧郁王子肯定是瘦削、苍白的，怎么可能肥胖呢？这难道是莎士比亚的败笔吗？

彼得·阿克罗伊德在《莎士比亚传》中辩护性地解释说，那"是因为扮演哈姆雷特的伯比奇在表演打头场景时容易流汗"，即当年扮演哈姆雷特的演员很可能是莎士比亚的老同事、老朋友、著名演员伯比奇（Richard Burbage），据说当时他是个胖子。阿克罗伊德还说"伯比奇演技的发展对莎士比亚笔下的悲剧角色更具深度和复杂性有着直接的影响。这些角色也随着伯比奇一起慢慢变老"。当时伯比奇人到中年发福了。剧中，从挖墓者的话中，我们推断哈姆雷特的年龄是三十岁。有人认为，这个年龄太大了。莎翁之所以这么设计，笔者以为也不应该简单地看作败笔，可能也是按照演员的实际年龄情况而设定的。那么莎士比亚为何非得要用一个又胖又老的演员扮演王子呢？那是因为他更看重的不是演员的颜值和外表，而是演技，伯比奇应该是能炉火纯青地演绎哈姆雷特这个悲剧角色的"深度和复杂性"；而许多年轻英俊的演员未必能表现好。总之，他相当依赖中年人伯比奇的高超演技，为此而不惜牺牲掉哈姆雷特的形象。假如他不这样委曲求一致，让"王后"指着有点肥胖的伯比奇说："他因为瘦弱而气喘吁吁"；那么，观众会笑破肚子的。

然而，后来扮演哈姆雷特的演员几乎没有又胖又老的，导演不允许，观众更不答应啊。因此，后世读者很难把哈姆雷特跟又胖又老的形象结合起来。奥威尔在小说《上来透口气》中质问道："他从来就不会出现在一个悲剧场景里，因为有胖人出场，就不能叫悲剧，而是喜剧。打个比方，

	过来，哈姆雷特，用我这手帕擦擦
	额头。为娘要干一杯，祝你好运。
哈姆雷特：	母后真好！
国王：	格楚德，别喝。
王后：	我要喝，陛下；请您原谅我。

[喝酒。]

国王 [旁白]：	这杯酒有毒啊；太晚了。
哈姆雷特：	现在我还不敢喝，母后；呆会儿我再过来。
王后：	来，让我替你擦擦脸。
雷俄提斯：	陛下，这回我会击中他。
国王：	我觉得你不会。
雷俄提斯 [旁白]：	可是这跟我的良心是抵触的啊。①
哈姆雷特：	咱们来打第三回合，雷俄提斯。
	您只是在敷衍，请您使出最好的
	招数；恐怕您把我当成了孩子。

你能想象哈姆雷特是个胖子吗？"在奥威尔看来，悲剧角色和胖子是势不两立的，在哈姆雷特身上不可能矛盾统一。于是，有学者曲为之讳，硬是把"fat"解释为"大汗淋漓的（sweaty）"，而且这应该是瘦子出大汗；殊不知，这么解释，还是难以不让读者联想起胖子形象，因为胖子比瘦子更容易出汗啊。有些译者也舍不得让哈姆雷特"胖"起来，于是纷纷采用"出汗说"。卞之琳译为"容易出汗"，黄国彬也译为"流汗"。当然，也有译者据实而译。如梁实秋译为"太胖"，朱生豪译为"身体太胖"，孙大雨译为"胖了"。笔者认可后者。

① 可见雷俄提斯之前一直是让着哈姆雷特，不忍心用毒剑刺杀后者；亦可见他善良本性，还没有下定决心充当国王杀人的刀。

雷俄提斯：　　　　　您怎么这么说？那就来吧。

> ［开打。］

奥斯里克：　　　　　双方都没击中。

雷俄提斯：　　　　　这回击中您了！

> ［雷俄提斯刺伤哈姆雷特；旋即，在撕打中
> 两人换剑，而且哈姆雷特也刺伤雷俄提斯。］

国王：　　　　　　　把他们分开！他们动怒了。

哈姆雷特：　　　　　来啊！再来！

> ［王后倒下。］

奥斯里克：　　　　　看，王后出事了，哎哟！

霍雷修：　　　　　　双方都流血了，怎么办，陛下？

奥斯里克：　　　　　您感觉怎么样，雷俄提斯？

雷俄提斯：　　　　　嗨，就像一只山鹬，我这是

　　　　　　　　　　钻进了自己的罗网，奥斯里克。①

　　　　　　　　　　杀害我的是我自己的诡计。

哈姆雷特：　　　　　王后怎么啦？

国王：　　　　　　　她看见他们流血就晕倒了。

王后：　　　　　　　不，不对！酒，是酒！哦，

　　　　　　　　　　我亲爱的哈姆雷特！酒，

---

① "woodcock（山鹬）"本来是用来诱惑别的鸟陷入罗网的，不过，有时候因为它离罗网太近，
再加上疏忽，自己就会掉进去。

是酒！我这是中了毒了。

[死去。]

哈姆雷特： 哦，罪恶！嚯！把大门锁上，

奸贼在哪儿？！把他给我找出来！

[雷俄提斯倒下。]

雷俄提斯： 在这儿，哈姆雷特。哈姆雷特，

你受了致命的伤害，世上没有药

能够解救你，你最多只有半个

小时的生命。那把奸诈的凶器

就在你手里，开了口，涂了毒药。

这种邪恶的勾当最终也转到了

我自己身上。您瞧，我现在躺下了，

再也不能起来。您母亲中了毒。

我无力再说了，您该找国王算账。

哈姆雷特： 剑头还涂了毒药？

好你的毒药，发作去吧！

[刺向国王。]

众人： 反了！反了！

国王：	哦，快来保护我，朋友们！我只是受了伤。^①
哈姆雷特：	哼，你这乱伦的杀人犯、该死的
	丹麦王，^② 喝了这毒酒吧！这里可还有
	你的珍珠？跟我母亲一起去吧。

[国王死去。]

雷俄提斯：	国王他罪有应得。毒药是他
	亲自调制的。咱们相互宽恕吧，
	高贵的哈姆雷特。我和家父的死亡
	都不能怪到您头上，您也别怪我！

[死去。]

哈姆雷特：	天上神明会宽恕您！我随后就来。
	我要死了，霍雷修。可怜的母后，
	再见！面色苍白、浑身颤抖的
	人们啊，你们都是这不幸一幕的
	演员和观众。如果不是死神，
	这凶猛的捕快紧紧追捕，如果

———————

① 明明知道那刺伤自己的剑上有致命的毒药，自己必死无疑；但他硬说自己只是受了点伤，仿佛那是轻伤似的。这表明国王对生命的贪恋、垂死挣扎的嘴脸以及强硬而顽固的性格。
② 这行诗的原文是 "Here, thou incestuous, murderous, damned Dane"。其音韵之讲究、效果之出彩无与伦比。首先，三个浊辅音［ð］、［m］和［d］在极短时间里连连出现，达八次之多；这表现了哈姆雷特当时出离愤怒、咬牙切齿的情绪和对国王激烈的唾骂以及大仇终报的痛快。头韵、尾韵和腰韵交叠，更加剧了这种效果。还有，他已经不顾宫廷礼节，直接用普通的"你"（thou）称呼国王，显现了对后者的蔑视和不齿。

我还有时间；我可以告诉你们

事情的原委——可是现在，随它

去吧。霍雷修，我要死了；你要

活下去，把我和我的行状如实

告诉那些不明真相的人。

霍雷修：　　　　千万不要那么想。我是丹麦人，

但更是勇于自杀殉葬的罗马人，

这儿杯子里还剩有一点毒酒。

哈姆雷特：　　　如果你是男子汉，就把杯子

给我。放手！天啊，让我喝了它。

哦，善良的霍雷修，如果听任

这些事不明不白，那么我身后

将永远背着深受损伤的名誉！

如果你一直把我记在你心上，

你就在极乐世界的外面多呆

一段时间，在这残酷的人间

忍痛苟延残喘，讲我的故事吧。

　　　　　　　　　　　　　　　[远处有行军声，内有打炮声。]

这战斗似的声音是怎么回事？

奥斯里克：　　　年轻的福丁布拉斯征服波兰后

凯旋；这是他向英国派来的使节们

鸣放的礼炮。

哈姆雷特：　　　哦，我要死了，霍雷修！猛烈的

毒药已完全战胜了我的精力。

我不能活着听那来自英国的

捷报了，但是我要预先声明

国王的人选应该是福丁布拉斯。

这是我临终的推选。因此你要

把导致这场悲剧的事情，或多

或少告诉他一些；此外你沉默吧。

[死去。]

霍雷修： 一颗高贵的心灵破碎了！晚安，

亲爱的王子，但愿成群的天使

会飞来，为您歌唱，祝您安息！

[内有行军声。]

他们为什么要在这儿打鼓？

[福丁布拉斯及英国使节若干携带铜鼓、彩旗及随从人员若干上。]

福丁布拉斯： 哪儿是现场？

霍雷修： 您想看什么？如果您想看的是

悲惨或怪诞的场面，那您别找了！

福丁布拉斯： 这一大堆死神的猎物大喊着大难 ①

———————

① 原文为 "This quarry cries on havoc."

其中"quarry"为狩猎意象，本指一场打猎活动结束时堆在一起的猎物。此处，莎翁把死神

啊，傲慢的死神，在你那永恒的

魔窟里将要举行什么样的盛宴，

你一下就残忍地杀了这么多王侯？

使节甲：　　　　　这景象真凄凉；我们是英国使节，

可惜来得太晚了。那本该听取

我们汇报的双耳已失去听觉；

我们是想要告诉国王，我们

已执行他的命令，罗森克冉茨

和吉尔登斯登已被处死；现在

我们该到哪儿去邀功领赏呢？

霍雷修：　　　　　从国王那儿是不行的，哪怕现在

他仍然活着，还能够感谢你们。

他从未发过处死那两人的命令。

不过，既然就在这血腥的事件

比作猎手，把哈姆雷特等在现场死去的人比作猎物；因此，可以理解为他们的尸体。这些人已经死了，但他们似乎是在高声控诉着死神的残酷、自身的苦难。这是高明的夸张的修辞手法。

有注家指出，此处"cries on"的含义不仅仅是"叫喊"，而是"大喊大叫"。莎翁在另外两部剧作中，也用了这个短语，也表达这样的含义。如《奥赛罗》第五幕第一场云"that cries on murder"（大喊杀人啦），《理查三世》第五幕第三场云"cried on victory"（大喊胜利啦）。

"havoc"意为"浩劫"，不是一般的杀戮，而是"大屠杀"。"大屠杀"大概有两个界定：一是死亡人数多，二是死亡人数虽然可能不算多，但死的都是极为重要的人物。福丁布拉斯之所以称这场宫廷灾难为"浩劫"，可能就是因为他考虑到了第二个因素。

另外，"quarry""cries"和"havoc"都含有【k】音，传达给观众一种"肃杀""悲怆"甚至"绝望"的感觉。"This"和"cries"则押尾音。

笔者以为，这里的夸张手法和谐音策略不能译丢。

笔者的译文中"大"字出现三次，以模拟原文中的三个【k】音。"喊"与"难"押韵。另，"大喊"比"叫喊"更符合"havoc"的含义，更富于表现力。

刚刚发生之后，你们从波兰

战场、从英国来到了我们这儿，

那就请你们发个命令：把这些

尸体高高地放在望台上，供人

瞻仰，让我去告诉那些还不明

真相的人，这些事情发生的

来龙去脉。因此，你们会听到

一些荒淫、血腥而反常的行为，

听到意外的天罚、偶然的残杀，

听到由诡计和失手导致的死亡，

以及阴谋降落到阴谋家头上的

结局。这些我都能如实陈述。

福丁布拉斯：　　您快点说给我们听。

我要召集所有贵族来当听众。

我要在悲痛中拥抱我的福星。

在这个王国，我也拥有传统

赋予的权利；① 现在我趁机宣明。

霍雷修：　　关于您的继承权我也有话要说，

哈姆雷特的临终遗言将影响

重大；不过，现在还人心惶惶，

让咱们先把我刚才说的事办妥，

---

① "right of memory（记忆中的权利）"的"记忆"指的是历史的记忆，或者说传统惯例。小福
丁布拉斯可能故意说得如此含混，而不直接说自己拥有继承王位的权利。

免得发生更多的不幸和罪过。

福丁布拉斯：　　　叫四名军官把哈姆雷特像军人

一样抬到望台上面去；假如

他登基，可能是最最英明的国君；

军乐和战歌将为他高声响起。

把这些尸体也一起抬走。这样的

景象简直成了战场，而且显得

更凄惨。去吧，命令军士们放炮。

　　　　　　　［众人抬尸体退场，奏哀乐，继而炮声隆隆。］

译后记

莎剧翻译事业，尚需我们发挥创造性才智

北 塔

早在 2002 年，恩师屠岸先生力荐我给中国少年儿童出版社翻译《哈姆雷特》。感谢他老人家给我这个深入莎剧堂奥、亲炙莎诗美妙的机会。由于我的怠惰，他看不到这个修订本了，看不到我的进步了。愿他在天之灵安息！

由于那个译本主要是给青少年看的，所以不能做得太学术，连序言也颇为简单，无法详细交代我关于翻译的诸多想法。本书初版出来后，屠岸先生曾建议我总结一下翻译的经验和特点。在翻译过程中，我的确有很多想法，或苦衷，或得意。后来，我一直想做一个修订版，有两方面的考虑。

一方面，要把我在翻译过程中的思考、苦衷或得意坦陈出来，即告诉读者我对原文是如何理解的，在译文中又是如何表达的。这对于初学文学和文学翻译专业的年轻人可能有一定的参考价值。我自己在中央民族大学、北京师范大学和河北师范大学兼职做硕士生导师，我的学生的专业就是翻译。所以，这样

的做法也符合我的教学的现实需要。

另一方面，我要对前人的《哈姆雷特》译本进行细致认真的对比研究。在充分学习前人的成果的基础上，再来返观并修订我的译文，以使我的译文成为转益多师之后的产品。这番学习的心得也要向读者交代。

我选了五家有代表性的译本，那就是梁实秋、朱生豪、卞之琳、孙大雨和黄国彬的。梁的是最早的译本之一，黄的是最新的译本之一。梁的是散文体，朱的是散文诗体，后三者的都是诗体。可读性最强的是朱生豪和卞之琳的译本，学术性最强的是孙大雨和黄国彬的译本。因此，我的这一甄选既照顾到历史性，又体现了兼容性。

孙大雨和黄国彬译本的最大特点是浩繁的注解。尤其是黄译本，注解所占的篇幅大大多于剧本本身。黄国彬的注解的特点是：用英文原文（绝大多数情况下没有翻译成中文）列出历代有代表性的注家对相关字词句的注释进行分类和比较，然后指出他自己倾向于哪一家，再落实于他自己的翻译。这个译本对于专业的研究者，大有裨益。

但如此尽心尽力的注释工作对于黄国彬的翻译未必全是好处，有时当他认定某个注释有道理，就会根据那个注释来确定译文，而不再回头去看原文；殊不知，原文才是本，注解只能算是枝头或枝头上的花叶，况且一家之言只是一枝一叶；我们不应该舍本逐末、隔靴搔痒。

本书注和评的文字也非常之多，有些地方不次于黄国彬的译本。

为了避免被注解所牵累，笔者采取了两条策略。1. 在此次修订翻译过程中，参考研究各家的注解、评论和翻译，但没有一一列出英文原注，而是萃取出他们最核心的观点，舍弃枝枝叶叶及交代来源的文字，从而减低注解的烦琐性，使注解简明起来。2. 我始终牵着原文这个"牛鼻子"，不被纷繁的研究成果所左右，时刻牢记无论是多么精确精彩的注释、评论和翻译都只是帮助我理解原文，而不能主导我对原文的把握，所谓"六经注我"也。

此次修订耗时超过半载，竟与当年翻译所花时间差不多，这使我再次深切感受到：校译，尤其是校译诗歌文字，其所需要付出的努力不亚于翻译本身。而我之所以要花费巨大的时间精力来加注加评，是因为要让读者更好地理解剧本，更是因为要让大家深思一个似乎已经固定的观念：像《哈姆雷特》这样的经典作品已经出现了多个精善的译本，好像已经无以复加了。

的确有些重译只是前人译文的模仿、袭用，甚至剪贴，难逃重复劳动的命运。前人译文中的毛病没有被治疗，前人译文中的平庸没有被突破。这样的重译市场可能还是有；但对于译者而言，只是博取一点名利而已，对于翻译事业的发展而言，则谈不上多少进步与价值。

通过这些注和评，可以比较有力地说明所谓善译也并非完善，也还有许多瑕疵，还有许多可以改善的地方，从而使得我的这个修订本译文不至于重蹈前人译本的覆辙。而这些瑕疵的存在恰恰是后来的译者发挥才智的用武之地，从而证明有创造性的严肃的重译工作是有意义和有必要的。

非常感谢老朋友郭强先生和编辑张晓杰，为此书的出版做出的努力。由于这个文本在形式上既是诗歌，又是戏剧，相当复杂；我又加了这么多注、评文字，给设计排版工作带来了很大的麻烦。好在他们以极大的耐心和敬意来对待这部作品，致敬经典，力争完美。

2020 年 1 月 1 日初稿于菅慧寺
2020 年 1 月 8 日定稿于圆恩寺